MEINRAD BRAUN

FLIEGENDE FISCHE

RHEIN MAIN KRIMI

Emons Verlag

Umschlagzeichnung: Heribert Stragholz
Druck und Bindung: CPI – Clausen & Bosse, Leck
Printed in Germany 2008
ISBN 978-3-89705-603-9
Rhein-Main Krimi
Originalausgabe

Für Sebastian

May the road rise to meet you,
may the wind be always at your back.
May the sun shine warm upon your face,
the rains fall soft upon your fields.
May the sun make your days bright,
may the stars illuminate your nights.
May the flowers bloom along your path,
your house stand firm against the storm.
And until we meet again may God
hold you in the palm of his hand.

Segen aus Irland

EINS

Irgendwo muss das Ganze angefangen haben. An einem ganz bestimmten Punkt fängt schließlich alles an. Es geht ja nicht einfach immer weiter, eins, zwei, drei bis unendlich. Etwas passiert, das fängt irgendwo an und hört irgendwann auf. Vielleicht hat auch der Koi das Ganze eingefädelt, keine Ahnung. Später habe ich es mir folgendermaßen vorgestellt, und damit bin ich vermutlich ziemlich nahe dran: Es war ein Reh.

Das Reh bewegt sich Richtung Waldrand. Rotbraunes Fell mit etwas Grau. Bei den letzten Bäumen bleibt es stehen, streckt den Hals vor, stellt die Ohren auf. Nur die Geräusche der Nacht, in der Ferne das Rauschen der Stadt, zwischen drei und vier Uhr morgens. Auf seinen langen Beinen stakst das Reh durchs Laub, ab und zu raschelt es. Wenig hier, was man fressen könnte. Es berührt die dürren Blätter ab und zu mit der Schnauze, zieht ein bisschen Luft ein. Dann hebt es den Kopf und wittert. Frisches Gras, nicht weit von hier. Vorsichtig steigt es über die Leitplanke. Weicht mit einem seitlichen Hüpfer einer Coladose aus, über der eine Wolke aus unangenehmem Geruch schwebt.

Ein Stück weiter hinten fliegt eine Eule durch die Schneise zwischen den jungen Buchen, flattert eilig durch die rote Mondscheibe. In den schwarzen Himmel hinein gestochen ganz fein die Sterne. Auf der Autobahn glänzen polierte Splitsteinchen im Asphalt, der noch immer warm ist. Insekten krabbeln darauf herum, unhörbar und unsichtbar. Das Reh überquert die Straße. Mit leisem Klacken über die beiden Spuren. Die Grillen machen eine kurze Pause, feilen wieder weiter, setzen eine Kerbe neben die andere. Ein paar Kilometer entfernt kommt ein Flugzeug herunter: fliegender Teppich, zieht breit vorbei, verschwindet hinter dem Wald, aufgesaugt von der Stille.

Jetzt steht das Reh auf dem Grünstreifen, da wächst das frische Gras, das es gerochen hat. Es senkt den Kopf und fängt an zu fressen. Weiter hinten am Brückenpfeiler jagen sich die Mäuse, pfeifen leise. Ab und zu der Schrei einer Eule, die hinter ihnen her ist. Millionen Spannerraupen raspeln an den grünen Buchenblättern. Dazu das leise Rupfen im Gras.

So bleibt es. Noch dreißig Sekunden.

Ein Käuzchen schreit. Das Reh blickt auf. Ein Licht – kommt näher. Das Reh duckt sich, dreht den Kopf in die Richtung, aus der das Licht herankommt, so schnell kommt, dass das Tier erstarrt. Die Angst staut sich im Rücken, in den Beinen, seine Muskeln werden aufgezogen wie eine Feder. Vor ihm die doppelte Leitplanke, zu breit, um drüber weg auf die dunkle Gegenspur zu springen. Alles ganz hell. Ein Brummen, sehr laut jetzt. Die Scheinwerfer packen zu. Seine Augen füllen sich mit Licht, leuchten rot auf.

Der Mann am Steuer des Toyota versucht seit Stunden wach zu bleiben. Zwischen seinen Oberschenkeln klemmt eine leere Thermoskanne, vermutlich mit Kaffee drin. Eben noch hat er auf die Uhr am Armaturenbrett gesehen, eine Drei darauf, die beiden anderen Ziffern kann man nicht erkennen. Die Straße ist frei, so gut wie kein Verkehr. Er fährt schnell, um wach zu bleiben und um endlich anzukommen. Die Autobahntrasse hat Unebenheiten, der Wagen schwingt auf und ab, die Reifen knallen auf den Stößen der Betonnähte, kleine gummiweiche Schüsse, die den Mann am Dösen hindern. Die Musik hat er schon lange abgedreht. Das Fenster steht offen. In den Wagen strömt der warme Nachtwind, bläst ihm ins Gesicht und lässt seine kurz geschnittenen schwarzen Locken zittern.

Er sieht links über dem Grünstreifen die Augen: leuchten rot auf. Im gleichen Moment springt das Reh auf die Straße und versucht in langen Sätzen vor seinem Wagen vorbeizukommen, scheinbar ganz langsam, extreme Zeitlupe. Aber der Film, in dem der Mann sich befindet, läuft schneller, viel zu schnell. Er reißt das Lenkrad nach links, weg von dem hell angestrahlten Tier. Die Reifen quietschen, das Auto kippt, ein roter Funkenregen sprüht auf den rauen Asphalt, der Wagen pflügt durch den Grünstreifen, knallt gegen die Leitplanke, wird herumgerissen, tritt den Flug an, Richtung Betonpfeiler.

Der Mann, ans Lenkrad gekrallt – sein Film läuft auf einmal sehr langsam –, der Mann sieht vielleicht noch immer das Bild von dem Reh im hellen Scheinwerferlicht, das der Kühler um eine Handbreit verfehlt hat, ein Standbild jetzt, und vielleicht stellt er sich, noch immer in derselben Sekunde, eine Frage. Für die Bearbeitung hat sein Gehirn aber trotz des unglaublich abgebremsten Films keine Zeit mehr, denn der Wagen hat gerade fünf Meter durch die Luft zurückgelegt und prallt jetzt, Dach voran, mit hundert Sachen gegen den Pfeiler der Autobahnbrücke, an der ein großes blaues Schild hängt, auf dem man lesen kann, dass es noch zwei Kilometer zum Frankfurter Kreuz sind.

Das Reh hetzt über die Leitplanke zum Waldrand, hinter ihm ein dumpfer Krach: Glas splittert, Blech staucht sich, Kunststoff bricht, dazu der leidende Ton, den der Betonpfeiler von sich gibt. In diesem Geräusch geht die platzende Thermoskanne unter und das, was der Fahrer vielleicht noch von sich gegeben hat, bevor er starb.

In langen Sprüngen jagt das Reh davon, tiefer in den Wald hinein; so lange, bis seine Angst verbraucht ist, da bleibt es stehen. Hebt den Kopf um zu lauschen: Alles wieder still. In seinen Augen spiegelt sich winzig klein der rote Mond.

ZWEI

Das Blaulicht kann man schon aus drei Kilometern Entfernung sehen, es pulsiert gegen die Autobahnbrücke, die belagerte Festung. Davor Polizei, Krankenwagen, Feuerwehr. Das ganze Aufgebot. Ich trete aufs Gaspedal. Der schwere Diesel grollt, gibt dem leeren Abschleppwagen einen Stoß, lässt ihn vibrieren wie eine Bassgeige. Den Funk einschalten. Durch das Rauschen drehe ich auf die Frequenz der Polizei und drücke den Knopf für das gelbe Blinklicht auf dem Kabinendach. Adrenalin. Macht mich immer fit, wenn was los ist. Ich kann so ziemlich alles ab in dieser Hinsicht, rege mich nicht groß auf, wenn was passiert. Nur Langeweile kann ich nicht ertragen, die macht mich fertig. Während die Autos auf der linken Spur an mir vorbeiflitzen, suche ich weiter nach dem Polizeifunk, es quiekt und rauscht, aber ich kriege ihn diesmal nicht rein. Gewohnheit. Ohnehin immer dasselbe, was da geredet wird, paar Witzchen dazwischen. Also abschalten, auch gut. Bulle sein – überlege ich mir für einen Moment. Mit meiner Veranlagung hätte das vielleicht was werden können: Klare Vorschriften, straffe Führung. Hieß immer, dass mir das guttun würde. Man verdient zwar kaum was, ist dafür aber dauerversorgt: bewegliches Staatseigentum.

Die Frühpendler sammeln sich am Frankfurter Kreuz. Die tägliche Blechkarawane drängelt im Morgengrauen zusammen. Alles enorm hässliche Autos, tonnenschwer, fette Raumwunder mit gefährlich glotzenden Fressen, genau wie die gestressten Spießer, die darin sitzen. Ein Dach nach dem anderen rutscht unter mir durch, schert ein, überholt noch mal schnell für den besten Platz im Stau da vorn.

»Hallo, Richie, kannst du gleich raus?« Ötün. Hatte es ziemlich eilig vorhin. »Muss schnell gehen. Vollsperrung am Kreuz, machst du das?«

Ötün liegt im Bett mit seiner Neuen.

Kann sich auf mich verlassen. Ein Anruf um diese Zeit, das geht bei mir immer, solange die Karte noch funktioniert. War überhaupt meine Erlösung, die Erfindung des Handys. Dauernd habe ich Sachen liegen gelassen früher, Verabredungen vergessen.

Heute Nacht hat mich das Klingeln noch nicht mal geweckt. Ich wollte die neue Festplatte ausprobieren, war deshalb in meiner Wohnung, wenn man das so nennen kann. Drei Stunden lang, meine Augen haben sich angefühlt wie eingelegt in Aspik, obwohl es blöde ist, offline spielen zu müssen. Trotzdem, der Rechner hatte endlich ein bisschen Hubraum. Die Extraprämie für den Fischzug heute Nacht reicht vielleicht, um das Ding vollends zu bezahlen. Ötün ist großzügig, wenn er nachts keine Lust hat. Seitdem Nesche da ist.

Den Fuß vom Gas. Die Bremslichter leuchten nacheinander auf, als wären sie hintereinander geschaltet, aufgeregte Warnblinker gehen an. Hilfe! Fahr mir bloß nicht hintendrauf!

Vor mir, über den Bergen, wird es heller. Gute Zeit, die letzte Stunde vor Tagesanbruch, wenn man nachts fitter ist als am Tag und einen Biorhythmus hat wie ein Colaautomat.

Ein schwarzer Mercedes. Kommt mit einem Affenzahn auf der Überholspur angebraust, bremst zackig ab, um nicht auf die anderen aufzufahren, die da bereits aufgereiht stehen, schert so dicht vor mir ein, dass ich tatsächlich auf die Bremse tippen muss. Arschloch. Zweimal aufs Horn drücken. Meine Truckposaune. Reicht für ein Linienschiff. Kann leider nicht sehen, wie es den Typen im Benz zusammenreißt. Rechts rüber auf den Standstreifen jetzt, ich brumme am Stau vorbei. Gehe auf dreißig herunter, um nicht einen von den Idioten umzufahren, die bei so was gern aussteigen, um bessere Sicht auf den Unfall zu haben.

Fehlen nur ein paar träge Monster da oben an der Brüstung, die hätten auf der Autobahnbrücke jetzt ganz natürlich gewirkt. Die Baumkronen pulsieren in Blau, darüber der orangefarbene Mond. Sieht aus wie ein Fehler in der Grafik. Feuerwehr und Notarztwagen stehen hintereinander auf der linken Spur. Die Polizei winkt mit Kellen rum, rote Glühwürmchen drin, beide Spuren sind blockiert. Der Notarztwagen hat als Einziger sein Blaulicht nicht an. Rampe zu, Innenbeleuchtung aus. Tot also. Nur noch aufräumen.

Ein Polizist, orange gestreifte Kutte, winkt mich mit der Kelle ran. Das Fenster runterkurbeln, beuge mich ein Stück raus.

»Firma Yilmaz? Sind Sie das?«

Der Grüne sieht gleich wieder auf die Straße zur Schlange rüber, Verantwortungsträger. Gesichter stieren weiß aus den Autofenstern, pumpen mit den Mündern.

»Bin ich.«

Werde weiter gewunken.

Ich ziehe an meiner Zigarette und blase einen Rauchschwaden zum Fenster raus, ehe ich es wieder hochdrehe, brumme langsam vor bis zum Ende der Schlange. Direkt beim Unfallwagen winkt noch ein Grüner. Halt, eine Frau. Tatsächlich. Immer mehr Frauen gehen zu den Bullen. Stoppen, Handbremse ziehen.

Da liegt der Wagen. Ziemlich platt. Ein Cabriolet. Nein: Das Dach ist ab. Die Feuerwehr hat es mit der Rettungsschere abgetrennt, herausgesägt eher, der Wagen ist bis auf die Sitze runter flach gequetscht. Am Brückenpfeiler eine frische, drei Meter lange Prellmarke. Wohl kein Selbstmörder diesmal, die gehen die Sache immer frontal an. Der Anblick erinnert an eine Sardinendose, auf die einer mit einer großen Schuhnummer draufgetreten ist. Ich springe vom Trittbrett. Lasse den Motor weiternageln.

»Sie nehmen den Wagen mit?«

Die Polizistin hat blaue Augen und Sommersprossen. Ein paar lange blonde Fransen hängen unter ihrer Dienstmütze raus.

»Wenn Sie nichts dagegen haben.«

Mein Grinsen und der Blick auf die obere weibliche Etage, bloß so als Reflex – sie hat ja ohnehin die Leuchtkutte über –, macht ihr Gesicht noch um ein paar Grad unfreundlicher.

»Wir brauchen Ihren Ausweis. Gehen Sie zu dem Polizeifahrzeug.« Schubst mich mit dem Kopf, ein-, zweimal rüber zu dem grünen VW-Bus auf dem Standstreifen. »Und stellen Sie den Motor so lange ab, ja?« Schaltet den Blickkontakt aus, dreht sich weg.

Na schön. Wieder hoch aufs Trittbrett, Schlüssel rausziehen. Dann trotte ich zu dem Bus hinüber, gucke durch die offene Schiebetür: Zwei Beamte hocken drin, schreiben.

»Der Abschleppwagen«, melde ich mich an. Tippe »Zu Diensten« an meine Baseballkappe.

»Wurde Zeit«, müffelt der Ältere mit dem Seehundschnauzer – ein Markenzeichen für Polizisten finde ich, genau wie Klobrille bei Lehrern –, prüft meine Erscheinung, kurzer Blick. Der andere nimmt Ausweis und Führerschein in Empfang, die ich ihm hinstrecke, langsam und konzentriert wie die fehlenden Buben für einen Grand Hand. Legt die Plastikkarten auf das Klapptischchen vor sich, ohne dabei aufzublicken. Dann fängt er wieder an zu schreiben. Im Hintergrund quäkt der Polizeifunk. Eine Streifenwagenbesatzung erzählt umständlich und aufgekratzt, wo sie gerade langfahren.

»Der muss in die Autobahnmeisterei«, sagt der Seehund. »Hinter dem Kreuz. An Langen Mörfelden vorbei, bei der Raststätte Erzhausen.« Ob ich wisse, wo das sei?

»Sicher.«

»Die wissen Bescheid dort. Hier ist Ihr Ausweis wieder und der Auftrag. Wenn Sie draußen Hilfe brauchen, sprechen Sie uns an oder die Feuerwehr. Gute Fahrt.«

Einen Finger dienstlich an die Kappe, und ich drehe ab. Wie ich um den Bus herum bin, werfen zwei Feuerwehrleute gerade die Reste des Wagendachs auf das Wrack: Bang! Gucken mich nicht an dabei. Ich mache eine Runde um den plattgedrückten Wagen, inspiziere. Die Räder sind alle noch dran.

Autos abschleppen kann man auch mit – wie heißt das noch? – erheblichen Konzentrations- und Gedächtnisproblemen. Die paar Papiere mitnehmen, das geht schon klar, und natürlich die Karre selbst. Es gibt vieles, wofür man sein Gedächtnis kaum braucht, kann auch störend sein, ganz nebenbei.

Drüben auf der anderen Seite der Autobahn der Stau der Gaffer. Sauber aufgereihte bunte Glasbehälter mit aktiven weißen Gesichtsquallen drin, die Münder gehen im Frühlicht hinter den Scheiben auf und zu, als würden sie gerade gefüttert. Im Aquarium, wo ich jeden Winter Stammgast bin, dort wird nämlich zuverlässig geheizt, man kann sich auf den Bänken den ganzen Tag vertreiben, also dort haben sie keine Quallen, sind schwer zu halten, habe ich mal gelesen, gehen schnell ein, wenn man nicht alles richtig macht.

Wie ich oben auf der Ladefläche stehe, die Schlepptrosse klarmache, öffnet sich drüben die Heckklappe am Notarztwagen. Die Innenbeleuchtung geht an, fällt auf zwei Sanitäter, die hieven eine Trage raus, was Längliches ist drauf, in schwarze Plastikfolie eingewickelt. Sie legen die Trage auf den Standstreifen neben den Polizeiwagen, dicht an die Leitplanke. Na eben. Hab ich mir schon gedacht.

Einsteigen, den Motor starten. Ehe ich zurückstoße, um die Rampe an das Wrack ranzubringen, lasse ich den Notarztwagen passieren, der biegt auf die leere Autobahn Richtung Frankfurter Kreuz ein.

Das Auto kommt erst mal an die Winde, und dann hoch damit auf die Rampe. Geht alles glatt, die Vorderräder blockieren, aber die hinteren drehen sich noch. Das abgetrennte Dach strippe ich mit einem Seil oben auf dem Wagen fest. Ein einziges Chaos dort drin. Zersplitterter Kunststoff und verbogenes Blech, der zerdellte Reif vom Lenkrad. Auf dem Fahrersitz dunkle Flecke. Ein zweites Mal sehe ich nicht rein. Ich springe von der Rampe, steige ins Führerhaus. Niemand kümmert sich um mich außer vielleicht die Gaffer, aber um die kümmere ich mich nicht. Die Feuerwehrleute trinken noch Kaffee, stehen mit den Tassen in der Hand neben ihrem Fahrzeug, lassen sich von der Polizei zur Eile antreiben. Jemand lacht fortwährend, immer die gleiche Stimme. Tür zugeknallt und los, an den Feuerwehrleuten vorbei. Am Rand meines Blickfelds sehe ich noch, wie einer von ihnen eine Coladose auf den Standstreifen wirft, ehe er einsteigt.

Dann bin ich weg, auf Tour. Der Motor hämmert ans Bodenblech unter meinen Füßen, bringt es zum Singen. Ich drücke mein Knie gegen die Blechhutze: Will es spüren, so gehen die Vibrationen hoch bis in meinen Bauch, lassen die Neurotransmitter in mein Hirn einströmen, das Zeug, von dem ich angeblich nicht genug habe. Sprudelt aber umso heftiger, wenn was los ist.

Schulversager. Der Junge ist hyperaktiv, Frau Salewski, der kann nix dafür! Der ist nicht bloß verträumt, der ist krank! Das macht es auch nicht besser, Herr Doktor, traute sich Frau Salewski zu antworten, trotzig in ihrem Unglück und mutig vom ersten Fläschchen Jägermeister des Tages. Ich kann Mama da nur recht geben. Rückblickend, sozusagen. Immerhin: eine schlechte Mittlere Reife nach drei Ehrenrunden. Habe ich ausschließlich meinen aufgehellten Stunden in schulischen Krisenzeiten zu verdanken. Wenn es richtig eng wurde, fing ich nämlich an durchzublicken und gab eindrucksvolle Zeugnisse meiner Intelligenz von mir: ein Gehirn wie ein Rennmotor, zieht erst bei hohen Drehzahlen richtig durch. Und den Pädagogen verdanke ich viel – man muss dem Jungen doch 'ne Chance geben, der ist intelligent! –, besonders Herrn Assmann. Lies das, Richard, ich weiß, dass du was auf dem Kasten hast. Gute Bücher sind durch nichts zu ersetzen! Ja. Ich hab's ihm schlecht gedankt, ich weiß. Obwohl einige davon wirklich nicht übel waren, hab leider vergessen, welche das gewesen sind.

Motoren bringen mich immer zum Singen. Das Blech schwirrt an meiner rechten Kniescheibe, das Schwirren wird in den Schädel weiter geleitet, dort wird es weicher, musikalischer, wie der Streicherteppich in solchen altmodischen Filmen. Dazu passt was von Robbie Williams, so ein alter Sinatra-Song aus den Fünfzigern oder weißgottvonwann, aber gut: »I know I stand in line until you think you have the time to spend an ev'nin' with me ...« Ist eigentlich zweistimmig, glaube ich, oder? Ich halte den Schlepper mit seinem Dreihundert-PS-Orchester per Gaspedal in der richtigen Tonlage. »... Then afterwards we drop into a quiet little place and have a drink or two ...« Jedes Wort weiß ich noch, na bitte.

Die Sonne. Trennt die Autobahn vom grauen Dunst, dort drin hingen vor Kurzem noch ein paar Sterne. Sehr heiß und rot kommt sie rauf, ein himmlischer Schneidbrenner, sticht durch nach Westen in die Ebene. In der Luft hängt schon eine Ahnung von blauem Himmel.

Mir geht beim Singen nun doch der Text aus, der Diesel prasselt allein weiter. Schalte das Radio an. Wildes Technogewummer quillt raus. Drücke die Wahltasten nacheinander durch, beim dritten Sender mit Ötüns lamentierender Türkenmusik gebe ich es auf, sehe auf die Uhr. Viertel nach fünf. Keine Lust, nach was anderem zu suchen, und Senderfrequenzen kann ich mir nicht merken, das ist bei mir nicht drin.

Im Internet gibt's Chatrooms für hyperaktive Erwachsene: Leiden auch Sie am ADS-Syndrom? Waren Sie ein hyperaktives Kind? Sind Sie zerstreut? Nennen sich Adies. Nehmen das Ganze äußerst positiv, trösten sich gegenseitig wegen ihrer Macke: mit Mozart, Einstein, Churchill und Bill Clinton. Die waren alle ADS-krank und wussten's nicht. Vielleicht ist deshalb aus ihnen was geworden. Aus mir leider nicht, abgesehen davon, dass ich zu diesem exklusiven Club gehöre.

Vor mir kommt ein Airbus über der Autobahn herunter. Steuert gelassen auf das Rollfeld zu, voller Leute, die gerade aufwachen, Kaffee vor sich stehen haben, wer weiß woher kommen: Schnell schwimmender Riesenrochen, sperrig steht ihm das Fahrwerk aus dem Bauch, die Landeklappen sind unten. Es zischt wütend auf, fließt breit über mir auseinander, die Schleppe zieht über den Zaun vor dem Flugfeld, dort reißt sie ab.

Meine Blase drückt. Am Parkplatz bei Langen Mörfelden fädle ich mich raus. Rolle direkt vor die Toilette. Sonderfahrzeug, oder? Wie ich zurückkomme, stehen schon ein paar Leute um den Wagen rum, gucken sich das Wrack an.

»Das ist doch der vom Frankfurter Kreuz vorhin, Vollsperrung, oder?« Ein Sechzigjähriger mit Elbschiffermütze, raucht eine Zigarette mit schwarzer Spitze. Nickt sich selber wichtig zu, sucht meinen Blick, guckt sich um, ob noch einer zuhört.

»Satt erwischt, würd ich sagen«, mischt sich schon der Nächste ein. Heisere Stimme, kecke Glatzenrasur. Bomberjacke und verzottelte Jeans, nervös oder geil im Wiegeschritt in seinen offenen Turnschuhen. Die Frau, auf dem Arm ein schlafendes Kind, zwei Schritte daneben, lächelt ergeben. Im Hintergrund zögern schon ein paar andere, lauern in den offenen Wagentüren, Fuß auf den Boden gestellt. Piranhas: Blut im Wasser.

»Kann sein«, räume ich ein, ohne jemanden anzusehen. In solchen Situationen gebe ich mich nicht mit Dilettanten ab. Turne elegant hoch auf die Rampe. Mal eben nachprüfen, ob das zerknautschte Dach noch fest dranhängt. Als ich ein paarmal an den Strippen gezogen habe, dazu stelle ich mich auf die hintere Stoßstange von dem Wrack, bleibe ich mit der Stiefelspitze irgendwo hängen. Ich trage meine Cowboystiefel, die ziehe ich am liebsten an, wenn es auf Tour geht. Nun hat sich die Stiefelspitze wo verhakt.

In die Knie gehen, über die Stoßstange spähen. Ein breiter Riss, wo eigentlich der Wagenboden sein müsste, und dahinter ist was. Ein Ding, das ich noch nie gesehen habe. Ausgesprochen interessant.

Die Schiffermütze unten verkündet wieder was Kluges, der in der Lederjacke kichert nach, Lautstärke erhöht, natürlich für mich, den Fachmann oben auf dem Abschleppwagen. Der Glatzentyp wiehert noch ein paarmal, der Alte hustet bestätigend, mischt etwas fette Lache rein. Ich richte mich auf und springe von der Rampe runter. Tippe für die beiden Experten zum Abschied an meine Baseballkappe, schwinge mich auf der anderen Seite aufs Trittbrett, rein ins Führerhaus, Motor an. Den Abschleppwagen erst mal wegfahren. Bis ans Ende vom Parkplatz, außer Sicht von den Typen dort vor dem Klo, dicht hinter einen der Laster, in denen die Fahrer noch schlafen. In meinem Kopf geht es zu wie in einer Waschmaschine, Schleudergang.

Das Brecheisen und die Taschenlampe holen, wieder rauf auf die Rampe. Als ich den Riss über der Stoßstange ein Stück aufgebogen habe, leuchte ich mit der Lampe rein. Eine ganze Minute lang. Dann setze ich mich neben das Wrack und zünde mir eine Zigarette an. Schaue meinen Fingern zu, wie sie zittern. Während ich rauche, versuche ich mir Schritt für Schritt klarzumachen, was ich da eben gesehen habe, obwohl ich das ganz sicher nicht wieder vergessen werde. Eine flache Kammer unter dem Wagenboden, fünfzehn Zentimeter hoch. War vermutlich zugeschweißt und ist aufgeplatzt, als sich durch den Unfall die Karosserie verdreht hat. Und die zwei merkwürdigen Dinger da drin. Ich habe eine Ahnung, um was es sich dabei handelt, und das vor allem ist der Grund, weshalb ich jetzt nachdenken muss.

Hätte jemand den Parkplatz beobachtet, von der Toilette aus zum Beispiel, der hätte fünfzehn Minuten später bloß gesehen, wie der gelbe Abschleppwagen zwischen zwei Lastwagen rauskommt, auf die Autobahn einbiegt und Richtung Darmstadt weiterfährt. Niemand hätte sich dabei irgendwelche Gedanken gemacht, da bin ich sicher.

Ich fahre langsam weiter, vielleicht sechzig oder siebzig, lasse das Gelblicht blinken, sehe mir konzentriert die Gegend auf der rechten Autobahnseite an. Wald, ziemlich dicht, keine Häuser, kein Feldweg. Nichts. An der nächsten Notrufsäule stoppe ich auf dem Standstreifen, dicht an der Leitplanke. Gehe auf der Beifahrerseite raus und hoch auf die Rampe. Schiebe ein großes Bündel, eingewickelt in die graue Decke aus dem Führerhaus, an die Kante der Ladefläche. Springe runter und nehme das Bündel auf die Schulter. Verdammt schwer ist es. Klettere damit vorsichtig über die Leitplanke. Nach zwanzig Metern schon beginnt der Wald. Ich suche mir eine Stelle mit viel

Laub, scharre mit den Stiefeln eine flache Mulde aus und lege das Bündel rein. Decke es mit Blättern zu, mit Zweigen – was ich gerade finde. Dann zurück, über die Leitplanke und für die vorbeifahrenden Autos zur Tarnung ein bisschen am Hosenladen gefingert, ehe ich wieder einsteige: Pinkelpause gemacht, muss auch mal sein.

Ich knalle die Tür hinter mir zu. Mein Herz hämmert. Sogar Ötüns Türkenmusik schalte ich ein, um wieder einigermaßen runterzukommen, während ich mich wieder reinfädle, über die Autobahn brause, wo der Verkehr inzwischen zugenommen hat. Ich fahre viel zu schnell. Gas weg, keinen Ärger jetzt. Obwohl ich am liebsten hundertvierzig gefahren wäre, nur um mein Hirn ein bisschen ruhiger zu kriegen. Die Sonne, schon über den Horizont geklettert, lässt ihre Strahlen explodieren, die Müllberge zur Linken leuchten in frischem Grün wie das Gelobte Land. Nächste Stationstaste drücken. Joe Cocker wird freigelassen, röhrt ein paar Takte, so laut er kann, wird trotzdem runtergeregelt von einem aufgeregten Moderator, der seinen Hörern den besten Oldiemix und die neuesten Nachrichten der Region verspricht, und er möchte ihnen, als wenn das nicht reichen würde, dazu noch alle Blitzer in Darmstadt verraten.

Zehn Minuten später biege ich an der Raststätte Erzhausen ab, fahre zur Autobahnmeisterei raus. Vor der Baracke hupe ich zweimal. Ein Typ im Blaumann kommt raus, wirft einen Blick auf den Auftrag, den halte ich kurz aus dem Fenster, ihm vor die Nase. Nickt und zeigt mit ausgestrecktem Arm, wo ich das Wrack abladen soll. Dann geht er wieder in den Container zurück, wo er vermutlich gerade beim Frühstück sitzt.

Als ich das Wrack von der Rampe runterlasse, stoppe ich kurz ab und sehe mir den Riss unter der Stoßstange noch mal genau an. Habe ihn mit dem stumpfen Ende der Brechstange vorsichtig wieder zugeklopft. Nichts dran, was auffallen könnte. Wenn der Wagen später aus der Schrottpresse kommt, wird man nicht mal mehr die Automarke feststellen können.

Zur Baracke rüber, an die Tür klopfen. Der gleiche Mann kommt wieder raus, eine Kaffeetasse in der Hand, will er mir anbieten. Ich schüttle den Kopf, grinse bloß. Bekomme meine Unterschrift und fahre vom Gelände. Ich brauche jetzt was zu essen, viel Kaffee und Zeit.

DREI

An der Raststätte. Erst mal richtig frühstücken. Ich gebe fast das ganze Geld aus, das ich in der Tasche habe, obwohl es dämlich ist, für einen großen Kaffee drei Euro zu bezahlen. Und dazu noch zwei belegte Brötchen zu kaufen und einen Fleischsalat und noch eine Apfelschorle aus dem Automaten.

Weil seit einer Stunde die Welt nicht mehr geradeaus auf ihrer Bahn durchs Weltall läuft, sondern eine deutliche Kursänderung vorgenommen hat. Deshalb wahrscheinlich. Ich muss zusehen, dass ich da mithalten kann. Die fünfzehn Euro, die ich auf das Tablett an der Kasse lege, sind das Eintrittsgeld für die Sonderfahrt, die eben begonnen hat. Ich hätte auch fünfzig hingelegt, wenn ich die gehabt hätte.

Nach dem Frühstück rauche ich. Ziehe das Nikotin rein, langsam und feierlich. Es wirkt, zusammen mit dem Kaffee, macht mich ruhiger. Genau andersrum bei mir: Wenn ich rauche, genug Kaffee oder Cola trinke, werde ich ruhiger anstatt aufgekratzt.

Aus dem Fenster sehen. Der Verkehr schwimmt vorbei, auch heute strömt wieder alles Richtung Norden, da warten die Netze der Stadt. Werden bald gefangen, die bunten Fische, dann stehen sie still zwischen den Häusern und in den Parkbunkern, die Insassen wechseln die Dose: vom Auto ins Büro.

Sitzen bleiben. Meinen Plan Konturen annehmen lassen. Ich weiß noch nicht mal genau, worum es sich handelt, jedenfalls ist es eine Sache, die sich in meinem Kopf ausbreitet wie eine Druckwelle, nachdem die Idee eingeschlagen hat. Ein Meteorit aus dem All. Aktive, neuartige Materie. Von ihr gehen gerade flinke Zellteilungen aus, organisches Wachstum, das Projekt wird größer und größer. Dafür muss ich nichts tun, brauche nur zu rauchen und die Bilder vor mir erscheinen lassen.

Auch eine Stimme ist auf einmal dazu gekommen, die überlegt laut, murmelt irgendwas. Spricht nicht direkt mit mir, aber ich habe das Gefühl, ich sollte zuhören. Die Stimme spricht in einem anderen Raum, etwas Hall dabei, ich kann nur den Klang hören, die Worte verstehe ich nicht. Aber den Raum kenne ich. Das leise Plätschern, das Summen der Aggregate in den Becken: das Aquarium. Ich fand schon immer, dass Fische einem eine Menge zu sagen hätten. Dass sie darauf verzichten, es laut zu tun, hat mich bisher noch nicht gestört. Das Gebrabbel im Kopf könnte einem allerdings auch Angst machen: Stimmen hören und so weiter, ich weiß, dass das nicht gesund ist. Aber egal. Ich bin sicher, ich brauche nur zu warten, bis ich verstehe, was sie sagt, die Stimme. Außerdem – die ganze Sache hat meine Nerven an die Steckdose angeschlossen. Als wäre mein Gehirn vorher entladen gewesen, Lichter schwach, Achtung, sichern Sie die Daten, wechseln Sie sofort die Batterie! Jetzt summt das System, und wenn diese Stimme dazu gehört, soll es mir recht sein.

Dazu passt das Licht draußen, mit dem die Sonne die Autobahn überfällt – alle Leute haben inzwischen Sonnenbrillen auf –, und die Tatsache, dass ich damit rechnen kann, von Ötün nachher mindestens einen Fünfziger zu kassieren für die Fahrt heute Nacht. Und wenn es nur dreißig sind, mir auch egal.

Zwei Trucker setzen sich an den Nebentisch. Stoppelbärtig, verschwiemelte Bauerngesichter mit Augen, rot wie Stopplichter. Vierzehn Stunden Dauerfahrt vermutlich, nonstop aus Kattowitz. Rühren synchron in den Kaffeetassen, als wären ihre Arme durch ein Getriebe verbunden. Der Ältere fängt an, leise vor sich hin zu reden, auf Polnisch oder Russisch, ich kann das nicht auseinanderhalten, in einem jammernden Tonfall. Klingt, als würde er heimlich zu einem verbotenen Gott beten. Der andere guckt ihn nicht an, holt stattdessen ein Riesenpaket Stullen aus der Plastiktüte, die er unter dem Tisch zwischen die Knie geklemmt hält. Legt die Brote systematisch nebeneinander auf den Tisch, als müsste er sie der Größe nach ordnen, auf das leise Jammern von seinem Nachbarn achtet er nicht. Eine große Gurke kommt noch dazu, zwei Dauerwürste. Der Tisch sieht aus wie ein Flohmarktstand. Ich schiebe meinen Stuhl zurück und stehe auf, bevor er noch Preisschilder dranmacht.

Zurück nach Rüsselsheim, dorthin wo Ötün wohnt. Zu seinem Fuhrpark im Hasengrund mit den zwei alten Bretterschuppen und dem Einfamilienhaus. Dicht an der Autobahn, günstig für einen Abschlepper, der schnell vor Ort sein muss. Gilt auch für mich. Lange Wege kosten Sprit, sogar bei meinem kleinen Hondaroller. Der steht jetzt bei Ötün auf dem Hof und wartet auf mich. In die Wohnung in der Bunsenstraße gehe ich nur ab und an, weil da der PC steht. Mein Erstwohnsitz im Sommer ist Opas Schrebergartenhäuschen. Davon merkt in der Anlage keiner was, weil die Gesellschaft dort sich längst aufgelöst hat. Nur eine Frage der Zeit, wann die Gärtchen plattgemacht werden, vielleicht schon im Herbst, spätestens nächstes Frühjahr.

Ein Dreieck mit fünf Minuten langen Kanten: meine Sommerresidenz im Schrebergarten, die Bunsenstraße und Ötüns Firma. Übersichtlich, selbst für jemanden wie mich, der seine Schlüssel regelmäßig eine halbe Stunde lang suchen muss und deswegen eine viertelpfundschwere Schraubenmutter drangehängt hat. Alles andere regelt das Handy. Solange eine Karte drin ist und der Akku voll, läuft mein kleines Dienstleistungsunternehmen. Lass es daddeln, und ich bin sofort bei Fuß.

Auf dem Kies schwimme ich in Ötüns Hof rein, lasse es extra prasseln unter den Rädern, um ihn zu wecken, kriege dann auch gleich mein Geld. Das verrostete Eisentor steht noch immer offen, heute Nacht war keine Zeit mehr zum Schließen. Der Abschleppwagen rollt auf seinen Platz. Ich steige aus, werfe die Wagentür mit einem Knall zu. Bleibe eine Weile neben dem Auto stehen, aber an den oberen Fenstern mit den prachtvoll gerafften Schneewittchengardinen tut sich nichts. Vermutlich ist das Bett warm, und Ötüns Ohren sind gerade unempfindlich gegen Störungen. Ich stecke die Wagenschlüssel in die

Tasche, Zweitschlüssel, ein Beweis für Ötüns Vertrauen. Habe ich im Frühjahr bekommen, seit ich regelmäßig für ihn unterwegs bin. Eine Minute kann ich noch warten.

Ich sollte wieder mehr machen. Zu riskant, sich nur auf Ötün zu verlassen, aber bequem. Außerdem ist die Lage flau, und vielleicht bin ich ja mit zweiunddreißig schon zu alt, nicht mehr so anstellig – also vom Eindruck her, meine ich – wie die Leute das gern haben für die schnellen Jobs.

Das wird nichts mehr. Ich gehe zu meinem Roller, der steht drüben neben dem Haus, schon in der Sonne. Setze mich drauf und fahre rüber zu den Schrebergärten.

Vor der Anlage. Den Roller an der üblichen Stelle aufbocken, vor dem Haupteingang. Niemand da. Noch zu früh, selbst für die paar Unentwegten, die die Gärten noch betreiben, auf verlorenem Posten, alle Mietverträge sind schon seit einem Jahr gekündigt. Den betonierten Mittelweg langschlendern, meine Stiefel klicken lassen. Der Garten, das war Familie. Mama war da und Opa, ich. Durfte helfen. Hatte sogar mein eigenes Beet, na ja.

Zuerst kommen die großen Parzellen, die Prunkstücke. Wie diese hier mit einem Torbogen aus kunstvoll zusammengeschweißten Eisenrohren, dran hängt ein Holzschild mit Kuhhörnern, rechts und links zwei rostige Hufeisen. Vor Urzeiten mal mit dem Lötkolben eingebrannt: »Ponderosa« und zwei rauchende Colts, kann man gerade noch erkennen. Der nächste Garten, ähnliche Ausstattung, nennt sich »Shiloh Ranch«. Zwei Fernsehgenerationen vor mir, die Sachen. Dann kommen die ärmeren Viertel, wo keiner auf die Idee gekommen ist, seinem Gärtchen auch noch einen Namen zu geben. Höchstens ein verblichenes Hirschgeweih am Giebel vom Hüttchen oder ein Schwan aus einem zerschnittenen Autoreifen bei einem Romantiker, mit Silberbronze angestrichen. Die Reste der zerdepperten Gartenzwerge sind schon lange im hochgeschossenen Gras versunken, irgendwo steht ein abgebröckeltes Reh aus Gips. Wo, habe ich vergessen.

Am vitalsten sind die Brennnesseln und das Springkraut, das überwuchert die Komposthaufen und die Beete. Bloß ein paar Obstbäume schauen aus dem Dschungel raus. Das Unkraut bekommt vielleicht im nächsten Sommer noch mal eine Chance, wenn die Planierraupen da waren und nur noch Erdhaufen übrig sind, da kann es für ein paar Wochen drauf wuchern. Bis der Boden schließlich betoniert und versiegelt ist, dann müssen auch die Brennnesseln kapitulieren.

Opas Garten. Das Vorhängeschloss an der Zauntür aufsperren. Hat bloß einen Maschendrahtzaun, stellenweise ausgebessert mit Blumendraht. Man geht auf Waschbetonplatten durch vier kleine Gemüsebeete. Paar von den Beeten habe ich kultiviert, mein kleines Eden. Baue Salat an, Gurken und Karotten. Seitdem ich nicht mehr trinke, esse ich ab und zu Grünzeug, wollte ja mal gesünder leben. Verfolge das allerdings nicht konsequent, grabe die Beete im Frühjahr um und schütte die Samen in die Erde. Was gedeiht, schneide ich mir gelegentlich ab, wenn ich es nicht vergesse, aber das ist unwahrscheinlich, weil ich ja dauernd an dem Zeug vorbeimuss. Gießen – ja, da bin ich nicht sehr zuverlässig. Wenn es zu trocken wird, geht's meiner Plantage schlecht. Gerade sehe ich, bei den Karotten ist wieder einiges gewachsen. Die nehme ich gerne mit zum Angeln, knabbere sie ab, wenn ich für Stunden am Ufer sitze, rauche dann auch weniger.

Nach den Beeten kommt ein Stückchen Rasen, so groß etwa wie ein Wohnzimmerteppich, ein Zwetschgenbaum wächst drauf, dahinter steht dann das Häuschen, ein kleiner Schuppen hängt noch hinten dran. Hat Opa alles sauber aus Steinen gemauert, ein winziges Fenster ist drin, ein Dach mit aufgequollener Teerpappe, die müsste man mal reparieren, falls das Häuschen eine Zukunft hätte.

Ich gehe an der Hütte vorbei, fische die Schlüssel aus meiner Hosentasche und öffne das Schloss an der Schuppentür. Da steht neben einem Haufen Gartengerätschaften, einer Schubkarre und einem aufgerollten Schlauch mein Angelzeug in der grünen Segeltuchhülle. Ich mache die Hülle auf und hole das

Angelzeug raus, lege alles auf den Boden. Als ich die Hülle ganz ausgeräumt habe – ist etwa einen Meter fünfzig lang –, stecke ich die Faust rein, ziehe den Reißverschluss ein Stück zu und spreize meine Finger auseinander. Reicht nicht, zu eng. Ich werde zweimal fahren müssen. Im Schuppen aufräumen. Die Hacken und Schaufeln alle auf die linke Seite rüberstellen. Sehe mir die frei gewordene Ecke eine Weile an. Könnte gehen.

Die Tasche für das Angelzeug rolle ich zusammen, klemme sie unter meinen Arm. Beim Absperren der Schuppentür pfeife ich leise vor mich hin. Dieser Williams-Song hat sich zu einem Ohrwurm entwickelt, passiert mir übrigens ständig. »And then I go and spoil it all by sayin' somethin' stupid like I love you.« Da ist er ja wieder, der Text.

Im Schuppen also. Und bald, ich muss die Dinger bald holen. Das dumme Gefühl, bereits was Wichtiges vergessen zu haben, stellt sich ein, wie so oft. Ich werde alles aufschreiben müssen, darum komme ich nicht rum. Über mir fängt es an zu brodeln, als wäre die Luft flüssig geworden. Der Riesenfisch. Verdunkelt den Himmel, schwebt so langsam über die Schrebergartenanlage weg, dass man nicht versteht, wie so ein Ding sich eigentlich in der Luft halten kann. Hinterlässt das Getöse zerrissener Luft, einen aus den Fugen geratenen Himmel, der sich erst wieder beruhigt, nachdem das Flugzeug längst außer Sicht ist.

Nachdem ich von Ötün – der kam schließlich doch noch aus den Federn – vierzig Euro gekriegt habe, was in Ordnung ist, fahre ich in die Innenstadt. Erst mal eine neue Karte fürs Handy besorgen, dann zum Internetcafé. Dort hocken immer ein paar Leute, die ich flüchtig kenne. Meistens übersehe ich wen, der kommt dann schon mal rüber und tippt mir auf die Schulter, aber in der Regel lässt man sich hier in Ruhe. Besonders heute kann ich keine Zuschauer gebrauchen. Beim Reingehen zögere ich einen Augenblick, während ich einem fetten Typen zunicke, der auch schon mit mir zusammen gespielt hat. Kennt sich ganz gut aus übrigens. Ich überlege also, ob ich nicht woanders hingehen soll, aber die Rechner sind gut verteilt, und man müsste sich schon direkt davor stellen, um zu sehen, was einer da auf dem Bildschirm hat, und das würde hier keinem einfallen.

Ich klicke mich rein, nach einer halben Minute bin ich schon dran. Auf einem Zettel mache ich mir Notizen, wechsle auf ein paar Links und überprüfe, ob die Informationen überall gleich lauten. Was ich vermutet habe, stimmt. Aus purem Übermut lasse ich die Seite noch eine Minute lang stehen und sehe mir in Ruhe an, was mir da heute in die Hände gefallen ist:

»Stinger-Rakete. Boden-Luft-Rakete mit Infrarotzielsystem. Wurde in Afghanistan von den USA an die Mudschaheddin zum Kampf gegen die russischen Besatzer weitergegeben und vielfach erfolgreich gegen Flugzeuge eingesetzt. Erreicht doppelte Schallgeschwindigkeit. Gewicht sechzehn Kilogramm, Länge ein Meter fünfzig. Reichweite bis zu acht Kilometer, erreicht Flugzeuge in dreitausend Metern Höhe. Kann infolge des »fire and forget«-Systems von Einzelpersonen überall im Gelände problemlos ohne weitere Hilfsmittel abgefeuert werden. Der Sprengkopf sucht sich selbst sein Ziel, in der Regel das heiße Triebwerk des Zielflugzeugs.«

Eines der Fotos zeigt die Stinger mit allem Zubehör, auf einem anderen sieht man zwei schwarze Punkte mit langen wolkigen Rauchfahnen vor einer Gebirgskulisse. Noch eines, bärtige Männer mit Turbanen sind drauf, die stehen zu viert um ein schwindsüchtiges Moped rum, an jedem hängen mindestens zwanzig Kilo Waffen, einer hat eine Stinger vor sich auf den Boden gestellt. Sie sehen so zufrieden aus, als hätten sie alle vier das große Los gezogen. Ich gehe aus dem Programm.

Zurück zum Garten. Am Penny-Markt halten zum Einkaufen: Mein täglich Brot und die neue Wochenration. Zwei eingeschweißte Päckchen Mailänder Salami und zwei mit halbfettem Schnittkäse aus dem Kühlregal. Dazu eine neue Tube Zahnpasta. Die Zigaretten bekomme ich anderswo steuerfrei. Bevor ich mich in eine der beiden Schlangen stelle, spähe ich nach vorn, ob die blonde Kassiererin wieder da ist. Die hat hier neu angefangen. Eine Russin. Hat noch nicht den geschafften Gesichtsausdruck, den alle bei diesem Job entwickeln: das leidende Hochgucken vom Band, wenn der Scanner ausgepiepst hat, so ein Blick, der gegen dein Gesicht prallt, als könnten Augen Ohrfeigen verteilen. Nein, die hat mich richtig angelächelt. Kommt nicht so oft vor, dass ich von einer Frau angelächelt werde. Grüne Augen. »Wojwodina« stand auf dem Namensschild. Ich hab mir den Namen eingeprägt neulich, als ich zum letzten Mal hier war. Dauerte eine Weile: mnemotechnisch mit Wolga und Wodka. Namen, da hapert's bei mir besonders, das braucht seine Zeit. Wolga, das ist ja ein Fluss, und mit Flüssen stehe ich grundsätzlich gut, na ja, und Wodka ist einfach. Auch dass sie ein bisschen nachdenklich wirkte und fremd. Passte zu Wolga und Wodka, meine ich. Wojwodina. Sie ist aber nicht da.

Ich rücke vor, bezahle meine Sachen, ziehe die Plastiktüte aus meiner Jacke und stopfe das Zeug rein. Eine Tüte ist immer dabei, als Transportbehälter für alles Anfallende und Müllsack zum Entsorgen. Richtige Taschen funktionieren bei mir nicht, würde ich sofort liegen lassen. Muss immer alles an Bord sein bei mir. Draußen kommt die volle Tüte in die Box am Roller.

Im »dicken Busch« bei mir zu Hause halte ich kurz an. Was zu trinken holen. Bei der Hitze. Wenn man das so nennen kann: zu Hause. Die Tür, mit bunten Graffiti besprüht, ist schwer wie Blei. Ofentür, feuersicher. Schon beim Anfassen das vertraute Gefühl im Magen. Lasse sie hinter mir zurumsen. Unerwartet kühl hier drin, stinkt trotzdem wie immer nach Pisse, nach diversen Müllsorten in allen Stufen der Gärung. Niemand im Treppenhaus. Trotzdem aufpassen, während meine Schritte Hall erzeugen, das Geländer leicht vibriert. Unter Lichtgarbenbeschuss von draußen durch die Fensterscharten, winzig wie in einem großen Knast.

Aufpassen ist bloß ein alter Reflex, fast zwanzig Jahre alt inzwischen. Hier haben sie mich nämlich ein paarmal nach der Schule abgepasst, vor diesen kackfarbenen Türen da, eine neben der anderen. Keine davon ging auf, während ich eine Viertelstunde lang davon überzeugt wurde, dass mein Taschengeld von nun an nicht mehr für mich bestimmt war. Hat mich einen Originalzahn gekostet und mir einen Stiftzahn beschert. Glücklicherweise noch zu den Zeiten, als die Kasse so was bezahlt hat.

Hinter einer der Türen rapt es, dazu leise furzende Computermusik. Lasse ich unter mir wegsacken bei meinem Aufstieg in den vierten Stock. Wie ich die letzte Treppe hochgehe, höre ich es bereits: das Geschrei aus der Wohnung unter mir. Der Klang ist immer derselbe, eine Stimme, die sich nie steigern muss, die bereits überschnappt, wenn die Frau den Mund aufmacht. Ab und zu begegne ich ihr im Treppenhaus, wo sie ganz manierlich wirkt, abgehärmt, frustriert zwar, aber so sehen hier alle aus. Blasses, verhuscht weggedrehtes Gesicht, rattenfarbene Strubbelhaare, billige Jeans. Russlanddeutsche, schätze ich. Wenn sie aber die Wohnungstür hinter sich zumacht, verwandelt sie sich. Kriegt ein Monstergesicht wie in einem Horrorfilm, die Haut verwest im Zeitraffer, die Zähne blecken aus den Kiefern wie Klaviertasten, ihre Augäpfel rollen in den knöchernen Höhlen rum, und dazu gibt es dann diese Schreie.

Sie macht keine Pause da unten, während ich durch meine Wohnung sause wie eine dieser altmodischen Flipperkugeln, nur die strategischen Punkte berühre, alles andere übersehe, weil ich es eilig habe. Also: frisches T-Shirt, Badezimmer, Getränkekasten, Flaschen raus und wieder weg. Was an Post unter der Tür durchgekommen ist, kicke ich zu dem Haufen, der sich schon vor der Küchentür gebildet hat.

Mit zwei Flaschen Apfelsaft trabe ich auf dem Weg nach unten wieder an dem besinnungslosen Gebrüll vorbei. Soll ein Tier geben, das so schreit, irgendwo in Afrika. Welches, fällt mir gerade nicht ein. Mit einer Stimme, die töten kann. Glas zerspringen, Trommelfelle platzen lässt, anschleichende Leoparden killt, sich selbst vielleicht auch. So schreit die Frau. Wie manche Leute, die sich schneiden, wenn sie es nicht mehr aushalten.

Ganz unten, wo die Treppe endet, gegenüber den aufgebogenen, zerbeulten Blechbriefkästen, klingt noch so ein einzelner erstickter Schrei nach, ehe ich die Haustür hinter mir zudonnern lasse wie bei einem leeren Tresor.

Drei Stunden später bin ich fertig mit meiner Aktion, ziemlich verschwitzt, das Hemd klebt mir inzwischen am Rücken: zweimal mit dem Roller durch die Sommerhitze in den Wald und zurück, bei jeder Rückfahrt eine der sechzehn Kilo schweren sperrigen Raketen in der Angelhülle auf dem Buckel. Mein lieber Mann! Ich schiebe den Roller über den Mittelweg, um ihn diesmal auf Opas Garten für die Nacht zu parken, aus unbestimmten Gründen will ich ihn bei mir haben. Bugsiere ihn an dem Zwetschgenbaum vorbei, der bereits kleine, himmelblau gefärbte Entwürfe zukünftiger Zwetschgen an seinen Ästen trägt, bis vor den Schuppen. Noch mal zurück zur Gartentür, das hakelige Vorhängeschloss absperren. Mit dem anderen Schlüssel geht das Bügelschloss an der Hüttentür auf. Ich bringe meine Essvorräte rein, hab sie natürlich wieder mal in der Box gelassen – passiert mir ständig –, wo sie zwei Stunden vor sich hin schmorten. Packe die Tüte auf den Holztisch mit den Campingstühlen. An der kleinen Spüle, wo zwei Teller und ein Besteck in einem Gestell auf der Abtropfschale hängen, mische ich mir ein halbes Glas Apfelsaft mit Kranwasser auf. Mache mir zwei Käsebrote. Die restlichen Lebensmittel hänge ich in der Plastiktüte an die Hinterwand der Hütte, wo es am kühlsten ist. Hat alles seinen Platz, sonst fällt es mir aus dem Kopf raus, und ich finde die Sachen erst wieder, wenn es irgendwo anfängt zu stinken.

Dann mache ich es mir auf der Klappliege mit dem Schlafsack drauf gemütlich. Die Brote esse ich im Liegen. Zünde mir eine Zigarette an. Mache die Augen zu. Jetzt, wo alles erledigt ist, kann ich den Plan beim Rauchen weiterreifen lassen. Zwei, drei Zigaretten halten eine Stunde vor, damit kann ich ebenso gut wieder geradeaus denken wie mit Kaffee. Alles was Droge heißt, bringt das Gehirn in Fahrt, sagen die Adies im Chatroom, Junkies natürlich, einige.

Mit geschlossenen Augen sehe ich mir in Ruhe an, was inzwischen im Schuppen angekommen ist: Zwei nagelneue Stinger-Raketen lehnen jetzt friedlich nebeneinander zwei Meter von mir entfernt zwischen den Hacken und Schaufeln an der Bretterwand. Komplett mit Abschussrohr, aufklappbarem Visier und Abzugsvorrichtung. Nichts verbogen, nicht mal einen Kratzer haben sie abgekriegt von dem Unfall. Es ist sogar was dran, was ursprünglich mit Sicherheit nicht zu den Raketen gehört hat: Kleine Banderolen aus Papier, um die Abschussrohre festgeklebt mit handgeschriebenen Schriftzeichen drauf, arabisch oder persisch, sehen jedenfalls orientalisch aus. Gebete wahrscheinlich, irgendwas Bigottes, was zu der Sorte Leute passt, die sich in die Luft sprengen, um in den Himmel zu kommen: Tod allen Christenhunden vielleicht oder was in der Art. Vielleicht aber auch unlesbare geheimnisvolle Geschenketiketten: Alles Gute, lieber Richie zum Wiegenfest, auf Arabisch. Bisschen früh allerdings, bis zu meinem Geburtstag dauert es noch drei Monate. Die Papierchen habe ich jedenfalls abgemacht und in meine Geldbörse gesteckt, kann ich vielleicht noch gebrauchen. Ich ziehe an der Zigarette. Blase den Rauch durch die Nase aus. Ob sie die Raketen suchen werden?

Natürlich.

Sagt plötzlich jemand in mir drin. Die Stimme. Viel deutlicher jetzt. Ganz nahe an meinem Ohr, ich verstehe ganz genau, was sie sagt. Der Raum ist wieder da, das Aquarium mit dem grünlichen Licht, das wabernd aus den Becken kommt. Ich habe das Gefühl, dass ich jetzt sehen könnte, wer da spricht, brauchte mich nur innerlich ein Stück nach links zu wenden. Das mache ich, und dann sehe ich ihn.

Den großen Koi.

Er schwimmt in einem flachen Becken, hübsch eingefasst mit Kieselsteinmustern in Beton, ein schwarzer Koi ist es, und im Moment der einzige im Becken, soweit ich das überblicke. Im Aquarium habe ich ihn noch nie gesehen. Hat seinen Kopf aus dem Wasser gestreckt, macht sein Maul beim Sprechen auf und zu, glotzt mich mit seinen runden Augen an, wie Kois das so machen.

Klar wird man die suchen, sagt der Koi, aber das stellt nicht wirklich ein Problem dar.

Er hat nicht Opas Stimme, aber etwas von ihm ist dabei, nicht der Klang, denn der Koi schmatzt beim Reden, weil ihm das Wasser ins Maul läuft. Eher die Art, wie er redet. Ich warte einen Moment, so wie man jemanden ansieht, wenn man möchte, dass er was sagt, und prompt höre ich die Stimme wieder.

Die müssen erst mal rauskriegen, was aus dem Typ und seinem Auto geworden ist. Es wird eine Zeitungsmeldung geben, aber nur eine kleine. Und bloß einmal.

Der Koi guckt mich an, als wollte er herausfinden, ob ich das kapiert habe.

Wenn sie die verpassen, schmatzt er weiter, denken sie wahrscheinlich, der wäre erst gar nicht losgefahren. Kann in dem Milieu schon mal vorkommen: Schläfer. Davon hast du doch schon gehört, oder? Die sich gegenseitig nicht kennen, erst aktiviert werden müssen, und da gibt's manchmal Schwund, was denkst du?

Fragt mich der Koi und schwimmt anschließend eine Runde durch das Becken. Er hat ein halbes Dutzend goldene Schuppen auf seinem schwarzen Rücken, die leuchten im Deckenlicht auf, wie er sich dreht und mir noch einen Blick zuwirft. Ich sollte ihm wohl antworten.

Klar, sicher, sage ich. Wird wohl so sein.

Na siehst du, sagt er. Sein Maul ist wieder über dem Wasser, die beiden Barten wackeln, während er redet: Und wenn sie den Unfall überhaupt spitzgekriegt haben, dann müssen sie erst mal an das Auto ran. Gar nicht so einfach. Das Wrack kann keiner vom Gelände klauen, einfach so. Dazu braucht man einen Abschleppwagen.

Und die Polizei?, frage ich, weil mir die gerade eingefallen ist.

Na ja, sagt der Koi. Die wird schon irgendwann rauskriegen, wer der Kerl war, der den Unfallwagen gefahren hat, aber woher wollen die wiederum wissen, dass der Raketen transportiert hat? Also hast du gute Chancen. Die Dinger gehören dir!

Der Koi lacht ein bisschen, dreht sich dabei auf die Seite, sind ja die lustigsten Fische, die es gibt. Er freut sich sozusagen für mich.

Wenn die Typen den Wagen nicht in Kürze in die Finger bekommen, fährt er fort, werden sie die Raketen vermutlich lieber abschreiben, als sich damit ein Risiko einzuhandeln.

Hunderttausend Dollar soll eine davon auf dem schwarzen Markt kosten. Hat im Netz gestanden, sage ich.

Na und? Der Koi stellt seine Brustflossen quer und rudert ein Stückchen zurück, dabei rollt er etwas um die Längsachse. Ach ja: Er zuckt die Achseln!

Nicht allzu viel Geld für Al-Kaida-Leute, sagt er. Aber trotzdem, hör zu: Die Raketen können nicht bei dir im Schuppen bleiben. Morgen brauchst du ein sicheres Versteck.

Dann taucht er ab, und das Aquarium verschwindet, als hätte jemand das Licht ausgemacht.

VIER

Ich schleiche langsam durch die Fabrikhalle. Immer an einer Wand oder im Schutz der Maschinen bleiben, während ich mich weiter vorantaste. Man muss vorsichtig sein hier drin. Fast leer, die Halle, ein paar Gerätschaften liegen noch herum. In der Mitte die großen Maschinen, eine braune Rostschicht darüber. Wirkt auf den ersten Blick verlassen, die Halle, gearbeitet wird hier seit Langem nicht mehr. Alles verstaubt, in den Bodenplatten lange Risse. An den Wänden fehlen große Stücke vom Putz. Verschlampt, nutzlos, aber nicht vergessen. Und auch nicht wirklich leer. Ich weiß das genau. Durch die großen Milchglasfenster fällt nur wenig Licht. Unübersichtlich hier. Im Halbdunkel der Ecken und in den leeren schwarzen Türöffnungen mit den unleserlichen Schildern darüber lauert etwas.

Ich werde jetzt rausgehen. Drücke mich weiter dicht an der Wand lang, Meter für Meter zum Hallentor hin, konzentriere mich auf die Geräusche aus dem Dunkel der Halle, Geräusche, die man nicht überhören sollte.

In dem offenen Tor erscheint die Stadt. Düstere Farben, wechseln von Dunkelgrau zu Schmutzigbraun. Beton. Paar lahme Graffiti drauf. Hintereinander gestaffelte Wohnsilos, schwarze Fensterlöcher. Nur scheinbar sind das hier die Behausungen von Menschen. Im Grunde besteht die Stadt nur aus einem bedrückenden Labyrinth hoher Wände, aus Fassaden, die auseinanderweichen, wenn man ihnen näher kommt, Durchgänge freigeben, andere versperren, einen nicht entkommen lassen. Ein großes Wesen, gleichgültig, aber gierig, das keinen Schutz bietet, nur Verstecke.

Die gegenüberliegende Fassade sehe ich mir genau an. Kaum Fenster, zum Glück. Es ist Nacht, aber der Himmel zwischen den Dächern hat keine Sterne. Trotzdem herrscht ein fahles

Licht, das von nirgendwo zu kommen scheint. Vorsichtig mache ich ein paar Schritte aus dem Gebäude raus. Bleibe noch einen Moment am Tor, um mir einen Überblick zu verschaffen. Dann rutsche ich – dicht an der Wand bleiben! – an die nächste Mauerecke ran, beobachte das kleine Fenster über mir in der Hauswand gegenüber. Es ist jetzt nur noch eine Frage der Zeit. Je näher ich der Ecke komme, umso schneller muss ich sein.

Jetzt. Schießen!

Mündungsfeuer flammt aus meiner automatischen Waffe. Der Feuerstoß meißelt den Putz aus der Mauerecke, reißt den Typen, der dahinter stand, in einer Staubwolke um. Er rollt mit leisem Aufstöhnen noch ein Stück in die Straße rein, breitet langsam die Arme aus, bleibt liegen. Eine dunkle Flüssigkeit kommt unter seinem Rumpf hervor, füllt die Ritzen im Pflaster. Ich sehe nicht zu ihm hin. Lasse den Finger am Abzug. Möglich, dass noch einer kommt.

Überall lauert der Tod. Aber nicht überall auf die gleiche Art. Der Zufall spielt ihm in die Hände, dem Tod, man hat immer mit ihm zu rechnen. Hier, an der Ecke zum Beispiel, muss man genau auf das Fenster im ersten Stock gegenüber achten. Hat eine strategisch günstige Position. Richtig, prompt bewegt sich da was. Im gleichen Augenblick erledige ich ihn. Schnell und punktgenau. Das Sturmgewehr reißt den ganzen Fensterrahmen in Fetzen; die Glassplitter regnen aufglitzernd runter auf die Straße. Der Arm des Toten hängt anschließend aus der Fensterhöhle raus, zur Bestätigung sozusagen.

Ich kriege langsam Durst.

Außerdem fängt das Geschrei unter mir schon wieder an. Diesmal antwortet eine Männerstimme, bellt tief, zornig auf, rottweilermäßig. Das Programm kenne ich bereits. Der Mann wird noch ein paarmal bellen, jedes Mal lauter, dann mit Türenschlagen das Haus verlassen. Das heißt aber nicht, dass das Geschrei damit zu Ende ist. Sind immer noch die beiden Kinder da.

Ich schleiche mich weiter in die Mauerwüste rein, die den

Eindruck macht, sie würde nirgends enden, was im Grunde ja zutrifft. Den Finger locker über »Feuern«. Die Grafik ist nicht besonders, es gibt inzwischen zehnmal bessere Spiele. Aber dieses mag ich nun mal. Man muss wirklich schnell sein.

Deswegen ist mir auch das automatische Gewehr am liebsten. Ich wähle nie was anderes. Ich könnte eine Pumpgun oder ein Scharfschützengewehr nehmen. Die Pumpgun macht hübsche Effekte, der Sniper spektakuläre Treffer auf Distanz. Aber ich nehme immer das Sturmgewehr, die klassische Kalaschnikow. Immer noch die meistbenutzte Waffe der Welt, soviel ich weiß. Ein genialer Russe hat das Ding im letzten Weltkrieg erfunden. Der lebt sogar noch, glaube ich. Hab ihn mal im Fernsehen gesehen, ganz alter Mann inzwischen. Schüttelte dauernd den Kopf und erklärte auf Russisch mit Untertiteln, wieso er das Gewehr gebaut hat und dass es ihm leidtut, dass es so gut funktioniert. Jedenfalls sinngemäß.

Und es gibt mir was, wenn ich gegen die Bots lebend durchkomme, was mir keineswegs immer gelingt. Die können ziemlich schnell sein, und am Ende ist es schließlich eine Frage der Statistik. Das Überleben, meine ich. Wenn sie mir mal den Strom abstellen, ist es damit auch vorbei. Dann bleibt noch Onlinespielen im Café. Früher konnte ich ab und zu bei Ötün im Büro ans Netz, aber seit Nesche da ist, kann ich mir solche Freiheiten nicht mehr rausnehmen.

Hier, das Gebäude mit der großen Freitreppe, da werde ich jetzt reingehen. Hier drin haben sie nämlich die Bombe. Die Bombe, das ist so eine schmutzige Billigatombombe, wie sie Terroristen basteln können. Nicht viel Sprengwirkung, aber jede Menge Fallout. Das muss man verhindern, ist ja immer dasselbe. Man kommt aber nie wirklich dran, höchstens in die Nähe von dem Ding. Die Gegner werden gesampelt, die Bots, sie kommen jedes Mal von woanders. Werden zahlreicher und schneller, je näher man der Bombe kommt.

Das Gebäude hier, wo sie drin sind, sieht aus wie ein schickes Hotel, ist so eine Art Hauptquartier. Das Zentrum des Bösen sozusagen. Die Gegner sehen dementsprechend aus,

Mischung aus Araber und Südamerikaner, dunkle Bärte, zum Teil Sturmhauben übergezogen, aber keine Schwarzen dabei. Hätte man den Spielemachern vermutlich nicht erlaubt wegen Rassendiskriminierung.

Langsam die Straße überqueren, genau auf die toten Winkel achten. So, okay. Hat geklappt. Peile mit dem Visier des Sturmgewehrs über die Fenster weg, um schnell schießen zu können, sobald sich da was tut. Häuserkampf. Das ist so ziemlich das Gefährlichste, was man sich antun kann. Im Gelände draußen ist man viel sicherer. Das Spiel hat auch einen Schauplatz im Wald, aber der ist langweilig. Ich drücke mich weiter an der Mauer entlang, tippe dafür langsam mit dem Mittelfinger auf das »W« in der Tastatur. »W« für Weiter, »A« für links, »D« für rechts. Die linke Hand locker über dem Dreieck: »W-A-D«. Auf »S« rutschen für rückwärts. Die Rechte dirigiert die Maus: Blickfeld, Zielen, Schießen.

Bei diesen Spielen erfährt man eine ganze Menge. Zum Beispiel, dass ein Scharfschütze auf zweihundert Meter Entfernung mit einem entsprechenden Gewehr und Zielfernrohr dran die Karos aus einer Spielkarte pflücken kann. Ich bin jetzt dicht an der Treppe, gehe ganz langsam weiter. Und die Hochgeschwindigkeitsgeschosse. Man braucht damit bloß ein Bein oder einen Arm zu treffen. Die Geschwindigkeit der Kugel allein erzeugt einen tödlichen Schock. Und die Pumpgun, na ja – eher unappetitlich, die Wirkung. Ungefähr wie Tontaubenschießen, aber mit Turboeffekt.

Jetzt bin ich fast an der Tür. Dahinter warten sie vermutlich. Zu zweit oder zu dritt. Ich habe Hunger, merke ich, muss schon spät sein. Ganz kurz auf die rechte untere Leiste am Desktop gucken, um zu sehen, wie spät es ist.

Das hätte ich nicht tun sollen. Ehe ich Zeit habe, meinen Fehler auszubügeln, bin ich tot. Aus einer Mauernische von gegenüber hat mich einer erwischt. Taktaktaktak! War in der Projektion der Schattenlinien kaum auszumachen.

Das Bild dreht hoch, der Nachthimmel zeigt sich. Sterne, dunkelblaue Wölkchen. Ein Synthesizerdreiklang. Dazu teilt mir der Rechner mit, dass ich eliminiert worden bin. Okay. Ich gebe auf. Nicht mein Tag. Meistens komme ich weiter, bis ich zum ersten Mal sterbe. Fällt mir heute schwer, mich zu konzentrieren.

Die Frau unter mir versucht gerade, sich noch zu steigern, obwohl das eigentlich gar nicht drin ist. Sie ist schon eine Weile an dem Punkt, wo das Schreien nicht mehr lauter geht. Stattdessen versucht sie, die Tonlage zu ändern und sich neue Sachen einfallen zu lassen, die sie schreien kann. Ich verstehe kein Wort davon, kann mir aber denken, dass es nicht viele Möglichkeiten gibt, abzuwechseln. Zwei Kinder wohnen bei ihr. Ein achtjähriger Junge, der andauernd mit den Augen zuckt, und ein mageres zwölfjähriges Mädchen mit leeren Augen, das einen nie ansieht. Der Junge hätte sich besser was mit den Ohren statt mit den Augen geholt, denke ich, so was wie eine psychische Taubheit, wenn es das gibt. Und das Mädchen braucht höchstens noch ein Jahr, dann macht sie, was sie will. Beziehungsweise das, was der Typ will, der sie abschleppt. Ich schalte den Rechner ab. Elf Uhr. Vielleicht kann ich ein paar Schachteln Zigaretten kriegen. Von Ötüns Prämie ist noch was da.

In der Innenstadt stelle ich den Roller am Bahnhofsplatz ab, vor dem »Peacock«, den Türsteher kenne ich. Sichere Stelle, gut beleuchtet, direkt vor dem Opelhauptportal, das Denkmal vom würdigen alten Adam davor, viele Leute sind dort unterwegs. Nicht auszudenken, wenn mir ausgerechnet jetzt der Roller geklaut würde. Ich blockiere das Lenkrad. Danach das Vorderrad noch mit dem separaten Vorhängeschloss abschließen. Um diese Zeit fängt der Betrieb allmählich an. Ein Pulk Mädchen mit bauchfreien T-Shirts und tiefer gelegten Jeans, bunte Arschgeweihe auf die Steißbeine tätowiert, drängelt sich unter den Augen von Adam Opel in die Disco. Ralf, der Türsteher, hebt die Hände, so: Bitte nicht schießen!, dreht sich in der Tür seitwärts und lässt sie dicht an sich vorbei, eine nach der anderen, auf Tuchfühlung, Brustwarzenkontakt erwünscht.

Checkt immer, was geht. Ralf hat geöltes, blond gefärbtes kurzes Haar und ein Arrangement von Piercings, das beide Augenbrauen, die Nasenflügel und die Unterlippe erfasst. Sieht ein bisschen aus wie ein Schlüsselbrett. Ich gehe zu ihm rüber.

»Hey, Ralf«, sage ich, als die Mädchen drin sind.

Ralf sieht mich spöttisch an. Hebt seinen Kopf ein Stück. Eine Geste, die ich gefühlsmäßig für eine Begrüßung nicht ganz ausreichend finde.

»Was geht?«, frage ich trotzdem. Stelle mich probeweise neben ihn.

»Du störst«, sagt Ralf und lächelt mich aggressiv an.

»Ich brauche Zigaretten.« Gelassen bleiben. Versuche ich jedenfalls.

»Wir brauchen alle irgendwas«, versetzt Ralf weise, bleibt bei seinem unangenehmen Lächeln. Wippt auf den Ballen.

Ich zucke die Achseln. »Ich dachte, du könntest mir wieder welche besorgen.«

In meiner rechten Hand habe ich jetzt einen Zwanzig-Euro-Schein. Meinen letzten. Ralf sieht auf das Geld mit einer Miene, als hätte er Hundescheiße am Schuh entdeckt.

»Geh zur Fürsorge. Ich hab keine Zeit für deine Späße.«

Nun starrt er mir direkt ins Gesicht, mit der Hundescheißemiene von vorhin, ergänzt durch ein nussknackermäßig vorgeschobenes Kinn. Riecht ein ganz klein wenig nach Alkohol. Wodka wahrscheinlich, denke ich automatisch. Der macht kaum Fahne.

»Verpiss dich«, ergänzt Ralf seine Mitteilungen. Spuckt direkt vor meinen Stiefelspitzen auf den Boden und starrt mir danach mit seiner Pitbullmiene ins Gesicht. Das Wippen auf dem Vorfuß verstärkt sich, die beidseits im Gürtel hakenden Hände werden zu Fäusten.

»Okay, okay.«

Ralf hat hier das Hausrecht, das erstreckt sich auch auf seine Reichweite. Ich trolle mich. Irgendwas ist passiert. Vielleicht sind sie ihm auf seinen Zigarettenhandel draufgekommen. Vielleicht habe ich aber auch wieder was vergessen, irgendwas, Stress mit Ralf. War da was? Bloß Nebel, weiße Flecken in der Erinnerung. Scheiße. Ich komme nicht drauf, ob da was war. Sehe mich nicht nach Ralf um. Den Roller lasse ich, wo er ist. Vor der Disco kann der eine Weile stehen bleiben.

Langsam gehe ich in die Fußgängerzone rein. Horche auf das Klicken der kleinen Eisen an meinen Stiefeln. Lasse mich treiben, an den Schaufenstern vorbei, sehe mir die Klamotten da drin an. Leichte Sommeranzüge, passende Hemden reingesteckt, helle Krawatten. Alles leger, gar nicht steif. Dezente Dekoration, ein paar Leute haben lange daran gearbeitet, damit alles so zufällig wohlgeraten aussieht. Die Frauenpuppen in Sommerfähnchen und Leinenhosen, alle superschlank, aber betont proportioniert. Weiblich aufgeschäumte Styroporformen. Die Gesichter aus weißem Kunststoff, nur so angedeutete Augen und Nasen, aber jede Schaufensterpuppe hat richtige Brustwarzen, man sieht die Nippel überall kess unter dem gespannten Stoff rausstechen. Vor einem Computergeschäft bleibe ich stehen, sehe mir die schnellen Teile an. Mit gigantischen Speicherscheunen, Wasserkühlung gegens Heißlaufen, interaktiven Kabeln dran zum selber Fechten, solche Sachen. Mein eigener, den ich immer wieder aufpeppe, läuft inzwischen nur noch mit viel gutem Willen. Die richtig fetten Spiele kann ich da drauf längst nicht mehr laufen lassen. Nicht mehr als ein zu groß geratener Gameboy ist der Rechner inzwischen. Und für die Treffen, wo man es richtig abgehen lassen kann, bin ich sowieso längst zu alt, die Kids würden mich bei einer LAN-Party wahrscheinlich noch nicht mal durch die Tür lassen, abgesehen davon, dass ich keinen von den schicken kleinen Rechnern unterm Arm hätte, den man da mitbringen muss.

Horst hat vor ein paar Jahren mal so was organisiert, als »Counterstrike« aufkam. Für ein paar von seinen Freunden, damals alle schon keine Teenies mehr. Leute, die Anzüge tragen, Angestellte, Gehaltsempfänger, Selbstständige. Mit Markenuhren, Goldkettchen. Vor Horsts Tankstelle standen da zur Abwechslung mal wirklich schicke Autos. Horst hatte seinen Laden dichtgemacht, die Jalousien runtergelassen, die Regale mit den Schokoriegeln drin alle weggeräumt an diesem Wochenende. Stattdessen standen Sixpacks in langen Reihen und drei Waschkörbe mit Chips zwischen den Rechnern. Ich muss grinsen: Damals war ich schnell. Immer einer der schnellsten. Deswegen hat Horst mich vermutlich auch eingeladen. Um mich vorzuführen. Und natürlich, um mit mir zusammen seine Freunde abzunageln. Kopfhörer gab's keine, wir haben einfach geschrien, wenn es nötig war.

Die Freunde hat Horst inzwischen nicht mehr. Gegen eine Fahne vor dem Mittagessen sind bessere Leute ziemlich empfindlich. Wenigstens ein Problem, das ich nicht habe.

Irgendwas juckt am Mützenrand, kratze mich am Hinterkopf, drehe mich um, gehe weiter. In dem Strom aus warmer Luft. Musikfetzen aus den Kneipen treiben drin, Gemurmel aus den offenen Fenstern mischt sich rein. Kleine Strudel aus Lachen bilden sich, ziehen anderes Lachen an, wirbeln einen Moment und versiegen. Aus allen Löchern quellen bunte Meeresbewohner raus, drängeln sich wieder rein. Die Leuchtorgane friedlich hintereinander schwimmender Tiefseemonster werfen ihr Licht auf viele große Glasscheiben. Ein wenig eingetrübt, die warme Luft, wie dünner Nebel, als müsste sie mal gereinigt werden.

Ein Paar kommt mir entgegen, schick angezogen. Leute, die abenteuerlustig sind, zu Fuß ein bisschen rumziehen. Die Frau in einem schulterfreien roten Kleid aus glänzendem Stoff, kleine Falten modellieren ihre Hüften raus, ihren flachen Bauch. Wechseln vielleicht gerade die Kneipe. Sie redet auf den Mann ein, der dreht sein Gesicht weg, schmollt werweißwarum. Trägt ein dünnes beiges Leinenjackett und eine gut sitzende ockerfarbene Jeans. Sein Arm liegt auf ihren nackten Schultern. Das Schaufensterlicht streift die beiden, für einen Moment glänzt ein durchsichtiger Büstenhalterträger aus Plastik auf. Sie sind jetzt ganz nah.

Das Gesicht der Frau kommt auf mich zu, ihre Lippen verformen sich pausenlos beim Sprechen – ich höre komischerweise keinen Ton –, sie glänzen, als wären sie angefeuchtet. Sie geht aus den Hüften, lässt die Absätze genüsslich auf dem Gehsteig kratzen, ihre freie Hand fingert in der Luft, während sie ohne Pause redet. Die beiden halten ihren gleichmäßig wiegenden Schritt, eng aneinandergedrückt, es sieht aus, als würden sie tanzen, und sie nehmen so wenig Notiz von mir, als wäre ich ein Gespenst. Ich muss einen Schritt zur Seite machen, um sie vorbeizulassen. Ein Hauch Parfum weht hinter ihnen her, eine Mischung aus Pfeifentabak und Flieder, schwer zu beschreiben. Teuer. Sie riechen teuer, die beiden.

Ich habe Durst, bleibe stehen. Gern hätte ich irgendwo was getrunken, aber hier, das ist nicht meine Gegend. Wenn ich schon mal eine Kneipe betrete, dann dort, wo ich auch anschreiben lassen kann. Und wegen der Zigaretten muss ich mir wohl eine andere Quelle suchen. Oder wieder selber drehen. Ich kehre um. Im Roller habe ich eine Sprudelflasche mit Apfelschorle deponiert, die klaut mir da keiner raus.

Während ich zum Main rübertrotte, ich brauche noch eine kleine Runde, überdenke ich den Plan. Bei anderen Projekten vergesse ich regelmäßig die Hälfte, wenn ich nicht einen Trick einbaue, der mich daran erinnert, oder jemand ruft an. Aber der Plan arbeitet ganz selbstständig, hat irgendwas im Gehirn in Brand gesetzt, ich brauche nur in die Glut zu blasen. Ist sogar gut, den Plan eine Weile ruhen zu lassen, kommt immer was Neues dazu. Der Koi hat die Handy-Rolle übernommen. Meldet sich, wenn es Zeit wird, wieder an was zu denken.

Ich setze mich ans Ufer, beim Leinreiter, und rauche eine. Sehe zur Opelbrücke rüber. Nachdem ich eine Weile in die vorbeirutschenden Scheinwerfer gestarrt habe, geht das grünliche Licht wieder an, und das leise Geplätscher in den vielen Becken beginnt. Der Koi kommt an die Oberfläche.

Sei doch nicht so blöd, sagt er. Was du dir geangelt hast, soll keiner finden und keiner wissen, in Ordnung. Dazu brauchst du aber nicht wieder in den Wald zu gehen. Lass dir was Naheliegenderes einfallen.

Er macht einen halben Sprung, dreht sich dabei, zeigt beim Abtauchen seine breite Schwanzflosse. Ich habe den Eindruck, er will mich nass spritzen, bevor er verschwindet. Gute Laune bei Fischen, das gibt's nur bei einem Koi.

Er hat vollkommen recht. Da wollte ich doch die Raketen wieder rausbringen in den Wald, ist aber gar nicht nötig. Die Raketen sind viel besser unter dem Vordach der nächsten Schrebergartenparzelle aufgehoben, unter einem überwucherten Holzstoß. Die Nachbarn dort habe ich in den zwei Jahren, in denen ich den Garten jetzt bewirtschafte, noch nie gesehen. Ich kann jederzeit hingehen und mir die Dinger holen, wenn ich will.

Ich gucke zum Leinreiter hoch. Sein Gesicht kommt mir immer vor, als hätten sie da einen alten Ägypter auf den Gaul gesetzt. Er sitzt da und glotzt, wie immer, aber plötzlich klatscht es vor mir im Wasser, als wenn ein großer Fisch gesprungen wäre.

Der Fluss riecht nach Moder, besteht nur aus Schwärze. Er treibt vorbei, lässt hier und da die Uferbebauung auf sich glitzern, macht daraus einen Teppich aus Licht. Ich gehe zurück zu meinem Roller.

Wie ich in die erste Kreuzung reinfahre, überholt mich ein dunkelblauer BMW voller johlender Typen. Schwarze, kurz geschnittene Haare, Gold am Hals, Ohrringe, Armkettchen. Schneiden mich so knapp, dass ich fast gestürzt wäre, ich muss mit dem Roller einen bösen Schlenker und anschließend eine Vollbremsung machen. Die Typen warten mit offenen Fenstern und wummernden Boxen an der nächsten Abzweigung, vermutlich um mich weiter zu triezen. Die Scheiben runtergelassen, die Gesichter hängen feixend drin wie 'ne Metzgereiauslage. Also wenden, über den Gehsteig zurückfahren. Verdrücke mich in einer Seitenstraße, bis ich den Wagen aufheulen und mit quietschenden Reifen durchstarten höre. Dann fahre ich wieder rein in die Kreuzung, sehe zu, dass ich Land gewinne.

Die warme Luft fängt sich im hochgeklappten Visier. Der Zweitakter sägt eine krumme Spur in die laue Sommernacht, lässt sie aufgehen wie einen Vorhang, dahinter ist was zu sehen: Bruchstücke von meinem Plan, die Zukunft vielleicht. Also gut. Morgen werde ich beim Penny-Markt vorbeigehen. Vielleicht ist die Blonde dann wieder da.

FÜNF

Das Gitter vor Ötüns Hof. Steht wie immer offen. Durch die Einfahrt driften, vorsichtig bremsen. Der weiche Kies gibt nach, rutscht unter den Rädern weg. Ötüns Motorrad steht vor der Haustür. Eine Sportster. Nach meiner Meinung die schönste Harley, nicht so eine fette Gummikuh mit Lastwagenbereifung dran, ein echtes Gerät. Schmal, tief und kernig.

Kurz hupen, bevor ich den vor sich hin kläffenden Motor abstelle, den Roller aufbocken. Ein Stück weg von der Harley, das verträgt sich nicht miteinander. Den Helm abnehmen, auf die Sitzbank stellen.

Ötün kommt. In Ledermontur, die Jacke offen über dem karierten Hemd. In der einen Hand hat er einen Schraubenschlüssel, in der anderen schwingt er ein kleines poliertes Metallgestell, winkt mir damit zu. Kauert sich neben sein Motorrad und hält den Rahmen hinten dran an die Sitzbank. Ich stelle mich neben ihn.

»Für deine Frau?«

Er nickt. Muss sich konzentrieren. Sehe ihm dabei zu, wie er die Sissybar anschraubt. Er steckt die vier Bolzen durch die Ösen, fädelt die Unterlegscheiben darüber und dreht die Hutmuttern mit den Fingern dran, bevor er anfängt, sie kreuzweise festzuziehen. Da wäre ich auch vorsichtig. Das Metall, aus dem das Gestell ist, sieht aus wie Aluminiumguss, der ist ziemlich empfindlich.

Die Sonne hat den Hof erreicht, wärmt uns den Rücken. Die Harley knackt. Ötün muss gerade noch damit gefahren sein. Nach Benzin und heißem Öl riecht es und noch nach was anderem, das geht von Ötün und dem Motorrad aus, steigt mit der Wärme in meine Nase: eine Mischung aus Tabakrauch, Rasierwasser, Motorrad und Leder. Ötün gibt den Muttern je noch einen Vierteldreh.

»Gibt's dazu auch Fußrasten? Richtig hohe?« Ich krame nach meinen Zigaretten.

»Gibt's schon«, brummt Ötün. Er prüft mit dem Schlüssel nach, ob die Bolzen alle vier fest sitzen. »Aber meine Frau, weißt du, die ist nicht so 'ne Motorradbraut.« Für einen Moment dreht er sich um. Grinst breit, die Augen immer ein bisschen traurig, der bläuliche Bartschatten wie aufgemalt. »Ich bin froh, wenn die überhaupt mal mitfährt.«

Er steht auf. Ist einen halben Kopf kleiner als ich, aber wesentlich stämmiger. Unter der offenen Lederjacke, die offenen Riemen vom Nierengurt baumeln dran, wölbt sich sein Bauch zwischen den straffen Hosenträgern vor. Ein Stück weg von seiner Maschine, in den Lederklamotten mit Schulterpolstern und dem Harley-Wappen daran, sieht er ein bisschen lächerlich aus. Wie ein Taucher auf dem Trockenen.

»Im Moment hab ich leider nichts für dich, Richie. Aber warte mal.«

Er kratzt sich mit dem Daumen am Nacken. Der Schraubenschlüssel in seiner Hand taucht ins Sonnenlicht rein, blitzt auf.

»Du kannst den einen Transporter mal zum TÜV bringen die Tage. Den weißen Sprinter, okay?« Sieht mich an, die Augen zugekniffen wegen der Sonne. »Das Auto steht bei meinem Vater, im Hinterhof vom Laden. Die Papiere sind dort. Ich sag ihm Bescheid, dass du es abholst.«

»Klar, mach ich. Morgen?«

»Gut. Also dann.«

»Sag mal, Ötün. Das neulich am Kreuz, der Unfall. War das wieder ein Selbstmörder oder was?«

Ötün bleibt stehen, sagt über die Schulter: »In der Zeitung stand weiter nichts. Die Leute fahren zu schnell. Besoffen wahrscheinlich.« Damit geht er zu seinem Büro hinüber.

Ich zünde die Zigarette an, die ich noch immer zwischen den Fingern stecken habe. Meine Hand mit dem Feuerzeug zittert nur ein bisschen. Ziehe den Rauch tief in die Lunge, lasse ihn langsam wieder raus und sehe über den Hof, wo die beiden großen Lieferwagen neben dem Abschlepper stehen.

Dass ich nicht mehr trinke, hat mir den Job bei Ötün verschafft. Und der Führerschein natürlich, der Zweier, das Andenken an vier dröge Jahre beim Bund. Das Bier hat ja eine Zeit lang geholfen, sich zu konzentrieren. Ich war immer besser drauf, wenn ich einen Spiegel hatte, aber beim Bund gab's eben zu viel Zeit zum Saufen. Ist mir dann alles aus dem Ruder gelaufen. Ein Flickenteppich aus Blackouts: meine Dienstzeit.

Ötün trinkt selber gerne einen, aber er hat einen Heidenrespekt davor, den Führerschein zu verlieren. Weiß eben nie, ob er nachts mit dem Schlepper losmuss. In seinem Clan – die sind mit zwei kinderreichen Generationen in den Offenbacher Gemüsehandel reingewuchert wie ein Kürbis in den Komposthaufen, Ableger überall in der Stadt, mindestens fünfzig Leute –, also bei denen ist Ötün als Spediteur die große Ausnahme. Kann den Geschäftsmann geben, muss nicht vor Tau und Tag zum Großmarkt ausrücken. Schießt ab und zu großzügig eins seiner Autos zu, wenn die Familie ruft. Ziemliche Blamage, wenn er den Lappen abgeben müsste.

Ich werfe einen Blick auf die Harley. Einfach schön. Aber den Schnickschnack würde ich abmachen, am liebsten auch die Blinker. Weg mit der hässlichen Scheibenbremse vorn, eine Duplextrommelbremse dran, von einer alten Laverda oder Ducati.

Lieber ein paar Schritte in den Hof reingehen. Führe uns nicht in Versuchung. Würde mich nie trauen, ihn zu fragen, ob ich mal eine Runde drehen darf, meine ich. Macht man nicht. Ist ja kein Moped.

Ötün, ganz untürkisch, will keine Verwandtschaft beschäftigen. Die Typen, die mit den vier Transportern fahren, sind beide Deutsche. Wenn Ötün aber seine Autos an die Familie ausleiht, sitzen seine Brüder oder seine Vettern am Steuer, und denen fällt immer noch was ein, wofür sie die Autos gebrauchen können. Ich kann ihn gut verstehen. Nesche kommt aus Offenbach, nicht aus Anatolien. Deutschtürkin, wie Ötün auch. Behandelt mich mit ihren zwanzig Jahren ziemlich herablassend, wie einen Hilfsarbeiter. Bin ich ja schließlich auch. Oder wie den Putzmann. Bin ich ebenfalls. An den Wochenenden, wenn der Familienclan zum Feiern anrückt, sieht's hier manchmal aus wie nach einer Belagerung. Dann darf ich ab und zu zum Aufräumen kommen.

Ötün watschelt über den Hof zu mir zurück in seinen knarzenden Motorradstiefeln.

»Mein Vater weiß Bescheid.« Fingert schon in seiner Jackentasche rum. »Bist du da, nächste Woche?«

Das geht immer auf die Art zwischen uns, jedes Mal, wenn wir uns sehen.

Ich gebe die passende Antwort. »Sicher.«

Ein Zwanziger. Wird mir in die Hand gedrückt. »Bereitschaftsprämie«, sagt Ötün, kneift ein Auge zu.

Ich tippe an die Schläfe, Mütze habe ich nicht auf. »Also dann.«

»Tschüss«, sagte Ötün, grinst. Ich gehe zu meinem Roller rüber.

Zum Hasengrund. Fahre ich gerne. Ich mag die Wurstbuden und die vielen Geschäfte hier, freie Unternehmer wie ich, Improvisationskünstler mit Campingstühlen und Sonnenschirmen vorm Schnellimbiss. Sie versuchen es immerhin. In der Nachbarschaft stehen die Riesen, McDonald's und Rewe, Aldi und Lidl, da ist immer alles proper, bei den Groschensammlern, wo die Leute ihr letztes Geld liegen lassen. Was sollen sie auch sonst damit anstellen, lohnt ja nicht, es aufzuheben.

Ich steuere Horsts Tankstelle an, endlich Zigaretten besorgen. Horst hat neben der Tankstelle seinen Gebrauchtwagenhandel und vertickt außerdem zollfreie Zigaretten an einen kleinen Kundenkreis. Früher durfte ich ihm ab und zu dabei helfen, seine Kisten auf Vordermann zu bringen: schweißen, spachteln, tarnen und täuschen. Außerdem bringe ich Horsts Sachen zum Waschsalon und meine eigenen gehen dabei gratis mit in die Maschine.

Ins Tankstellengelände einbiegen. Alles verlassen. Im Moment stehen da zwei Mercedeslimousinen, schon etwas beknabbert vom Zahn der Zeit: Gute Marken, aber billig, ist Horsts Prinzip. Also Mercedes und BMW, Hauptsache, der Motor läuft. Die Kundschaft kommt meist aus dem Osten, wohin die Autos dann auch verschwinden. Kein TÜV, keine Abgasuntersuchung stört mehr, vorausgesetzt, sie überstehen den Weg in die neue Heimat.

Vor der Glastür stoppen, ein Schild dran: »Geschlossen«.

Mal sehen. Ich kurve mit dem Roller um das Gebäude rum. Die Jalousien im Hinterzimmer sind runtergelassen. Manchmal hockt Horst dort drin, wenn er zu viel geladen hat, was am helllichten Tag vorkommen kann. Dann hängt er das Schild raus und guckt sich seine Pornosammlung an. Die Hupe zweimal quäken lassen. Mäh, mäh. Arme kleine Ziege, hast du dich verlaufen! Beuge mich auf dem Roller vor bis an die Scheibe, um rauszukriegen, ob Horst da ist. Aber das kann man durch die Schlitze nicht so einfach erkennen. Wenn er Kino macht, sitzt er im Dunkeln und starrt auf die Mattscheibe, bis er einschläft. Hab auch schon dabeigesessen. Rosa Fleisch, zittert mit »Ächz« und »Quietsch«, dazu pausenlos Nahaufnahmen von nassen weiblichen und männlichen Schleimhäuten. Um das stundenlang auszuhalten, muss man besoffen sein. Inzwischen klickt sich Horst vermutlich einschlägig ins Internet rein. Macht jede Videosammlung überflüssig, ist aber vermutlich noch ungemütlicher.

An der Wand über dem Fernseher, fällt mir eben ein, da hingen immer Horsts Schneeschuhe und die Fotos aus Alaska. Vom Klondike, wo Horst zweimal gewesen ist, wegen Jack London. »Lockruf des Goldes«. Der wilde Mann vom Yukon und so weiter. Hat Horst als Junge alles gelesen, wollte dann selbst hin, Gold schürfen gehen. Wetten, dass ich euch ein paar Nuggets mitbringe, Jungs? Ich durfte den Beutel mit den fünf Goldklümpchen, so groß wie Erbsen etwa, persönlich in der Hand halten, dazu Horsts Goldgräberlachen hören und musste mir die Fotos ansehen, damals waren es noch Dias. Zweihundertmal Wald und ferne Berge, bisschen Wasser dazu. Aber kein Schwein unterwegs, halt, doch, auf einem ein Grizzlybär. Angeblich. So groß wie eine Maus. Das war mal. Inzwischen führen Horsts Expeditionen bloß noch zum Getränkemarkt. Zur Sicherheit klopfe ich noch ein paarmal an die Scheibe, tut sich aber nichts.

Wenn man auf dem Weg zum »Dicken Busch« einen kleinen Abstecher macht, kommt man am Penny-Markt vorbei, liegt nur ein paar Querstraßen weiter. An der Ampel abbiegen, ein Stück rein in die Straße und den Roller am Gehsteigrand abstellen, hundert Meter vor dem Markt, außer Sicht. Das Ding macht nicht den Eindruck beim Vorfahren, den ich mir zum Beispiel von Ötüns Harley versprechen würde. Also hier, hinter den Lieferwagen. Die Box aufklappen, der Helm kommt rein, die Baseballkappe rausholen und aufsetzen.

Niemand unterwegs. Die Hitze liegt in der Straße wie ein Block Gelee. Der Markt sieht aus, als wäre er geschlossen. Könnte Sonntag sein, wäre nicht die Schlange aus Einkaufswagen vor dem Eingang. Die glitzern in der Sonne wie Käfige aus Silber. Ihre abgenutzten roten Plastikgriffe und die schief gelaufenen Rollen bemerkt man erst, wenn man dicht daran vorbeigeht und wenn einem so was überhaupt auffällt. Werden enorm strapaziert, solche Einkaufswagen. Ich hab mal bei einer Firma gejobbt, die die Dinger wieder herrichtet. So ein Einkaufswagen kostet neu einen Tausender. Rund dreißigtausend Euro stehen da auf der Straße. Ungefähr zwei Harleys.

Am Markt wie immer die rot eingefassten Fenster mit den allerbilligsten Schnäppchen. Darüber sieht man gleich die Preisschilder, groß und gelb oben an die Regale gesteckt. Stechen bis raus auf die Straße, damit man erkennen kann, wie preiswert alles ist.

Im Windfang bleibe ich stehen. Spähe zwischen den Aushängen mit den Superschnäppchen der Woche in den Laden rein. Richtig. Da ist sie, an der Kasse. Im weißen Kittel. Die andere Kasse drüben ist nicht besetzt. Kaum jemand im Geschäft.

Ein paar Figuren drücken sich hinten bei den Schnäppchentruhen rum. Ich gehe rein, sprinte durch bis zur Kühltheke und grabe nach meinem Lieblingseis: Magnum mit Mandeln. Meine Hände tauchen rein in die kleine Eiszeit, eingesperrt in der Truhe, die Kälte, die ich aufstöbere, raucht hoch zu mir. Der Reif von den Packungen schmilzt gleich auf meinen Fingern. Als ich das Eis habe, suche ich ein zweites. Mit den zwei eiskalten Päckchen in der Hand gehe ich auf die Kasse zu, an der sie sitzt.

»Hallo.« Tippe an meine Mütze.

»Hallo«, antwortet sie und zieht die beiden Eispackungen über das Scannerfenster. Guckt nicht hoch, während die Kasse die Beträge registriert, piepst und die Summe anzeigt. Ich lege Ötüns Zwanziger auf die Ablage.

»Das eine ist für Sie«, sage ich.

Jetzt erst sieht sie mich an. Ihre Augen sind tatsächlich immer noch grün. Hellgrün mit einem getuschten Saum aus braunen Punkten an der Iris. Stehen ein bisschen schräg wie bei einer Katze. Die blonden Haare hat sie zu einem Pferdeschwanz zusammengebunden. Sie lächelt nicht, diesmal.

»Das geht nicht«, sagt sie.

»Ist doch keiner da.« Ich versuche zu grinsen.

Sie weicht meinem Blick aus. Ihre Hände schieben sich auf dem Glasfenster über dem Scanner ineinander. Trägt keine Ringe.

»Wir dürfen so was nicht«, sagte sie, ihr Akzent, das weich rollende »R«, betont, wie ernst das gemeint ist, abschließend sieht sie mir noch mal in die Augen.

Ich gebe mich geschlagen und nehme das Eis von der Ablage. »Vielleicht gehen Sie mit mir eins essen? Wenn Sie aus haben?«

Sie schüttelt den Kopf. »Jetzt müssen Sie gehen.«

»Wiedersehen«, sage ich zu ihr. Bekomme keine Antwort. Draußen vor dem Laden reiße ich die beiden Papierpackungen auf, drücke die schokoladenfarbenen Eisriegel raus und fange an, abwechselnd von beiden Magnums runterzubeißen. Stelle mich damit direkt vor das Fenster vom Markt und winke ihr. Durch die Scheibe kann ich nicht viel erkennen, außer dass sie sich kurz nach mir umdreht. Ich bilde mir ein, sie hat dabei gelächelt.

In der Bunsenstraße. Trotz der geschlossenen Rollläden ist es brütend heiß, stinkt nach kaltem Zigarettenrauch und Schweiß. Fenster auf, die Läden hochziehen. Heiße Luft drängt sich rein, der Abgasgeruch der Stadt. War wieder ein Brief unter der Tür. Schmeiße ihn auf den Haufen, der schon am Boden liegt. Das meiste davon ohnehin Reklame. Bunte Hefte, schön eingetütet in Plastikfolie, Supermarktsonderangebote. Immer nasse Würste drauf, rote zusammengeschnürte Fleischklumpen, angeblich Rollbraten, aufeinandergestapelte Bierkästen, alles gute Marken, superbillig. Dazu die neuesten Handys, demnächst auch mit Navigationssystem. Und so weiter. Dazwischen liegt die Amtspost in den unscheinbaren Kuverts aus Recyclingpapier, die wartet geduldig darauf, von mir zur Kenntnis genommen zu werden. Könnte ich ja machen. Aber selbst wenn ich nicht sofort wieder vergäße, wo ich das Zeug hingelegt habe, statt dessen alles schön in einem Ordner abheften würde, wenn ich – am besten säße ich dabei vor 'nem Kanten Schwarzbrot und einem Stück Sonderangebotswurst am Tisch, die Hände reumütig vors Gesicht geschlagen –, also wenn ich mir dabei Gedanken um meine Zukunft als Langzeitarbeitsloser machte und anschließend den Mist beantworten würde: alles total egal. Würde nichts ändern. Überhaupt nichts.

Die Wohnung können sie mir nicht kündigen, eine miesere kann selbst das Sozialamt nirgends mehr finden, und die Stütze weiter kürzen kann man mir auch nicht mehr. Meine Taschen sind nach außen gekehrt, amtlich gesehen. Den Rest kann ich getrost vergessen. Hat eben auch Vorteile, wenn man sich nichts merken kann.

Im Badezimmer, kahl wie die Erde am ersten Schöpfungstag, stapeln sich leere Getränkekisten, daneben eine Parade aus

Plastikflaschen. Mit Ötüns Transporter könnte ich das lästige Zeug morgen endlich mal wegbringen. Aus Kostengründen verzichte ich inzwischen ganz aufs Mineralwasser, mische mir meine Apfelschorle aus Safttüten und Kranwasser zusammen. Erspart die Kistenschlepperei. Die leeren Tüten verteile ich später in den städtischen Abfallkörben.

Ich öffne die Fenster im Bad, lasse den muffigen Gestank raus, und die Hitze reinströmen. Der Austausch muss irgendwie chemisch erfolgen, es ist nämlich vollkommen windstill. Draußen herrscht der Sommer mit schätzungsweise fünfunddreißig Grad, versucht die Dächer, auf denen die alten Fernsehantennen in der Hitze tanzen, zum Schmelzen zu bringen.

Wie heißen Russinnen? Tamara, Lidija oder wie?

Noch mal ins Badezimmer. Sehe mir im Spiegel mein mageres Gesicht an mit den blonden Stoppeln, den Pferdeschwanz, um die blauen Augen schon ein paar Falten. Grinse probeweise, das Ergebnis ist nicht beeindruckend. Mehr Loser als Stadtindianer. Viel mehr, wenn man ehrlich sein will. Einen Augenblick überlege ich, wie ich wohl aussähe, wenn der Pferdeschwanz ab wäre. Mein anderes Ich im Spiegel zuckt die Achseln, wendet sich ab. Vielleicht gibt's andere Vorteile, die man ausspielen könnte. Schließlich ist sie fremd hier, und ich bin Einheimischer. Gastgeber, sozusagen. Könnte ihr die Stadt zeigen, erklären, was hier so abgeht. Na ja, was geht hier schon ab? Einen Moment stelle ich mir trotzdem ihren dankbaren Blick vor, ein Lächeln tief raus von innen und zu mir hingehaucht, so was wie: Wie schön, dass wir uns begegnet sind, Richie. Mit diesem aufregenden »R«, aber man darf nicht zu viel erwarten.

Hier irgendwo muss doch der Rasierer sein. Im Garten draußen benutze ich nur Einmalrasierer, die reichen lange für meine weichen Barthaare. Wenn sie anfangen zu rosten, werden sie wunderbarerweise noch mal scharf genug für ein paar Rasuren. Erst nachdem ich eine Viertelstunde in den Schubladen am Badezimmerschrank gekramt habe und tatsächlich das passende Spiralkabel finde, fällt mir wieder ein, dass der

Rasierapparat schon lange nicht mehr da ist. Das Scherblatt hat auf der Haut gekratzt, war voller Löcher. Fünfundzwanzig Euro kostet ein neues, hat der Typ im Laden gesagt. Gleich vor dem Geschäft habe ich den Rasierer in den Müll geworfen.

Ich öffne den Kleiderschrank, in dem belege ich vier übersichtliche Fächer: Jeans, T-Shirts, Unterwäsche, Socken. Hole eine gewaschene Jeans raus, zwei Paar Socken. Packe die Sachen in meine Plastiktüte. Das Fach mit den T-Shirts ist leer und die Wäsche noch auswärts. Vielleicht gibt's irgendwo ein vergessenes Hemd. Wenn ich alles durchkrame, finde ich in der Regel auch was.

Wie ich die Schubladen an der Kommode aufziehe, rutscht mir ein Karton mit Fotos entgegen, nehme ihn raus. Hab ich mir ewig nicht mehr angesehen. Vergessen, wo sie waren, klar. Meine Fotos, mein Erbe sozusagen. Was sonst noch geblieben ist von Mamas Habseligkeiten, habe ich verkauft, wollte das Zeug nicht mehr sehen.

Nicht viele Fotos drin. Zwei Hände voll. Irgendwo muss noch Mamas Album liegen, aus dem sie stammen: rausgerissen, in einer sentimentalen Phase. Ich ziehe die Schubladen nacheinander auf. Das Album ist nicht da. Vielleicht ebenfalls weggeworfen. War ohnehin nicht komplett. Mama hat alle Bilder rausgerissen, auf denen mein Vater drauf war, ebenfalls in einer sentimentalen Phase, vermute ich. Viele können es nicht gewesen sein, die Beziehung hat nicht viel länger gedauert als ein halbes Jahr. Lange genug jedenfalls, um schwanger zu werden.

Oben drauf im Karton liegt das Foto von Opa, das ich am liebsten mag. Nur sein Kopf ist drauf und der Hals bis zu den Schultern, das Hemd offen, graue Brusthaare stehen raus. Opas Gesicht. Mager, faltig wie ein Leguan, die Augen freundliche Schlitze drin mit Büscheln von Krähenfüßen außen an den Winkeln. Opa guckt genauso in die Kamera, wie er es oft getan hat. Mit einem Ausdruck wie: Na und? oder so ähnlich. Sieht ein bisschen aus wie Clint Eastwood, wenn der eine Glatze hätte.

Ich stecke das Foto in meine Hosentasche. Sehe die anderen durch, die im Karton liegen, und nehme noch zwei raus. Ein Schwarz-Weiß-Foto von Mama zusammen mit einer Freundin, war wohl auf einem Rummelplatz irgendwo im Ruhrgebiet, mit Blitz aufgenommen. Man sieht im Hintergrund Jahrmarktbuden und ein Stück von einem Karussell. Davor eine Reihe Mopeds. Die beiden Mädchen auf dem Bild sind vielleicht sechzehn oder siebzehn, haben hochtoupierte Haare und schwarz geschminkte Augen mit einem Lidstrich, der geht am Augenwinkel noch ein Stück nach oben. Mama ist die Blonde links. Sie ist ganz ausgelassen und lacht, biegt ihren Hals ein Stück zurück, hat die Augen halb geschlossen. Der Blitz lässt ihre Lippen und ihre Zähne glänzen, einen Arm hat sie seitlich weggestreckt, als wenn sie tanzen wollte, den anderen um die Schultern der Freundin gelegt, die in die Kamera hineinflirtet. Sie hatten wirklich Spaß an diesem Abend. Ich merke, ich hab angefangen zu lächeln. Mein Vater hat die Aufnahme hier bestimmt nicht gemacht. Damals hat sie ihn noch gar nicht gekannt.

Dann noch eins von mir, da bin ich acht oder neun. Ein blonder Junge vor grünen Haselnusssträuchern, in kurzen Hosen mit zu langen Haaren, neben sich eine Angelrute. War Opas beste, der hat auch das Foto gemacht am Fluss, ich erinnere mich noch genau an den Tag. Ein Sonntag im August. Die Fische haben sich wie wild aufgeführt, es sah nach Gewitter aus, und dann kam doch keins. Der Junge auf dem Foto hat die dünne Rute neben sich gestellt wie ein Großwildjäger sein Gewehr. Am Boden liegt silbern glänzend auf dem grünen Angelfutteral – das ist noch immer meins – ein Hecht, daneben ein aufgeklappter Zollstock, auf dem, hätte man die Zahlen ablesen können, nachgewiesen wurde, dass der Hecht fünfundsechzig Zentimeter lang war. Der Gesichtsausdruck des Jungen: eine Mischung aus Stolz und Angst, schwer zu fassen auf dem Bild. Ich kann mich genau an den Moment erinnern, in dem das Foto entstanden ist, geknipst mit Opas Kodak Instamatic, und ich weiß, dass ich glücklich gewesen bin.

Ein Blick auf die Uhr. Der Penny-Markt schließt um acht. Bis dahin lohnt es sich noch, angeln zu gehen. Die Fenster wieder schließen, die Rollläden runterlassen, einen Moment horchen. Diesmal alles still unter mir. Sind wohl weggegangen. Durch die große Mietskaserne geht bloß der normale Strom aus pumpender Musik, weinenden Kindern, schlagenden Türen. Die Kinder hocken vor der Playstation, gelangweilte Jugendliche – Handy am Ohr – peppen sich auf für den Abend, die Frauen, sofern sie meiner Mutter ähneln, sitzen vor der Flasche, und die Männer, wenn sie anwesend sind, vor dem Zweitfernseher oder am PC. Wollen alle vergessen, wo sie sind. Wie man es hier elf Jahre lang aushalten kann, habe ich nie begriffen. Selbst als Mama noch Arbeit hatte, also zehn Stunden am Tag weg war, muss es die Hölle gewesen sein. Und danach ist sie gleich so krank geworden, dass sie ins Krankenhaus musste. Bald darauf war sie tot.

Ich öffne die Wohnungstür. Atme den Flurgeruch ein, eine Mischung aus billigen Putzmitteln, menschlichem Stoffwechsel und kaltem Zigarettenrauch. Der Schlüssel klemmt. Es knackst im Schloss, man muss mit viel Gefühl drehen.

In Opas Garten haben früher mal Hasenställe gestanden, sechs Stück. Je drei übereinander, selbst gebaut aus Dachlatten und Karnickeldraht. Gerade so groß, dass die Karnickel drin Platz hatten. Meistens lagen sie da und mümmelten, guckten gleichmütig durch die Drahtmaschen, sahen immer zufrieden aus. Dabei war allen dasselbe Schicksal beschieden: Der Tod unter Opas geschicktem Handkantenschlag ins Genick. Ein paarmal habe ich dabei zugesehen, im entscheidenden Moment allerdings die Augen zugedrückt.

Wieso haben die keine Angst vor dir, Opa?, habe ich ihn gefragt, später, als das Karnickel am Brett vor der Schuppenwand hing, zwei Nägel in den Flechsen, während ihm das Fell abgezogen wurde. Die Kollegen in den Ställen sahen zu, gleichmütig mit ihren runden Augen. Weil sie zu blöd dazu sind, hat Opa geantwortet und gelacht.

Jetzt bin ich mit meiner Plastiktüte unterm Arm am letzten

Treppenabsatz angelangt. Halte die Luft an, um den schlimmsten Gestank, den im Hauseingang nämlich, nicht einatmen zu müssen, einen Gestank, den die Hitze heute zu voller Entfaltung bringt: die Duftnoten der Spätheimkehrer. Pisse mit der süßlichen Note von Erbrochenem drin. Vermeide es, in die Ecken zu sehen, reiße die schwere Tür auf und hole anschließend tief Luft.

Im Davonfahren einem schwarz-weiß gemusterten Ball ausweichen, zick – zack!, der vor mir über die Straße rollt. Die Kinder, die dazugehören, flitzen davon, verschwinden auf dem abgewetzten Grünstreifen zwischen den Häusern, als würden sie gejagt. Beim Umwenden werfe ich den Mietskasernen noch mal einen Blick zu. Die Fassaden voll mit Satellitenschüsseln, auf den flachen Dächern wuchert das längst vergessene Gestrüpp der Fernsehantennen. Seelenverkäufer, schon lange abgeschrieben, dekoriert für den Untergang, dem sie entgegenfahren, satellitengesteuert. Ich drehe das Gas auf, lasse den Zweitakter bocken, broncomäßig, und säge aufheulend los, in Schräglage um die nächste Ecke, muss manchmal sein.

Im Gartenhäuschen ist es schön kühl. Die gemauerten Wände halten die Hitze draußen. Durch die Ritzen in den Bretterwänden und in den Fensterrahmen kommt Luft rein, der gestampfte Boden hält die Kühle. Es riecht nach Gras und feuchtem Moder. Ich finde einen blauen Einmalrasierer, der noch was taugt, und schabe mir damit die Stoppeln ab.

Danach ein bisschen aufräumen. Wische den Tisch ab, spüle den benutzten Teller und die paar Gläser. Dass es hier so übersichtlich ist, erleichtert mir das Leben. Ein bisschen wie im Kloster. Hab mal einen Beitrag gesehen über Karthäuser, gefiel mir gut. Alles total übersichtlich bei denen. Bett, Tisch, Stuhl. Gartenarbeit. Beten, essen. Ein Art Knast im Grünen. Und das Beste war, dass sie noch nicht mal reden dürfen, nur an ausgewählten Tagen.

Den Schlafsack nehme ich vom Feldbett, rolle ihn zusammen. Soll nicht so aussehen, als würde ich dauernd hier wohnen. Nur für den Fall, dass sich da was ergibt, von wegen dankbare Russin und so. Einen Fall, mit dem ich seit Langem nicht mehr ernsthaft rechne, aber in meinem Plan gibt's netterweise auch dafür eine Ecke. Ich könnte zum Beispiel behaupten, ich hätte geerbt. Wenn alles über die Bühne gegangen ist, kann ich ja wirklich was vorweisen.

Raus in den Garten. Ein paar Gänseblümchen aus der Wiese rupfen, zusammen mit blauen Blumen gleicher Größe, weiß nicht, wie die heißen, und stelle sie in einem gefüllten Wasserglas auf den Tisch: mein Heim. Ich kann ja schon mal üben.

Ein Schatten fällt über die Anlage, das übliche Getöse entfaltet sich über der Hütte. Ich sehe schon lange nicht mehr nach oben, jetzt tue ich es doch mal und gehe nach draußen, verfolge den silbernen Riesen bis er außer Sicht ist. Höchstens dreihundert Meter bis da rauf, schätze ich. Mit geschlossenen Augen könnte man den abpflücken, man brauchte bloß auf den Lärm zu schießen. Inzwischen kann ich bei dem Krach sogar schlafen, meistens jedenfalls, obwohl die Dinger in letzter Zeit immer öfter kommen, in den Stoßzeiten alle fünf Minuten.

Aus der Plastiktüte an der Tür nehme ich vier Brotscheiben und den Käse, der steckt noch in der Plastikverpackung, schon etwas angeschwitzt. Mache mir zwei Stullen daraus, packe sie in Zeitungspapier ein. Dann hole ich mein Angelzeug aus dem Schuppen und stelle es an die Hüttenwand. Sehe mich in der Anlage um. Kein Mensch da. Die Obstbäume dörren mit hängenden Blättern in der Hitze, das Gras hat einen Gelbstich. Nur die Brennnesseln und das Springkraut leuchten grün und wohl versorgt wie immer.

Ich drücke mich durch die Lücke am hinteren Zaun, um kurz nach meinem Versteck zu sehen. Die halb verrotteten Schwartenbretter neben dem Nachbarschuppen ein Stück anheben. Die Raketen. Liegen noch immer darunter. Zwei Überraschungseier, rote Feuerblumen warten drin. Die blanken schwarzen Metallrohre. Perfektes Material. Was hat der Koi neulich noch gesagt, als er mir das Versteck vorgeschlagen hat? Diese Raketen haben eine lange Reise hinter sich gebracht, bis sie dich gefunden haben. Genau. Und nun warten sie, schwarz und tödlich, wie die Inkarnation des Bösen.

SECHS

An der Opelbrücke fahre ich zum Main runter. Vorbei an der Bauwagensiedlung »Außerhalb am Sommerdamm«. Die Autonomen mit ihrer Wagenburg. Keiner zu sehen im Moment, bloß die Hühner gackern und hauen ab, als der Roller vorbeiknattert. Horst hatte mal eine Phase, da war er öfter hier, das war die Zeit, als ihm Gras noch gereicht hat. Ich fahre kurz langsamer, luge nach Bob Marley. Ob ich ihn noch finde. Da ist er, stark abgeblättert, auf der Flagge von Jamaika, an die Stirnseite von einem der zwanzig Wagen gepinselt. Horst hat aber wohl nicht so recht hierher gepasst. Zu Demos reisen, um Skinheads zu ärgern und sich die Hucke vollhauen zu lassen war nicht unbedingt sein Ding, das haben die dann auch gemerkt und ihn rausbefördert. Wie ich sehe, haben sie heuer sogar eine Bühne aufgebaut, ein paar Paletten zusammengestellt und Scheinwerfer an Stangen geklemmt. Und der schöne alte VW-Bus rostet noch immer vor sich hin, davor stehen ein paar nachkolorierte Gartenzwerge. Ich glaube, die Stadtverwaltung zeigt das bunte Völkchen manchmal amtlich vor, um zu beweisen, dass sie Spaß versteht. Rüsselsheim hat sonst ja nicht viel zu bieten.

Beim Kanutenclub biege ich unter die Brücke ein. Ich fahre den alten Treidelweg am Fluss entlang, im Stehen, den Hintern über die Sitzbank gereckt, spiele Rodeo mit den Schlaglöchern. Der Platz am Mainufer da vorn, den ich ansteuere, ist schon Opas Platz gewesen. Ich habe ihn sozusagen geerbt. Die anderen Angler besetzen ihn nie, als wüssten sie das. Dabei wird hier am Ufer kaum je ein Wort gewechselt. Wer hier hockt, will für sich sein.

So. Den Motor abstellen, der Roller kommt an die Uferböschung. Ich hole meine Sachen aus der Box und gehe zum Angelplatz rüber. Eine flach ansteigende Böschung, grasbewachsen, ein paar Pappeln und Büsche stehen da. Der Fluss ist tief hier, voller Steine und Kraut. Kühles, stilles Wasser, wo Jungfische sich tummeln. Barsche jagen da, auch mal ein Hecht.

Das Angelzeug lege ich ins Gras, dazu die zwei eingewickelten Stullen und meine Flasche mit Apfelschorle. Bei meiner Ausrüstung ist auch ein winziges Klappstühlchen, das falte ich auseinander. Setze mich drauf, im Schatten, und packe eine von den Stullen aus. Sehe über den Fluss, auf das braune, undurchsichtig vorbeiströmende Wasser. Ein Schiff tuckert flussabwärts vorbei, voll mit blinkendem Eisenschrott, der Motor rumpelt noch von weit her, als es längst vorbei ist.

Langsam von der Stulle abbeißen, aus der Flasche trinken. Erst mal was essen, ich hab schließlich Zeit. Ein paar von den Anglern hier haben Opa noch gekannt. Mit fünfundsechzig ist er gestorben, zu früh eigentlich, an Blasenkrebs. Wie man das macht, mit den Haken, den Würmern oder sogar mit lebenden Heuhüpfern, das hat er mir schon gezeigt, als ich noch ganz klein war. Ich schiebe mir den Rest der Stulle in den Mund. Dass man den Heuhüpfern den Haken unter dem Brustschild durchfädeln muss, damit sie nicht gleich krepieren sondern möglichst lange zappeln. Die Barsche sind da ganz wild drauf. Und wie man die Würmer anhängen muss, dass die Plötzen drangehen. Manche Fische waren sogar scharf auf Brot mit Spucke dran. Spucke von kleinen Jungs, Richie, hat Opa gesagt, und ich durfte auf das Stück Brot spucken, aus dem machte Opa dann kleine Kügelchen, um sie an den Haken zu stecken. Ein Stück Kork dahinter, damit der Haken vom Schlamm freikommt.

Viel gefangen haben wir nie. Aber darum ging es gar nicht. Nicht darum, wie groß die Fische waren oder so was in der Art. Die meisten Leute können das nicht verstehen. Auch Mama nicht, die war nur froh, dass ich bei Opa unterkam, konnte sie arbeiten gehen. Ich knülle das Einwickelpapier zusammen, stecke es in meine Hosentasche.

Worum es ging? Der Fluss war da und wartete auf einen. Mit den tuckernden Schleppern drauf und dem ganzen Dreck.

Den schluckt er gelassen und speit ihn am Ufer ab und zu wieder aus. Hat schon alles gesehen, hat mich gesehen als Kind, Opa hat er gesehen. Was immer sich an seinen Ufern abspielt, dem Fluss ist es gleich. Ist einfach nur da. Mit den Fischen drin in der Tiefe und den Schnaken nachmittags, den Libellen, die schießen plötzlich los und bleiben wieder stehen, manche können tanzen. Vor allem die Sorte mit den lila Tupfen in den durchscheinenden Flügeln, von denen gibt's massenhaft an Tagen, wie heute einer ist.

Das war es, worum es ging. Und es ging um Geschichten. Opa ist zur See gefahren als junger Mann, bevor er zu Opel ging. Dazwischen war er noch im Krieg, aber darüber redete er nicht. Erzählte bloß von den Häfen, wo sie mal waren. In Schweden und Finnland hauptsächlich. Von den Möwen am Pier, die wie weiße Wolken über den Schiffen schweben, wenn sie rausfahren und tuten, zum Abschied, das sei so üblich. Von frisch geräuchertem Lachs. Von den Frauen in Finnland, die hätten Sommersprossen überall am Leib, wie Forellen. Nixen wären das ursprünglich gewesen, hat Opa erzählt. Die hätten sich in grauer Vorzeit dort mit den Menschen vermischt. Ich muss grinsen. Kann mir schon denken, was das für Nixen waren in Helsinki am Hafen.

Ich entscheide mich dafür, eine Wurmangel zu legen. Schneide mit dem Taschenmesser einen Pfosten aus Hasel zurecht, der muss eine Gabel haben, damit er die Angel gut hält. Schlage ihn mit einem Stein am Ufer ein und drehe anschließend noch ein paar Steine um, bis ich genug Würmer habe. Die kommen in eine Büchse, einen davon hake ich an. Ich warte, bis der Wurm sich nicht mehr so wild krümmt, dann lasse ich ihn im Wasser ein Stück mit der Strömung raustreiben, aber nicht zu weit. Hole Schnur zurück, bis der Schwimmer richtig steht, dann binde ich die Angel mit dem Glöckchen oben dran am Pfosten fest.

Setze mich auf meinen Hocker. Stecke eine Zigarette an. Nach einer Weile stehe ich auf und vertrete mir ein bisschen die Beine, dabei schaue ich mir das Ufer an. Niemand zu sehen.

Die Hitze lässt die Luft zittern über dem Fluss. Kein Halm rührt sich am Ufer. Als ich die Zigarette aufgeraucht habe, beschließe ich, ein Nickerchen zu machen. Rolle meine Sachen zu einem Kopfkissen zusammen und lege mich ins Gras. Hier sind nie Ameisen. Die kennen wahrscheinlich auch Opas Platz, denke ich noch, ehe ich einschlafe.

Hundegebell. Davon wache ich auf. Die Sonne blendet, erst mal kann ich gar nichts erkennen. Dann sehe ich ihn, ein alter Mann in kurzen Hosen, Sandalen und Socken. Steht vor mir, hat einen kläffenden Terrier an der straffen Leine. Der Alte redet nuschelnd auf den Hund ein, der kriegt sich nicht mehr ein, steht auf den Hinterbeinen und fuchtelt mit den vorderen in der Luft herum. Der Hund sieht aus, als wollte er sich auf mich stürzen, nur die Leine hindert ihn daran.

Mein Guter, ja, mein Guter, murmelt der Alte, klingt sächsisch, kann aber auch hessisch sein. Ist ja schon gut, sagt der Alte, und der Hund kläfft in den höchsten Tönen dazu, er findet gar nichts gut, sondern scheint ganz außer sich darüber zu sein, dass er mir nichts antun darf. Der Alte rührt sich nicht von der Stelle und setzt sein Gemurmel weiter fort, also stehe ich auf und sage zu ihm, er soll sich fortscheren mit seiner Töle, sonst würde ich sie beide jetzt ins Wasser schmeißen. Daraufhin reißt der Alte die Augen hinter der Sonnenbrille auf und zerrt den Hund zurück, den anderen Arm hält er gegen mich ausgestreckt, obwohl ich gar keine Anstalten mache, ihm auf die Pelle zu rücken.

»Satansbraten«, sagt der Alte, während er den Hund zurück auf den Weg zerrt, dabei sieht er sich immer wieder nach mir um, ob ich ihn nicht vielleicht doch noch erschieße oder erschlage. Macht sich fort, zerrt den Hund um das Gestrüpp herum, der bellt ohne Pause weiter. Bevor er aus dem Blickfeld verschwindet, zischt er das Wort noch mal raus, den Kopf zu mir zurückgedreht, mit einem Ausdruck, als könnte er selber beißen und nun eindeutig auf Sächsisch.

»Satansbraten!«

So langsam kann ich mich auf den Weg machen, ist schon sieben. Ich drehe die Schnur auf die Spule, lasse den schlaffen Wurm ranpendeln und mache ihn ab. Dann verstaue ich meine Sachen in der grünen Hülle, lasse den Roller an und fahre zurück.

Vor dem Penny-Markt bin ich genau zehn vor acht. Warte an der Ecke, von der aus kann man die Bushaltestelle und den Eingang zum Markt gleichzeitig sehen, und rauche eine. Meine Fingernägel sind frisch geschnitten, meine Klamotten frisch gewaschen. Die Baseballkappe habe ich vorsichtshalber weggelassen, aber die Cowboystiefel habe ich an. Meine Turnschuhe sehen einfach nicht mehr so gut aus.

Auch jetzt ist in der Straße kaum Betrieb. Die ramponierten Fassaden der Mietshäuser hier kommen einem vor wie Bunker, die man aus Nettigkeit mit ein paar Fenstern versehen hat. Die ganze Straßenflucht ist mit Satellitenschüsseln gesprenkelt. Auf den Gehsteigen die Autos, die dazu gehören. Abgehalfterte BMWs, aufgemotzte Golfs mit allen möglichen Webadressen auf der Heckscheibe. Die Runen und eisernen Kreuze der rechten Brigaden, »Kasachstan« in Gotischrot. Dazwischen die Familienfahrzeuge, verstaubte Kleinwagen, die Scheiben mit Sonnenblenden in Form grinsender Katzen verkleidet.

Ein paar Kunden kommen aus dem Penny-Markt raus, solche, die im letzten Moment noch einkaufen. Rentner, die ihren Beobachtungsposten am Fenster aufgegeben haben und vielleicht schon zum dritten Mal ins Geschäft gehen, um vor dem Abendprogramm noch mal rauszukommen. Eine alte Frau quält sich in ihrem Gehwagen wie eine Krabbe durch die schwere Glastür. Eine Minute lang ist nicht klar, wer die Oberhand behält. Die Tür mit ihrer starken Rückholfeder oder die Alte, die ihre Krücke einsetzt, um die Tür am Zugehen zu hindern. Sie hebelt in verschiedenen Winkeln daran herum, stößt zusätzlich wütend mit dem Gehwagen dagegen. Schließlich ist sie draußen, hält an, dreht sich um, beschimpft die Tür. Als wäre das die Antwort, wird die Tür von innen abgeschlossen. Feierabend. Ich stecke mir noch eine Zigarette an.

Das letzte Mal, als ich mit einer Frau zusammen war, also näher, das war in einem Thai-Salon. Vor zwei Jahren. Horst hat mich eingeladen. Hat damals ganz gut verdient mit seinen Autos. Irgendein Libanese hatte ihm den ganzen Hof abgekauft. Eine Thai-Massage mit allem drum und dran haben wir gebucht, Horst und ich. Das war eine der wenigen Gelegenheiten, bei der ich gern vorher was getrunken hätte. War dann ein bisschen wie beim Friseur. Das Mädchen, klein und quirlig, übernahm von Anfang an die Führung. Kam rein, hatte nur einen winzigen Slip an, fing sofort an zu quasseln. Ich machte, was sie sagte, und sie schaffte routiniert an mir rum. Plapperte die ganze Zeit dazu mit ihrer quietschend hohen Stimme, lachte an den unmöglichsten Stellen. Nachher waren Horst und ich noch mit den Mädchen in der Sauna, da war Horst schon ziemlich blau. Danach fuhr ich ihn nach Hause.

Da kommt sie. Hat ein hellblaues Kleid an und eine Ledertasche über. Die Haare trägt sie offen. Schwungvoller Gang, blanke Schuhe mit Absätzen, dünne Goldkette. Wirkt bedeutend eleganter als in dem weißen Kittel heute Morgen im Laden. Wojwodina. Sie sieht überhaupt nicht mehr so aus, als müsste sie wem dankbar sein. Ich gucke mich um, nach einem Auto, das jetzt vielleicht vorgefahren kommt. Ein schickes Auto, in das sie gleich einsteigt. Womöglich hat sie selbst eines drüben im Parkhaus stehen. Wenn sie zur Bushaltestelle geht, spreche ich sie an, sonst nicht.

Ich muss jetzt über die Straße, mein Ziel ist das überdachte Wartehäuschen der Haltestelle. Nicht zu schnell werden, sage ich mir, locker schlendern! Meine Anspannung trickse ich aus, indem ich den vielen aufgeweichten Teerflecken auf dem Asphalt ausweiche. Nicht auf die Ritzen treten! Erst als ich drüben angekommen bin, neben dem Kassenautomaten, drehe ich mich wieder um.

Richtig berechnet. Da kommt sie, ist nur noch ein paar Schritte entfernt. Ich tue, als hätte ich sie jetzt erst bemerkt:

»Hallo!«

Sie erkennt mich nicht gleich. Dann kriegt sie einen Gesichtsausdruck, den kann ich schwer einordnen, lässt mich aber vorsichtig werden.

»Ich wollte Sie doch einladen. Zu einem Eis.«

Sie antwortet nicht, guckt die Straße lang, vielleicht will sie sehen, ob der Bus schon kommt. Ein paar Leute stehen an der Haltestelle, etwas weiter entfernt, die hat ihr Blick noch kurz gestreift, ehe sie mich wieder ansieht.

»Ich will Ihnen nicht auf die Nerven gehen, verstehen Sie. Bloß ein Eis mit Ihnen essen. Ich gehe auch wieder, wenn Sie wollen.«

Jetzt lächelt sie und schüttelt den Kopf. Sieht einen Moment auf ihre Schuhe mit den langen Spitzen vorn.

»Ich muss nach Hause.«

»Vielleicht ein andermal?«

»Nein, lieber nicht.«

»Ich heiße Richie. Und wie heißen Sie?«

»Larissa. Lara. Bitte sprechen Sie nicht mehr mit mir im Geschäft. Ich möchte nicht.«

Nicht ganz vollständig, ihre Sätze. Spricht die Worte deutlich aus, ein bisschen altmodisch wirkt das. Das »R« wieder ganz hinten im Gaumen.

»Wenn Sie mir versprechen, dass Sie mal ein Eis mit mir essen oder einen Kaffee trinken, tue ich so, als wenn ich Sie nicht kenne.«

Der Bus kommt. Blaues Monstrum, Ziehharmonikafalten in der Mitte, biegt eilig um die Ecke. Rollt mit grummelndem Motor auf die Haltestelle zu.

»Sie versprechen mir?«

»Okay. Sie mir auch?«

Die Drucklufttüren zischen uns an. Öffnen sich.

»Ja, gut.«

Ein paar Leute steigen aus. Ich stehe neben ihr in der kleinen Schlange. Gleich wird sie einsteigen.

»Morgen?«

»Morgen nicht.«

»Wann?«

Sie überlegt einen Moment. »Ich weiß nicht.«

»Gleiche Zeit, gleicher Ort?«

Sie lächelt. Sagt aber nichts. Dann steigt sie ein, ohne sich nach mir umzudrehen. Ihr helles Gesicht. Treibt davon, zusammen mit den anderen Gesichtern, die ich nicht kenne und die mir vollkommen egal sind. Schwimmen hinter den Glasscheiben, nach vorn starrende, missgelaunte Meerestiere, wedeln mit unsichtbaren Flossen, um nicht abzutreiben, als der Bus in den Federn schaukelnd, mit aufgrollendem Motor die Haltebucht verlässt und sich davonmacht.

SIEBEN

Du musst alles aufschreiben. Wenn du telefonierst, darfst du keinen Patzer machen, also schreibst du auf einen Zettel, was du sagen willst, und den Zettel verbrennst du hinterher. Klar?

Der Koi. Macht eine Längsrolle, taucht von Wasser überströmt auf wie eine von diesen schwarz angelaufenen Bronzefiguren, die man in Brunnen sieht. Seine nasse Haut glänzt wie glasiertes Porzellan oder wie ein sehr gut lackierter Sportwagen. Manche von diesen Fischen kosten ja ein Vermögen.

Lass dich bloß nicht abwimmeln, hörst du, schmatzt er. Was dir da ins Netz gegangen ist, ist für die wichtiger als alles andere, was sie an diesem Tag sonst noch zu tun haben. Lass dir anmerken, dass du das weißt.

Der Flughafen hat mindestens fünf Nummern. Auf einem Zettel habe ich mir notiert, welche in Frage kommen. Sitze am Fluss, auf Opas Platz. Während ich die Zahlen eintippe, fällt mir mein erster Ein-Euro-Job ein, das war nämlich dort, im letzten Winter: Putzen im Flughafen. Mein Zwangsbeitrag für die Stütze. Mit ausführlichem Sicherheitscheck jeden Tag vor Arbeitsbeginn. Mannis Standardspruch: Bombe in der Unterhose, Männer?

Manni. Jetzt habe ich mich auf den fipsigen Tastenwarzen am Handy vertippt. Viel zu nervös, die Finger. Auf dem Zettel steht auch, was ich gleich sagen will. Bloß nichts vergessen. Die werden mich als Spaßvogel abtun, damit muss ich rechnen. Gibt eine Menge Spaßvögel.

Wie Manni, der hat damals die Putzkolonne geleitet: Ich bin der Manni, und ihr seid die Hoffnung der Arbeitslosenstatistik. Aufgekratzt, immer guter Laune. Dezent gepierct, bloß vier Ringe in der linken Augenbraue, mindestens hundert Kilo schwer, dabei nur einssechzig groß. Flinke, feuchte Augen. Keiner wurde bei seinem richtigen Namen gerufen, außer natürlich Manni. Auch für mich hat er sofort was gefunden: Asterix. Vermutlich wegen meiner blonden Haare und dem Pferdeschwanz.

Alle liefen wir in netten blauen Overalls herum, damit man sofort erkennen konnte: Aha! Die Putzkolonne. Ein enormer Teamgeist herrscht hier, Herr Abteilungsleiter, Originalton Manni. Meine Leute, das ist 'ne verschworene Gemeinschaft, wissen Sie. Die bring ich richtig auf Trab. Sie werden sehen. Zum Beispiel mit seiner kleinen Strichliste, auf der alles notiert wurde. Wann wer mal pinkeln ging, eine rauchte und solche Sachen. Tüchtiger Mann, dieser Manni. Fehlte nur noch der Frühsport und das gemeinsame Gebet für die Firma beim Schattenboxen im Pausenhof, so wie die Japaner oder die Koreaner das machen müssen. Frühsport war übrigens gar nicht nötig. Knochenarbeit war das. Schlimmer als am Bau. Vielleicht das Allerschlimmste bisher.

Dauernd vertippe ich mich. Die Finger wollen einfach nicht. Müssen aber. Nein, das Allerschlimmste war Müllsortieren. Gelber Sack. Auch da wirken ja immer Spaßvögel mit, die zum Beispiel die aufgeblasenen Präser reintun. Mit Inhalt natürlich. Windeln, Tampons sowieso, alles gut gereift. Daneben die vielen Ordentlichen, die die Konservendosen zuerst auswaschen, dann flachtreten und jeden Plastikscherben für das duale System retten wollen. Es gut meinen, extra für uns Wühlmäuse haben sie das Zeug doch gespült. Wir waren ja so dankbar. Unzählige Yoghurtbecher, Käsedosen und Heringshappenbehälter, die über das Band kollern. Das stinkt, ausgewaschen oder nicht, nach ein, zwei Wochen wie das Klosett in der Hölle. Besser, sie hätten uns Gasmasken gegeben anstatt Gummihandschuhe, der Gestank von dem Zeug schlägt ins Gehirn ein wie eine Werfergranate.

Jetzt habe ich die Nummer endlich drin. Tuten.

Der Fluss. Wir beobachten uns gegenseitig. Wartet darauf, was passieren wird. Glitzert silbern über dem braunen Dreck, den das Wasser stromab wegträgt. Schweigt wie immer, hat Zeit.

»Hallo? Ja. Hören Sie zu.«

Dumme Kuh: »Waskannichfürsietun?«

»Ich habe eine wichtige Nachricht für die Flughafenleitung. Es geht um einen Anschlag.«

Wie redet ein Al-Kaida-Terrorist? Vielleicht wie Ötün, aber ohne Ötüns Offenbacher Dialekt. Orientalischer, so: Gräte im Hals. Und natürlich zum Bösen entschlossen. Das »R« rollen, paar kleine Deutschfehler einbauen. Ruhig bleiben, Pokerface in die Stimme legen. Sie quasselt weiter ihre Sprüche.

»Nein, nicht die Polizei. Ich will die Leitung.«

Ja gut, verbinde mich, wohin du willst. Auf dieser Ebene ist nicht mit Tricks zu rechnen, die ist einfach nur blöd. Aber der hier vielleicht, die Knödelstimme. Wasner oder Messner.

»Gutentagdiesicherheitsabteilung.« Schön. Mal sehen.

»Ist das die Flughafenleitung? Passen Sie auf, ich hab nicht viel Zeit. Ich sage Ihnen jetzt, um was es geht, und Sie geben das weiter, okay?«

Blöde Knödelfrage. Einfach nicht beantworten.

»Dann schreiben Sie es eben auf. Nicht noch mal verbinden. Dafür ist keine Zeit. Passen Sie gut auf. Ich habe hier Raketen. Stinger-Raketen. Ich nehme an, Sie wissen, was das ist. Die sollen für einen Anschlag verwendet werden. Auf Ihren Flughafen. Ich kann sie Ihnen verkaufen. Eine Million Euro kosten die. Wenn Sie damit einverstanden sind, setzen Sie am Wochenende folgende Anzeige in die »Mainspitze«: Alles okay, Baby, einmal ist keinmal. Rubrik Fundsachen. Haben Sie das? Wenn die Anzeige drin ist, nehme ich wieder Kontakt mit Ihnen auf.« Klick und weg. So.

Der Fluss? Treibt gleichmütig in seinem Bett. Lässt gerade zwei Enten auf seinem Rücken landen, Schaumstreifen ziehen. Nun muss man sehen.

Heute ist er da: Horst. Steht in seinem verqualmten Laden am Kassentresen und friemelt am Scheckkartenlesegerät. Begrüßt mich mit seinem Tick: Luft durch den Mund reinziehen und Vogelgezwitscher mimen. Vielleicht begrüßen sich so die Goldgräber am Klondike.

Zwischen den Regalen steht breitbeinig ein Typ in Muscle-Shirt und Dschungelkämpfer-Outfit, zwei Ohrringe links, gemusterter Glatzenschnitt. Der steckt sich gerade in Horsts totem Winkel zwei Schokoriegel in die Seitentasche seiner Hose und wirft mir einen raschen Blick dabei zu, ich kann eine gewisse Warnung darin lesen. Schalte meine Mimik aus und gehe an dem Typ vorbei vor zum Tresen.

»Hast du Wäsche?«, frage ich Horst. Im Moment ist mein Bedarf an sauberer Wäsche angesichts eines möglichen Rendezvous stark angestiegen. Na ja, vielleicht nicht unbedingt wahrscheinlich, aber immerhin möglich.

»Ich glaub, der Sack ist erst halb voll.«

»Egal, ich nehm ihn mal mit, okay?«

Horst nickt, verschwindet in seinem Büro. Kommt mit dem Wäschesack wieder und packt ihn auf den Tresen. Daneben legt er zehn Euro.

Ich nicke dazu. »Morgen?«

Horst zuckt mit den Achseln. »Wann du willst.«

»Wie ist das mit Zigaretten?«

»Kriege ich die Tage wieder. Der Typ kommt vorbei, sagt er.«

Ich hole meine letzte Packung raus, biete Horst eine an. Mal sehen, was er zum Plan beitragen kann. Bei Horst weiß man nie, hat seine Verbindungen, ist ja Geschäftsmann.

»Ötün hat übrigens Pech gehabt«, sage ich deshalb, während wir uns gegenseitig Feuer geben. Aus dem Augenwinkel sehe ich, dass der Dschungelkämpfer jetzt in den Zeitschriften blättert. Sonst ist niemand da.

»Der hat meistens Pech«, versetzt Horst selbstgefällig.

»Schwarzgeld. Hat man ihn mit erwischt.«

»Da darf man nicht blöd sein.«

Ich sehe ihn an, sage aber nichts. Das wirkt am besten.

Horst schnieft wissend, wirft einen zweifelnden Blick zu dem Dschungelkämpfer, der geht weiter hinten langsam an den Regalen lang. Vielleicht prüft er die Verfallsdaten.

»Geld, das du behalten willst, das darf nicht auf die Bank«, belehrt mich Horst, ohne seine verdrießliche Miene zu lockern. Ist wie immer schlecht gelaunt, hat wohl seinen Spiegel noch nicht austariert. Jägermeister-Warsteiner 1:1, wenn ich mich richtig erinnere.

»Ich hab sowieso keins.«

»Na ja. Du.«

Ich gucke Horst noch immer an, ziehe dabei ausgiebig an meiner Zigarette.

»Wenn du genug Geld hast«, sagt Horst, dämpft die Stimme dabei vertraulich, »dann gibt's bessere Methoden als Omas Sparbuch.«

Ich winke ab. »Du willst mir bloß den Mund wässrig machen, hör auf.«

»Nee. Glaubst du denn, ich zahl einen Euro Steuern für die Schüsseln, die ich verkaufe?«

Betont hilflos ziehe ich die Schultern hoch. »Ich versteh doch nichts davon, Mann.«

Horst sieht kurz auf seine Uhr, bleibt aber weiterhin am Tresen hängen.

»Schon mal von Hawala gehört? Nein?«

Horsts Zeigefingernagel fängt an, auf den Tresen zu ticken. Klickklickklick. Der Dschungelkämpfer wirft einen eisigen Blick rüber. Über Kimme und Korn.

»Hast du natürlich nicht. Gutes Prinzip.« Klickklickklick, macht es weiter. »Du brauchst schließlich jemand, der das Geld so weit weg bringt, dass der Staat die Klauen nicht mehr draufbekommt, oder? Also nicht nach Liechtenstein zum Beispiel.«

Horst grinst. Er sieht nicht gut aus dabei, etwa so, als würde er sich gleich in einen Werwolf verwandeln. Ein bisschen wie Jack Nicholson, wenn der zwei Tage im Wasser gelegen hätte.

»Was denkst du, wovon diese Inder leben, Richie? Wo's Zentnersäcke mit Reis gibt, speckige Currybeutel und uralte VHS-Videos mit geschminkten Sängerinnen. Die kennst du doch.«

Lässt es weiter auf dem Tresen klicken. Eine blöde Anspielung auf mein Auffassungsvermögen vermutlich oder einfach Entzugssymptome. Ich fahre mit dem Finger langsam über den Rand der Glasplatte am Tresen. Das Gegenprogramm zu klick, klick, klick!

»Wieso Inder? Du willst mich wohl für blöd verkaufen.«

»Ich sage nur: Hawala. Das heißt Vertrauen oder so. Auf Afghanisch, was weiß ich. Du zahlst also 'ne beliebige Summe ein, an der Ladenkasse in bar. Und hebst sie ein paar tausend Kilometer weiter entfernt wieder ab. Zum Beispiel in Thailand, wo du dich an 'nem schnuckeligen Puff auf Phuket beteiligen möchtest. Mit vierzig Prozent Rendite per anno, steuerfrei.« Klick, klick, klick, macht der gelb getönte Fingernagel. »Dein Ötün, der ist zu bieder für so was.«

»Und wenn sie dich damit erwischen?«

»Dafür bezahl ich zehn Prozent ans System. Den Zehnten, Richie, wie im Mittelalter. Damit ich nicht erwischt werde. Außerdem gibt's für alles ein gewisses Risiko, oder?«

Ich zucke die Achseln. Mal sehen, was der Koi daraus machen wird. »Ich geh dann mal. Die Wäsche kriegst du morgen.«

Auf dem Roller strömt die warme Luft an mir vorbei, bläst mir die Jeansjacke auf. Zwischen den Abgasschwaden eine Teernote, eine Spur Sonnenöl dabei, vielleicht aus den offenen Autofenstern. Ich sehe Schwimmbäder vor mir, da wird gerade kreischend Wasser gespritzt, Eis gelutscht, braune Jungs baggern blasse Mädchen an. Da wär ich jetzt auch gern. Tammy fällt mir ein, neben der lagen wir immer, Horst, Markus und ich. Als es das Schwimmbad bei der Opelbrücke noch gab. Tammy mit ihren winzigen Titten in dem himmelblauen Bikini. Die hat sich den ganzen Nachmittag mit ihrem Walkman verkabelt und mit den Füßen im Takt gezuckt. Wir hofften den ganzen Sommer lang, es würde stimmen, dass sie jeden ranlässt. Na ja, mich hat sie jedenfalls nicht rangelassen, so viel kann ich sagen.

Ich drehe das Gas eine Idee zurück, werde langsamer. Kein Risiko eingehen. Jetzt geht es vor allem darum, die vorhandene Barschaft zu bündeln. Für ausreichend Sprit, genug Telefoneinheiten. Und für einen Städteatlas 1:20.000 Großraum Frankfurt. Ötün ist als Geldquelle erst mal abgehakt, Horst auch. Bleibt noch Tante Gretchen.

Halb drei. Nicht ungünstig. Die Alte schläft dann meistens, aber das tut sie ohnehin den ganzen Tag über. Zehn oder zwanzig Euro sind immer drin. Darauf kann ich im Moment nicht verzichten. Ich ordne mich an der nächsten Ampel zum Linksabbiegen ein. Zum Ostpark raus. Dauert nicht lange, bis das große Gebäude mit der Umfassung aus grünen Hecken mit ein paar Birken dazwischen auftaucht.

Am Altenheim den Roller gleich vor dem Eingang abstellen. Neben der modernen Plastik, die man den Alten spendiert hat für ihre Seniorenresidenz, so heißt das ja eigentlich. Aus Bronze. Soll von einem bekannten Künstler sein. So aussagefähig wie eine missglückte Schiffschraube. Den Alten ist es ohnehin egal, was da vor dem Haus aufgestellt steht. Ich strebe am Eingang vorbei durch den Flur. Der Zivi in der Rezeption sieht nicht mal auf.

Die Treppe rauf. Immer zwei Stufen auf einmal. Wäre wesentlich schlauer gewesen, Zivildienst zu machen. Schlauer, als damals im Dreck der schwäbischen Alb rumzurobben. Wenigstens die Führerscheine gab's dafür. Bei der Schriftlichen war man nicht kleinlich, die Prüfer gingen ein paarmal raus, bis wir uns abgesprochen hatten. Ach ja, eine Berufsausbildung auch, die hat mir allerdings weniger genützt. Zerspanungstechniker, wie die Dreher inzwischen heißen. Mit dem Suff war dann sowieso alles vorbei. Wer braucht noch Dreher? Wenn wo gedreht wird, macht das ein Computer, den kann jeder Depp bedienen.

Auf dem oberen Flur schlappt mir eine von den Altenpflegerinnen entgegen. Klappert auf ihren Birkenstöckern daher, eine dürre Ausgabe menschlicher Schwermut. Polin, Russin, so die Gegend. Auf dem Kopf die durchsiebte Papiertüte, schwarze Zotteln hängen raus. Guckt mich nicht an, obwohl ich sie fast gestreift habe.

Die erinnert mich wieder ans Aquarium. Merkwürdig, wie viele Leute Fischen ähnlich sehen, ohne dass ihnen das klar ist. Wenn ich im Winter dort Wärme tanke, damit kann ich den ganzen Tag zubringen, dann sehe ich mir gern die Piranhas an. Große karpfenähnliche Viecher mit hübsch silbern glänzenden Schüppchen, aber lauernde Bulldoggengesichter. In den wulstigen Lippen sitzen die scharfen Zähnchen. Wenn sie vor sich hin mümmeln, kann man die rausgucken sehen. Tückische Glubschaugen, lidlos, weißliche Ablagerungen drin. Krank wahrscheinlich. Hospitalisiert.

Das sind die einzigen Fische, bei denen ich ein gewisses Interesse an Menschen vermute. Wenn sie aus ihren Bassins durch die Glasscheiben nach draußen gucken, watscheln ständig fette Mahlzeiten vorüber. Rentner mit Schiffermützen zum Beispiel, quäkende Kinder, die mit den Armen rudern. Vielleicht stellen sich die Piranhas, während sie so vor sich hin flösseln vor, was passieren würde, wenn eins der lamentierenden Kinder oder einer der gut genährten Naturliebhaber zufällig in ihr Becken stolpern würde.

Tapptapptapp. Die mürrische Pflegerin vor mir. Wird gleich da hinten in eines der Zimmer reingehen, die Tür hinter sich zumachen, den verkniffenen Mund aufreißen und ihre dreieckigen Zähne entblößen, ehe sie sich auf einen der ausgemergelten Körper wirft, die hier vor sich hin vegetieren. Bringen ja oft alte Leute um, die Pflegekräfte, kann man immer wieder lesen. Aus Mitleid angeblich, aber da habe ich so meine Zweifel.

Nummer zweihundertzweiundzwanzig. Leicht zu merken. Die erste Zahl ist immer das Stockwerk. Pro forma klopfe ich an, dabei sehe ich noch mal den Flur entlang. Ganz am Ende sitzt ein Greis in seinem Rollstuhl, schimpft kopfschüttelnd leise vor sich hin. Rüttelt an seinem Stock, der ist am Rollstuhl festgeschnallt. Keiner achtet auf ihn. Will vermutlich abgeholt werden. Vergessen, oder keine Lust. Die hier arbeiten, können ihren Frust wenigstens an den Alten auslassen, den ganzen Tag.

Gibt ja immer mehr Alte, die kosten ein Heidengeld, und keiner will was von ihnen wissen.

Von drinnen kein Ton, wie üblich. Ich öffne die Tür, hoffe, dass nicht das Erste, was ich zu sehen kriege, eine der beiden Alten auf dem Topf ist. Aber im Zimmer herrscht Stille. Saurer Geruch nach vergessenem Obst, nach Putzmitteln und nach Verfall weht mir entgegen. Tante Gretchen sitzt in ihrem Rollstuhl und schläft. Kopf nach hinten gekippt, der zahnlose Mund offen. Von der Zimmergenossin sieht man bloß einen Wust aus grauen Haaren im Bett hinter dem weißen Deckenberg, ein Büschel aus zusammengefegten Wollmäusen, das jemand boshafterweise in das frisch überzogene Bett gelegt hat. Tante Gretchen schnarcht leise vor sich hin. Ihre Hände liegen verwelkt im Schoß. Die Luft geht in ihren offenen Mund rein, pfeift dabei ein bisschen, erreicht die Lunge, wird ausgetauscht, kommt wieder raus, das regelt der Körper immer noch zuverlässig. Tante Gretchen braucht sich nicht darum zu kümmern. Sie trägt einen Bademantel, ist barfuß, die Pantoffeln hängen über den verholzten Zehen, als habe sie jemand drübergehängt, damit sie nicht im Weg rumliegen.

Ich stelle mich neben sie. Räuspere mich ein paarmal. Tante Gretchen reagiert nicht. Noch eine Weile warten. Aus dem anderen Bett kommt kein Laut. Womöglich ist die Zimmergenossin tot. Aber das hätten die hier schon mitbekommen, merken das immer, wenn sie die Betten machen.

Leicht auf die Schulter tippen. Sie tut einen erschreckten Seufzer, macht die Augen auf. Starrt mich eine Weile an, ehe ihr Gehirn was mit mir anfangen kann, dann murmelt sie in einem Ton, als hätte sie etwas ausgesprochen Ungewöhnliches bemerkt:

»Richard!« Reißt die Augen weit auf und stellt, diesmal weniger erstaunt, noch mal fest: »Richard.«

»Tag, Tante Gretchen.«

»Schön, dass du mich mal besuchst, Junge. Du bist doch grade erst gekommen, nicht?« Ihr Gesicht nimmt einen zweifelnden Ausdruck an. Sie vergisst immer mehr, wenigstens erkennt sie mich noch. »Was hast du denn da mitgebracht, was ist das für ein Ding, Richard?«

»Das ist mein Helm, Tante Gretchen.«

»Ein Helm!«

In ihrem Gesicht arbeitet es, offenbar versucht sie, den Helm mit den Dingen in Verbindung zu bringen, an die sie sich im Moment erinnern kann, das scheint aber nicht so recht zu klappen.

»Für den Roller, Tante Gretchen. Ich bin mit dem Roller da.«

»Mit dem Roller.« Es klappt wohl immer noch nicht, aber damit gibt sie sich jetzt zufrieden.

»Richard«, die wässrigen Augen fixieren mich besorgt, »du musst an Ilses Grab denken. Ihr faltiges Gesicht nimmt einen flehenden Ausdruck an. »Es muss sich jemand darum kümmern. Und ich kann das doch nicht mehr, weißt du, mein Junge.«

»Das geht in Ordnung, Tante Gretchen. Mach dir da mal keine Sorgen.«

Mamas Grab ist seit Jahren aufgelassen, aber das gehört zu den Dingen, die Tante Gretchen immer wieder vergisst. Umgepflügt. Friedhofserde inzwischen, Kompost, weiß der Himmel, was die im Friedhof mit den Gräbern anstellen, die abgelaufen sind. Machen vielleicht Dünger draus, schreddern die Knochen klein. Bestimmt alles gesetzlich geprüft und korrekt. Einen Augenblick lang stelle ich mir die Knochen meiner Mutter vor, wie sie als weiße, saubere Bröckchen über dem Friedhof verteilt liegen, vielleicht im Kies auf den Wegen zwischen den Gräbern, und finde diese Vorstellung nicht so unangenehm. Zehn Jahre, das reicht, um ein Grab zu besuchen. Ich bin ohnehin nicht oft dort gewesen.

»Man muss oft gießen, wenn es so heiß ist. Buchsbaum und Immergrün ist drauf, nicht, Richard? Ab und zu was Frisches reinsetzen, Richard. Ein paar Stiefmütterchen.«

»Ja, Tante Gretchen.«

Einmal habe ich versucht, ihr klarzumachen, dass es das Grab nicht mehr gibt, aber sie hat so verstört drauf reagiert, dass ich es bleiben ließ. Am schnellsten geht es, wenn ich mitmache.

»Den Grabstein hab ich mal reinigen lassen«, sage ich deshalb.

»So«, sie fasst mich erneut ins Auge, »das ist recht, Richard. Deine Mutter ist ja so früh – nein. Die arme Ilse.« Sie schüttelt den Kopf. Das geht nur ganz langsam, weil ihre Energie für solche Bewegungen nicht mehr ausreicht, es kommt etwas Wackeliges zustande wie bei einer großen Schildkröte, die sich zu orientieren versucht.

»Richard, mein Junge, kannst du mir ein Glas Wasser einschenken. Ich soll trinken, sagt die Schwester. Vergesse es immer, weißt du.« Ihre rechte Hand schiebt sich auf das Tischchen vor dem Nachtstuhl, die Finger rollen auseinander wie die Beine einer großen Spinne. Aber die Hand kriecht vergeblich auf dem Tisch entlang. Die Flasche mit dem Wasser steht unerreichbar auf dem Nachttisch.

Ich hole sie, schenke ihr ein Glas Sprudel ein. »Fachinger Mineralwasser« steht auf dem Etikett. Sieht wirklich nach vielen Mineralien aus, die Flasche. Einer von den scheußlich schmeckenden Sprudeln, die vermutlich nur noch an Altenheime verkauft werden können, mit Schwefel drin, Arsen und anderem Zeug, das man vor hundert Jahren schick gefunden hat. Tante Gretchen versucht aus dem Glas zu trinken und verschüttet dabei zunehmend mehr auf ihren Latz, den hat sie seit dem Mittagessen noch umhängen. Ich greife zu, stütze das Glas ab, bis sie das Wasser intus hat.

Durch das gekippte Fenster hört man die Vögel aus den Grünanlagen raus zwitschern, sie können sich hier ohne Weiteres gegen den fernen Stadtlärm durchsetzen. Einer hat eine besondere Strophe: so ein Schmettern von oben runter. Buchfinken, glaube ich, sind das. Oder andere Gartenvögel, gibt ja eine ganze Menge hier, werden von den Alten angefüttert, wenn man sie rausfährt. Auch Eichhörnchen, kommen bis auf die Hand.

»Danke, mein Junge.« Tante Gretchen fingert mit den Händen an ihrem Morgenrock herum. »Du kannst doch sicher ein paar Mark gebrauchen«, sagt sie und versucht ein verschwörerisches Lächeln, das ziemlich asymmetrisch herauskommt.

»Sicher, immer.« Hoffentlich ist auch was drin in ihrer Geldbörse. Und hoffentlich keine Markstücke mehr wie neulich.

»Geh doch mal an den Schrank, Richard. Die zweite Tür von rechts, dort ist ein Fach, da liegt mein Geld.«

Ich öffne Tante Gretchens Schrank, suche zwischen Wäschestapeln. Die Börse ist natürlich nicht da, wo sie sie vermutet hat, aber schließlich finde ich sie zwischen zwei uralten Tafeln Schokolade und einem Stapel aufgerissener Briefe. Ich lege die Börse in ihren Schoß. Sie klappt sie auf, tastet drin herum; findet einen Zwanzig-Euro-Schein und zieht ihn heraus.

»Zwanzig Mark, mein Junge. Zu meiner Zeit konnte man sich damit eine Menge kaufen. Aber das Geld ist auch nichts mehr wert.«

»Zwanzig Euro, Tante.«

»Sag ich ja, mein Junge, sag ich ja. Da muss noch Schokolade drin sein, Richard. Von der Diakonie. Die bringt mir immer Schokolade, weißt du. Eine liebe Dame. Liest mir die alten Briefe vor. Und ich mag doch keine Schokolade. Nimm dir eine Tafel, Richard.«

»Danke, Tante Gretchen, ist nicht nötig.«

»Doch, doch. Die wird schlecht sonst.«

Also nehme ich eine der Tafeln aus dem Schrank. Wie ich die Tür gerade zumache, kommt die Pflegerin ins Zimmer, ohne anzuklopfen natürlich, und starrt mich mit ihrem verletzten Blick an.

»Müssen die Betten jetzt machen«, sagt sie mit einem schnarrenden Akzent. Jetzt sieht sie doch eher türkisch aus.

»Ich geh schon«, antworte ich und gebe Tante Gretchen die Hand, das heißt, ich hole die welke Hand der Alten aus ihrem Schoß heraus, drücke vorsichtig das Bündel Finger, fühlt sich an wie vertrocknete Karotten aus dem Kühlschrank, und bekomme einen matten Händedruck zurück. Dann schiebe ich mich an der Pflegerin vorbei, die mustert mich wie einen ertappten Dieb. Winke noch mal von der offenen Zimmertür her. Ehe ich sie wieder schließe, eliminiere ich die Pflegerin kurz entschlossen durch einen gezielten Feuerstoß zwischen die knochig rausstehenden Schulterblätter, bevor sie noch ihren Rachen aufreißen kann.

Ich hüpfe die Treppen runter und drehe mich durch die Eingangstür raus in den warmen Sommernachmittag. Werfe die Schokoladentafel in den bereitstehenden Mülleimer, setze den Helm auf und schwinge mich auf den Roller.

ACHT

Der Salat schmeckt nach Klebstoff. Krautsalat extra fein mit Speck und Kümmel. Achtzig Cent, Sonderangebot, Verfallsdatum vorgestern. Ich stelle den Becher aus transparentem Kunststoff neben der Campingliege auf den Boden. Draußen in der Gartenanlage überbieten sich die Vögel gegenseitig mit metallischem Meisengezick, dazwischen lang gezogenes Flöten, außerdem die schmetternden Buchfinkenstrophen, falls das so stimmt.

Auf dem kleinen Tisch liegt eine Kollektion Selbstgedrehter in zwei Reihen nebeneinander, Ration für zwei Tage. Warten drauf, in Opas Brillenetui verpackt zu werden. Manche Gegenstände besitzen erhöhte Leuchtkraft im Nebel des Vergessens: mysteriös, aber das alte Etui aus Zinkblech lasse ich nirgendwo liegen, und die Zigaretten können darin gut geschützt in der Rollerbox auf meinen Wegen mitreisen.

Ich strecke mich auf dem Schlafsack aus, die Arme hinter dem Kopf verschränkt. Schon kommt das Plätschern, das grüne Licht. Der Koi hat die Beleuchtung eingeschaltet. Er hat mir was zu sagen, in Ordnung.

Du weißt, was du jetzt tun musst, sagt er, die Brustflossen quer gestellt, seine dunklen runden Augen auf mich gerichtet. Er prustet manchmal zwischendurch, als müsste er niesen, das macht er gerade ein paarmal.

Du hast es doch schon die ganze Zeit geahnt, oder?, schmatzt er anschließend weiter. Dass du deutlicher werden musst, meine ich.

Das Geräusch im Aquarium kommt nicht allein durch die Stromgeneratoren und die Lüfter in den Becken zustande, für diese Art Plätschern ist zu viel Wasser in Bewegung. Manchmal kommt es mir vor, als wäre der Fluss nicht weit weg.

Schon, sage ich, aber es hätte ja auch einfach klappen können. Das kann eine Menge Ärger geben jetzt, oder nicht?

Quatsch, sagt der Koi. Ein Wort, bei dem das Schmatzen mal nicht stört. Natürlich gibt es ein paar Komplikationen, was hast du denn gedacht? Aber das hast du schließlich geahnt. Und jetzt, das habe ich dir bereits gesagt, jetzt musst du es eben tun.

Jetzt muss ich es eben tun, äffe ich ihn nach. Und du, was tust du dabei eigentlich? Wieso interessiert dich das alles überhaupt?

Darauf bekomme ich keine Antwort, er taucht erst mal ab, ich denke schon, er ist sauer. Aber dann kommt er wieder hoch, so schnell, dass ich das Gesicht gerade noch aus der Schusslinie kriege, und spritzt mir ein Maul voll Wasser entgegen.

Was ich tue?, schmatzt er. Das geht dich eigentlich gar nichts an. Seine Augen sind ganz rund, dunkel, eigentlich leer, sie haben ja keine Pupillen oder so was. Runde Bullaugen ins Nichts.

Sagen wir mal so, fährt er fort, die dicken Lippen zu einem Grinsen verzogen, ich sehe dir für eine Weile beim Spielen zu. Ich hab was übrig für Spiele, so wie du ja auch. Dabei schwimmt er ein Stück seitlich weg, sieht schräg aus dem Wasser zu mir rüber, hinter seinem einen Auge funkeln zwei goldene Schuppen.

Wo kommst du überhaupt her? Die Frage fällt mir einfach so aus dem Mund.

Na, na, blubbert er, du stellst vielleicht Fragen. Früher hätte ich dir das besser erklären können. Du hättest es eher verstanden, meine ich.

Früher, was soll das heißen, früher? Soll das heißen, du bist eine Art Märchenfigur?

Der Koi lacht, wie er es immer tut, er rollt im Wasser um die Längsachse und taucht spritzend wieder auf, streckt den Kopf aus dem Wasser. Die Tropfen laufen ihm über die schwarze, flache Stirn herunter, das Maul geht auf und zu, die Barten wackeln.

Nein, sagt er. Anders.

Verstehe ich nicht. Du kannst reden, mischst dich in mein Leben ein. Wie das die Tiere in den Märchen andauernd machen.

Nein, schmatzt der Koi. Anders.

Das ist mir zu blöd. Was heißt hier: anders?

Das bin ich, sagt er. Ich bin anders. Pass mal auf. Du willst ein Märchen, oder? Also erzähle ich dir eins. Vielleicht kapierst du dann, wer ich bin. Wenn nicht, kann ich dir auch nicht helfen.

Es war einmal vor langer Zeit. Klingt das gut? Also. Vor langer Zeit wanderte ein Mann flussaufwärts. Er folgte den Fischen am gelben Fluss. Die glitzerten, wenn sie an den Stromschnellen sprangen, um den Fluss zu bezwingen. Den Fisch, den er suchte, fand er an einem Abend nach vielen Wochen. Schwarz und golden, in einem tiefen Kolk stehend. Groß und stark. Mich, wie du sicher erraten hast. Ich war allein, so wie der Mann auch.

Ich sah zu ihm hoch, wie der Mann auf die Hacken niederhockte, dicht am Ufer. Er war gut zu erkennen durch die Oberfläche hindurch, umspielt von den Strahlen der untergehenden Sonne. Drahtig, jung mit seiner spitzen Kappe und den ledergeschnürten Gamaschen. Neben ihm im Gras die Harpune.

Du kommst nicht zu mir, also komme ich zu dir, sagte der Mann und nahm seine Filzkappe ab. Ich antwortete ihm nicht.

Also lass es uns zu Ende bringen, sagte der Mann. Ich antwortete noch immer nicht, weil es nichts zu sagen gab, sah weiter durch das Wasser zu ihm hoch, bewegte die zarten Fächer meiner Brustflossen und die Schwanzflosse so gegeneinander, dass ich im langsam vorbeiströmenden Wasser stehen blieb.

Der Mann richtete sich im Knien auf, griff nach der Harpune und stieß sie mit einer raschen Bewegung durch das Wasser in meinen Leib. Zog mich an den geschnitzten Widerhaken zu sich her, hob mich aus dem Fluss. Hielt mich an der durchgebogenen Stange. Sah mir zu, wie ich das Maul öffnete und schloss, viele Male, bis ich starb.

Er aß mich am selben Abend roh, sammelte meine Gräten, die Flossen und meine Schwimmblase in einem Lederbeutel, spannte meine Haut auf einen Weidenrahmen, hängte ihn an seinen Fellsack und wanderte zurück zu den Zelten seines Stammes.

Während er aus meinen Überresten den Leim für einen Kriegsbogen kochte, sah er tagelang den Ameisen zu, die durch seine Jurte wanderten, und zeichnete mit einem abgebrochenen Pfeil die Stadt in den Sand, die er bauen würde, so wie die Ameisen es ihn lehrten. Ein Feld aus Häusern in der Ebene, größer als für tausend Zelte. Alles aus Stein, klar und ordentlich aufgestellt, eine Stadt, in der nur das Nützliche erlaubt sein sollte, nichts anderes. Von einer Mauer rings umgeben. Alles an seinem Ort, auch die Toten. Nicht in eine Schlucht geworfen wie bei den Wilden, sondern in einem eigenen Totenviertel. Jeder in dieser Stadt hatte seinen Platz und zu arbeiten. Die Lebenden und die Toten. Der Herrscher diente allen. Sein Platz: die Mitte. Soweit die Ameisen und ihre Lehre.

Im Jahr darauf, als sein Bogen aus Hirschsehnen, Büffelhorn und Fischleim fertig war, um den Griff gewickelt das Leder aus meiner schwarzen und goldenen Haut, da kam ein Tag, an dem der Mann diesen Bogen gegen den Himmel hob, in den Steigbügeln aufstand und einen schrillen Schrei ausstieß, der von dreitausend Reitern erwidert wurde, ehe der Schrei sich in eine Wolke aus Staub verwandelte, die viele Meilen breit nach Osten zu wandern begann.

Es plätschert weiter, der Koi sagt nichts mehr.

Ist deine Geschichte zu Ende?

Ja und nein.

Ich verstehe überhaupt nichts, ehrlich gesagt.

Das macht weiter nichts, sagt der Koi. Es ändert wenig, ob du was verstehst oder nicht. Ich wollte dir lediglich einen Gefallen tun.

Danke, nett von dir, sage ich.

Keine Ursache, erwidert er und schwimmt davon, verschwindet in seiner Ecke unter den überhängenden Pflanzen, wohin er sich wahrscheinlich für eine Weile verzieht. Jedenfalls glaube ich, dass er das noch gesagt hat, weil es kaum zu verstehen ist bei dem Geblubber, mit dem er zum Beckenrand hinüberschwimmt, dorthin, wo es immer dunkler wird. Von dort macht er wohl immer das Licht aus, hat vielleicht einen Unterwasserschalter.

So eine Geschichte, fällt mir ein, hab ich mal gespielt. Reich der Mitte oder so ähnlich. Gibt eine Menge solcher Geschichten für Kids, alle ungefähr so wie »Herr der Ringe« und so aufregend wie eine Sonntagspredigt. Das Gute siegt, das Böse muss weichen und so weiter. Vielleicht bin ich auch tatsächlich zu blöde, um den tieferen Sinn zu kapieren, gehört ja auch nicht direkt zu der Beratung, die ich von ihm bekomme.

Vor allem muss ich jetzt den Plan weiterentwickeln. Wenn ich wirklich mache, was er mir geraten hat, brauche ich ein anderes Versteck. Eins, das niemand mit mir in Verbindung bringen kann, wenn die Sache schiefgeht.

Da fällt mir die Höhle ein. Kurz nachdem wir in die Gegend kamen, haben wir sie gebaut. Damals, als Mama und ich zu Opa zogen. In den drei glücklichen Jahren vor dem »Dicken Busch«. Mit den beiden Jungs aus der neuen Schule, Markus und Horst. Haben ein Erdloch gegraben, in der Uferböschung am Main, durch Pfosten abgesichert wie ein kleiner Bergwerksstollen. Davor der Brombeerverhau, der ließ nur eine kleine Lücke zum Durchschlüpfen. Da haben wir gehockt, geraucht, mitgebrachte Schnapsflaschen ausgetrunken, Bildchen aus Herrenmagazinen angeguckt. Alles, was verboten war, dafür gab es die Höhle.

Als Opa starb und wir in die Bunsenstraße zogen, ging es auch mit Markus und Horst auseinander. Von wegen asozial. Dabei hatten die meisten Leute in den Mietskasernen noch Arbeit. Sah damals auch noch nicht so schlimm aus in den Häusern. Aber Kinder wie Markus und Horst kamen nicht zu Besuch in den »Dicken Busch«. Markus ist heute Bankkaufmann, arbeitet in einem der Glastürme in der Frankfurter City. Horst wäre auch so was geworden, wenn sie ihn nicht im Gymnasium schon mit Kokain erwischt hätten. Da schmierte er ab, kam nie wieder ordentlich wo unter. Seine Eltern kauften ihm dann die Tankstelle, damit er nicht vollends abdriftete. Beim Tanken – hey, du bist doch der Richie, oder? – sind wir uns ja dann wieder begegnet. Unwahrscheinlich dagegen, Markus wiederzusehen. Ich komme noch nicht mal bis an den Schalter von solchen Banken, hole meine Stütze bei der Post ab.

Manchmal schaffe ich es nach Frankfurt, zum Beispiel ins Aquarium. Wenn ich da unter den Geldsilos in der City durchgehe, den Twin Towers der Deutschen Bank zum Beispiel – heißen hier »Soll und Haben« –, dann denke ich, was der wohl für ein Leben führt mit Familie, Eigenheim, Börsenfonds und gut Achtgeben auf die Karriere. Dann stelle ich mir Markus vor, wie er an seinem Terminal hockt, wo er klackklackklack auf das viele Geld einhacken muss, damit es sich weiter um den Globus bewegt und alle dran fressen können, wie an einem Krillschwarm in einer fruchtbaren Meeresströmung. Alle paar Jahre darf er ein Stockwerk höher umziehen mit etwas breiterem Schreibtisch und noch hübscheren Tippsen in klimatisierten Räumen auf grauen Teppichböden. Markus würde mich vermutlich nicht wiedererkennen, noch nicht mal, wenn wir zusammen im Aufzug stehen würden und mal eben raufschwebten in einen von diesen Türmen.

Horst – der redet nicht mit mir über die Zeiten in der Schule. Hat vermutlich auch längst vergessen, dass es die Höhle gegeben hat; vielleicht aber auch nicht. Die Leute erinnern sich an manches, wenn man sie danach fragt. Prompt stelle ich mir ein Fernsehbild vor, Abendnachrichten regional, Raketenanschlag auf den Flughafen, wir berichten von den Ermittlungen. Horst vor der Kamera, kratzt sich den dicken Schädel und erklärt gerade, er wüsste noch, dass er damals mit ein paar Jungs am Mainufer in einer Höhle gespielt habe – wer die gewesen seien, das wisse er jetzt nicht, das könnte ihm aber noch einfallen. Ach ja, genau: Ein gewisser Richie Salewski, der war auf jeden Fall dabei. Kurz und gut, es ist zu riskant.

Ich greife unter die Liege, angle nach der »Mainspitze«, Wochenendausgabe. Die hat mir Horst heute früh geschenkt in seiner großzügigen Art. Am Montagmorgen kauft sie ja garantiert keiner mehr. Es steht auch jetzt nicht mehr drin als vorhin: Überhaupt nichts. Alle möglichen dämlichen Sprüche unter »Fundsachen«, aber nicht der, auf den ich warte. Stecke mir eine von den Selbstgedrehten an, blase den Rauch durch eine kleine Lücke zwischen den Lippen gegen die Decke, Dampf ablassen.

Damit habe ich gerechnet, doch, habe ich. So einfach konnte es eben nicht gehen. Das allerdings, was der Koi vorschlägt, muss man gut überlegen. Aber im Grunde ist es nur logisch. Damit ändert sich aber einiges, und dafür brauche ich das neue Versteck.

Die Augen zumachen. Ich suche den Koi. Finde ihn nicht gleich. Er bleibt manchmal in seiner dunklen Ecke im Becken, ich muss eine Weile hingucken, bis ich das Gold auf seinem Rücken blinken sehe. Meine Gedanken zentrieren sich dabei. Ich kann erkennen, dass er die Brustflossen und den Schwanz bewegt, er flösselt so ein bisschen, aber er kommt nicht näher. In meinem Gehirn hat sich mittlerweile die Prozessorgeschwindigkeit und die Speicherkapazität verzigfacht. Da kommt es auch schon, das Bild, das ich brauche. Der Koi hat es mir geschickt, da möchte ich wetten. Ich muss grinsen. Immer wieder der Fluss. Gut, absolut narrensicher. Ich habe mein Versteck.

Das Vogelkonzert in der Anlage wechselt zum Abendprogramm. Man kann die Uhr danach stellen. Wenn die Sonne tief steht, wird es dunkler, musikalischer, andere Vögel geben den Ton an. Nicht mehr die zickenden, aufgeregt piepsenden Mittagsvögel, stattdessen flötende Exemplare mit einfallsreicheren Strophen. Amseln vor allem, die haben ihre Standorte weiträumig über die Anlage verteilt. Dazwischen zetern sie los, klingt, als würde man einen Arm voller Teller fallen lassen, prügeln sich, kurz danach fangen sie wieder mit ihren Gesängen an.

Ich schwinge mich von der Liege hoch, strebe rüber zu meiner Kücheneinheit, klappe das Wandschränkchen auf. Da gibt es noch einen eingetrockneten Rest Rasierwasser, Probefläschchen von Calvin Klein. Mit ein paar Tropfen Wasser versetze ich es wieder in flüssigen Zustand, tupfe mir die Backen damit. Zur Probe an den Fingerspitzen schnüffeln. Riecht? – na ja: gut gemeint. Mit nass gemachtem Plastikkamm frisieren, den Pferdeschwanz neu binden. Ich klappe mir eine Käsestulle zusammen und nehme sie mit nach draußen. Esse sie auf, während ich die Tür am Häuschen zusperre und mich im Garten umsehe. Als ich ein paar Margeriten erspähe, rupfe ich sie ab und binde sie mit einem Stück Blumendraht zusammen. Noch zwei kleine Farnblätter kommen mit dran. Jetzt sieht es fast aus wie aus dem Blumenladen. Aus meinem Garten, könnte ich ja sagen, aber das klingt zum Abwinken.

Mir wird schon was einfallen. Die Blumen kommen in die Box zur Apfelschorleflasche und dem Brillenetui mit den Zigaretten. Mit dem Putzlappen noch die Flasche blockieren, damit die Blumen den Transport überleben.

Sie steht schon an der Bushaltestelle. Sieht in meine Richtung rüber, bevor ich noch mit dem Roller um die Ecke verschwinden kann. Egal, nun brauche ich das Ding wenigstens nicht mehr zu verstecken. Ich halte an, nehme den Helm ab und winke ihr.

Diesmal trägt sie Jeans. Ein heller Streifen Haut zwischen ihrem Gürtel und dem kurzen roten T-Shirt. Den Helm in die Box packen. Greife mir die Zigaretten und die Blumen. Sehe nicht hin, was für ein Gesicht sie macht. Ich fühle mich noch gut in Schwung und versuche jetzt einfach nur, das Tempo durchzuhalten, bis ich drüben bin bei ihr. Dass keiner neben ihr steht, so viel habe ich immerhin mitbekommen. Renne rüber, gucke, ob die Straße frei ist, entere die Gehsteigkante an der Plattform.

»Hallo!« Halte ihr die Blumen hin. »Für Sie.«

Sie sieht verlegen aus. Grinst an mir vorbei. Findet sie das blöde? Ein paar Leute stehen um die Haltestelle verteilt. Ein Rentnerpaar, zwei Türkenjungs mit Plastiktüten, an den Händen aufgehängt, Kabel im Ohr. Keiner sieht zu uns hin, denen ist vermutlich sowieso alles egal.

»Ist doch erlaubt, oder?« Ein kleines Lächeln probiere ich mal, nicht zu viel. Vor dem Spiegel, wo ich es getestet habe, sehe ich immer so verdammt harmlos aus, wenn ich grinse.

»Natürlich.« Wieder das interessante »R«. Sehr weich, kommt von ganz hinten im Gaumen, dazu ein kleines Antwortlächeln.

»Ich bin der Eismann, wissen Sie noch? Wie wär's mit heute? Ich nehme Sie mit rüber ins Eiscafé. Sie könnten den nächsten Bus kriegen.«

Das Lächeln bleibt. Sie zuckt mit den Schultern. »Also gut.«

Danach sieht sie sich noch mal nach den Leuten um, aber die beiden Alten, die am nächsten stehen, glotzen eisig in die gleiche Richtung, rüber auf die andere Straßenseite, mit Gesichtern, als hätten sie Bauchschmerzen: Piranhas. Bloß zu zweit. Kein Angriff zu befürchten. Ich drücke ihr die Blumen in die Hand und gehe schon mal vor zu meinem Roller. Klappe die Box auf.

»Nehmen Sie meinen Helm.«

Ihre Jeans sitzen straff, auf dem hellroten T-Shirt ist nicht der geringste Fleck drauf, und die dünne Goldkette glitzert auch heute wieder an ihrem Hals. Die Haare trägt sie diesmal offen, kleine Handtasche umgehängt. Sieht gut aus, wirklich gut. Wojwodina. Auf der hellen Haut in ihrem Halsausschnitt ist ein winziger brauner Pickel.

»Wie weit ist?«

»Zwei Straßen.« Ich halte ihr den Helm nochmals hin. Sie schüttelt den Kopf.

»Nicht nötig.« Das »Ö« kommt mehr wie ein »E«, das machen alle Russen so. Bei den Müllsortierern am gelben Sack waren eine Menge mit dabei, alles Ukrainer. Stert mich alles nicht, hat eine neben mir dauernd gesagt. Stert nicht, Dreck bringt Geld. Ja, klar. Einen Euro die Stunde.

Ich grinse sie an. »Also los.«

Und wirklich, ihre Hände legen sich um meine Hüften, mit

der Rechten hält sie noch die lächerlichen Blumen fest, wir fahren los. Der Roller rüttelt über das Kopfsteinpflaster. Ihre Haare: sehe ich im Fahrtwind fliegen. Wir werden in den Schaufensterscheiben drüben drei-, vier-, fünfmal hintereinander geschnitten. Wir beide: Richie und Lara, dicht hinter mir auf dem kleinen Sitzbrötchen. Ihre Schuhe auf den Fußrasten, die Spitzen stechen dicht an den Fersen meiner Turnschuhe vorbei, elegante braune Lederschuhe, und meine Stiefel habe ich ausgerechnet heute vergessen. Ich drehe den Gasgriff auf, und wir fliegen nach der Ehrenrunde noch einmal an den beiden Piranhas vorbei, die an der Haltestelle weiter vor sich hin dümpeln, mümmelnd ihre Zähne raus- und reinfahren. Diesmal bleibt nicht mal die Zeit, sie vorsorglich mit einer Garbe niederzumähen.

In die nächste Kurve gehen. Blitzschnell signieren die Reifen ein paar weich gewordene Teerplacken mit Schlangenfährten. Die ganze Zeit liegen ihre Hände ganz leicht an meinen Flanken. So muss es sein, wenn man beim Tanzen von Frauen angefasst wird, bei diesen altmodischen Tänzen, die ich nie gelernt habe.

Im »Dolomiti« in der Fußgängerzone. Wir beide an einem winzigen Tischchen. Noch zwei andere Tische sind besetzt, leere Eisbecher stehen vor den Leuten, ein Rentner und zwei Mädchen, die rauchen. Die gestreifte Markise über uns ist halb ausgerollt. Ich lege meine Hand auf die schwarze Marmorplatte. Kühl, trotz der Hitze. Bin froh, dass ich meine Fingernägel heute Nachmittag runderneuert habe.

»Zu Hause bin ich oft gefahren, damit.« Lara nickt zu meinem Roller rüber, der am Straßenrand steht, einfach so vor dem Café.

»Bei schönem Wetter nehm ich den gerne mal«, sage ich. Suche mit den Augen nach dem Kellner.

Sie nickt noch einmal, sieht sich dabei um. Am Schalter lassen sich Leute Eistürme auf die Waffeln packen. Ihr Gesicht ist ganz symmetrisch, die Wangenknochen betont, um das Kinn ein bisschen viereckig, die Brauen winkeln steil nach oben weg. Die Lippen hat sie nicht geschminkt. Aber das gesprenkelte moosfarbene Grün in ihren Augen fängt das ganze Licht vor dem Café ein, als wollte mich der Fluss plötzlich aus Erbarmen in der überhitzten Stadt an seine dunkle Kühle erinnern.

»Und wo ist das? Zu Hause?« Ich klappe das Brillenetui auf, unterhalb der Tischplatte. Doch, darauf achte ich – ein Zigarettenetui ist das nun mal nicht –, und fische zwei Selbstgedrehte raus, um ihr eine davon anzubieten.

Aber sie hat schon ihre Zigarettenschachtel in der Hand. Zieht eine Marlboro raus. Wirft mir einen Blick zu.

»In Dnjepropetrowsk.« Lacht, als sie mein Gesicht sieht. »Wir sagen du«, stellt sie fest. »Ich bin Lara.«

»Ja, klar. Ich weiß schon. Und Richie. Okay?«

Der Kellner kommt. Meine Hand fährt unwillkürlich in die Tasche der Jeansjacke, wo Tante Gretchens Zwanzigeuroschein sein muss. Ist noch da.

»Einen Amarenabecher«, sagt Lara.

»Dasselbe für mich.«

Lara sieht sich um, raucht dabei. Dabei nickt sie immer mal wieder, als müsste sie sich ausdrücklich mit ihrer Umgebung einverstanden erklären. Auch mit mir, hoffe ich. Obwohl wir einfach so dasitzen und auf das Eis warten, ohne was zu sagen.

»Und du?«, sagt sie plötzlich, schaut mich durch ein davontreibendes Rauchwölkchen an. »Du bist von hier, oder?«

»Ja, klar. Also nicht ganz, wir waren zuerst im Ruhrgebiet, in Bottrop. Meine Mutter ging dann zu meinem Opa, weil der hier gearbeitet hat. Mein Vater, na ja, ich hab ihn nicht gekannt, wir waren immer nur zu zweit. Und mit Opa – aber der ist auch gestorben.«

Zum Teufel, was erzähle ich da für eine Jammergeschichte. Ich grinse sie an:

»Ist alles lange her. Ich wohne hier. Im Sommer am liebsten in meinem Garten. Im Schrebergarten.«

Sie lacht leise. »Klingt wie zu Hause bei uns. Du hast eine Datscha, oder was?«

Das Eis kommt. Riesenhafte Becher, ein Gebirge aus Eis und Sahne drauf, schwarze Kirschen versinken drin. Waffelstäbe mit Schokoladenspitzen obendrauf.

»Na ja, ein Häuschen ist schon da, in dem Garten. Hat mein Opa gebaut damals. Da schlafe ich ab und zu. Ist ganz gemütlich dort.«

Lara gräbt mit dem Löffel systematisch Schneisen in ihren Amarenabecher. Dazu das Nicken, aufs Essen abgestimmt, als würde sie jeden Löffel mit ausdrücklicher Zustimmung begrüßen.

»Hätte ich auch gerne. Bei mir ist so laut. Sagt man, ist laut oder es ist?«

»Man sagt: Es ist laut. Bei mir übrigens auch. In meiner Wohnung. Da ist es auch verdammt laut. Wo wohnst du eigentlich?«

»Nicht weit. Paar Haltestellen.«

Sie macht eine kreisförmige Handbewegung mit dem Eislöffel, bevor sie ihn wieder in den Becher sticht. »Ist gut, das Eis«, stellt sie fest.

Jetzt nicke ich auch mal. »Ja. Ich geh ab und zu hierher, ich wohne ja nicht weit von da.«

Eine Minute lang löffeln wir beide, mir fällt nichts weiter ein, was ich sagen könnte, also sehe ich ihr zu, wie sie ihren Becher leer isst. Dabei ab und zu vor sich hin nickt, während unsere beiden Zigaretten einträchtig im Aschenbecher vor sich hin qualmen. Sie scheint nicht zu erwarten, dass ich rede. Als sie den Becher leer hat, streift sie mich mit einem Blick, nickt und drückt ihre Zigarette aus. Dann sieht sie auf die Uhr.

»Ich muss gehen.«

»Okay. Aber schade.«

Sie lächelt, zuckt die Achseln.

»Wir können uns ja wiedersehen«, schlage ich vor. Winke dem Kellner, der stoppt im Vorübergehen ab und kommt zum Tisch. Dadurch konnte ich nicht erkennen, ob sie zu meinem Vorschlag genickt hat. Gesagt hat sie nichts.

»Zusammen«, sage ich, pule den zerknitterten Geldschein

aus der Tasche, kommentiere überflüssigerweise: »Die Geldbörse drückt immer so beim Rollerfahren.«

Gebe dem Kellner fünfzig Cent Trinkgeld, der antwortet: »Grazie Signore«, knapp an der Verarschung vorbei, finde ich.

»Danke«, sagt Lara. Lächelt, nickt noch einmal, steht auf.

Ich spüre wieder ihre Hände an meinen Flanken bei der Rückfahrt zur Bushaltestelle. Einen Moment lang sehe ich lauter Jungs auf Rollern mit blonden Mädchen hintendrauf durch ukrainische Städte mit unaussprechlichen Namen fahren, und ich staune darüber, dass alles viel leichter gegangen ist, als ich es mir vorgestellt habe. Wie wir zur Haltestelle einbiegen, kommt gerade der Bus. Noch im Bremsen rutscht sie vom Sitz runter, hebt zum Abschied die Hand, ehe sie rüberrennt. Ihre Absätze schlagen rasch auf das Pflaster: Tacktacktack. Ich bleibe auf dem Roller sitzen, den Helm über den Unterarm gestreift, bewege mich nicht, bis sie hinter dem Bus verschwunden ist.

Jetzt ist sie drin, geht durch den Gang nach hinten, setzt sich ans Fenster. Ich winke ihr zu. Ihr helles Gesicht, die blonden Haare. Sie streicht sie nach hinten, sieht raus, zu mir rüber. Nur zu mir. Der Bus grollt auf, stößt seinen blauen Schädel nach vorn, ungeduldig, boshaft. Ich winke weiter und tatsächlich, da ist sie, ihre Hand am Fenster. Sie winkt zurück.

NEUN

Jetzt fängt es an zu regnen. Langsamer fahren. Zum ersten Mal verfluche ich den Plan. Muss aber gleich wieder zugeben, dass es Vorteile hat, die Sache im Regen abzuwickeln: weniger Spuren, weniger Leute unterwegs, keine Pärchen am Flussufer zum Beispiel. Auf der B 43 ist kaum Verkehr, ab und zu überholt mich einer, hüllt mich in eine Wolke aus Regentropfen. Ich wische mit dem Handschuh über das Helmvisier. Die Autobahnbrücke habe ich hinter mir, noch ein paar Minuten, dann bin ich da. Auf meinem Rücken bleischwer das Angelfutteral. Obwohl ich die Kanten mit Lappen umwickelt habe, hat mir das Ding bestimmt schon ein paar blaue Flecken verpasst. Meine Knie sind inzwischen klatschnass. Aber die Jacke hält noch dicht.

Der Scheinwerfer fingert durch Regenschleier am Straßenrand entlang. Noch nie ist mir das penetrante Geräusch des Rollers so laut vorgekommen. Dabei kann ich sicher sein, dass sich bei diesem Wetter niemand für einen Roller interessiert, der um zwei Uhr nachts hier entlangfährt. Falls überhaupt jemand da ist, der mich hört. Eine Rechtskurve. Das Lichtbündel streift eine Reihe Pappeln am Flussufer. Hier ist es. Wo der alte Anleger von der Fähre auf der Wiese steht.

Bremsen, nach vorn auf den Lenker gelehnt wegen dem Gewicht auf meinem Rücken, damit ich nicht gleich in den Dreck fliege. Runter zum Main. Absteigen, horchen, umsehen. Kein Mensch da, auf der B 43 kein Scheinwerfer in Sicht. Der Roller kommt in die Büsche am Ufer. Schiebe ihn bis nach vorn an die Ufersteine und lehne ihn so an eine der Pappeln, dass ich ihn rasch wieder rausziehen kann. Wieder auf den Weg raus. Bleibe einen Moment stehen, sehe mich um. Der Regen hat schon wieder aufgehört.

Über den Feldern Dunkelheit, von Westen erhellt durch den Lichtschein der Stadt, am anderen Ufer ein Muster aus winzigen Lichtpünktchen, wo die Häuser stehen. Zwei Flugzeuge ziehen blinkend ihre Bahnen über dem Flughafen, der fängt ja gleich hier an, noch keinen Kilometer weit hinter mir. Über mir still die Sterne. Aus den Wiesen zirpen die Grillen. Mit lang gezogenen Strichen sägen sie geduldig an der warmen Nacht.

Ich schultere meine Last, gehe rasch damit auf die Pappeln am Mainufer zu. Wenn ein Auto kommt, schnell ins Gras ablegen, kommt aber keines. Fünfzig Meter vielleicht bis dahin. Tappe auf meinen ausrangierten Turnschuhen den Uferweg entlang, den ich mir gestern noch mal ganz genau angesehen habe. Es riecht nach Wiese, nach abgemähten Stängeln, leichter Kräuterteegeruch. Ich schiebe mich zwischen die Büsche am Ufer rein, bleibe stehen, horche. Nur der breit ausgelegte ferne Geräuschteppich der Stadt und die Flugzeuge. Natürlich der Fluss. Zieht mich an, flüstert was vor sich hin.

Finstere Kühle zwischen den Büschen. Zweige streifen mich, Wasser tropft auf mich herunter. Ich fühle mich hellwach. Meine Ohren erfassen jedes Geräusch, das feine Knacken der Äste unter meinen Schuhen, jetzt auch ganz deutlich das strömende Wasser, den Fluss. Vorsichtig bis ans Ufer vorgehen, wo die Befestigungssteine sind. Lampe brauche ich keine. Die Lichter von Okriftel drüben am anderen Ufer reichen völlig aus. Ich halte an, stelle meine Last ab, sehe hinüber.

Die alte Fabrik. Backsteine und Beton, leere Fensterhöhlen, rechts der Schornstein. Ich kann sogar die Birken am anderen Ufer erkennen. Nirgends Licht im Fabrikgebäude. Ein paar Container stehen davor am Ufer, zwei mal sechs übereinander, Paletten dazwischen. Rostiges Wellblech in Blau, Rot und Gelb. Ausgemusterte Exemplare schätze ich, hab mir die gestern bei Tag mal angesehen, sicher stehen die bereit für ein Schrottschiff, das sie abholt. Nicht anzunehmen, dass die jemand bewacht. Vielleicht haben sie irgendwo einen Nachtwächter, aber der hockt nicht ausgerechnet zwischen den Containern, falls die überhaupt jemanden dafür bezahlen, um hier aufzupassen.

Die Fabrik da drüben würde sich gut in einem Spiel machen. Zum Beispiel für eine Jagd auf Gangster, die irgendwas dort versteckt halten. Spaltbares Material für die schmutzige Bombe zum Beispiel. Oder man müsste Flüchtlinge aus den Containern befreien, bevor sie drin verhungerten, dann gegen die Mafia antreten, die das Schleusergeschäft betreibt. Ein Schusswechsel drin in der alten Fabrik oder zwischen den Containern. Schnell und gefährlich, wie Häuserkampf. Akustisch allererste Klasse, die Schüsse zwischen all den leeren Blechkisten.

Von hier aus ist jedenfalls alles kinderleicht. Die Entfernung bis zu den Containerstapeln höchstens hundertfünfzig Meter. Mein Gehirn ist ganz hell, Beleuchtung komplett an. Der Koi rührt sich nicht im Augenblick. Wenn ich ihn suchen wollte, würde ich ihn wohl irgendwo am Rand meines Blickfelds finden, wenigstens sein Becken, eingerahmt von wuchernden, grünen Pflanzen. Keine Ahnung, ob er da ist. Egal. Wir haben das besprochen, es ist alles klar.

Ich gehe in die Hocke. Zippe den Reißverschluss an der grünen Hülle auf. Ziehe die Handschuhe an. Das Ding vorsichtig rausheben, an einen Baum lehnen. Erst mal muss alles für den Abgang nachher vorbereitet werden. Also die Hülle zusammenrollen und in die Plastiktüte rein.

Am Baum: die Rakete. Der Sprengkopf ein längliches Ei, Rohr, Schulterstütze, der Abzug mit der Sicherung. Eine überdimensionale Silvesterrakete. Das Adrenalin badet meine Nerven in Öl. Ich könnte jetzt einen Blindgänger entschärfen, so ruhig bin ich. Noch mal auf die Uhr sehen. Dann nehme ich die Rakete auf die Schulter. Schwer, geht aber, lässt sich handhaben. Wie eine Panzerfaust beim Bund, selbes Prinzip. Bewege mich ein bisschen hin und her, um zu sehen, ob das Rohr hinter mir nirgends anstößt. Ich knie mich auf den Boden auf einen flachen Uferstein. Prüfe nach, ob irgendwas im Schussfeld ist, Äste oder was auch immer stören könnte. Keine Ahnung, ob man das Ding genauso leicht abschießen kann wie eine Panzerfaust, aber das werde ich gleich sehen. Jetzt die beiden Zielfenster hochklappen; ein kleines und ein großes, man muss die miteinander in Deckung bringen, habe ich zu Hause bereits ausprobiert. Leicht in die Knie gehen.

Welchen Containerstapel nehme ich? Den linken, die Lücke zwischen den Birken drüben sieht man sogar noch bei Nacht. Wäre schlecht, wenn die Rakete von einem Ast abgelenkt werden würde. Den Sicherungsbügel wegklappen. Noch ein kleiner Schwenk mit dem Rohr. Der Stapel kommt mir riesengroß vor. Die beiden Metallrähmchen schwanken langsam in die Mitte des blauen Containers. Auf dem Wellblech steht »P« und »E«. Eine wehende Flagge dahinter.

Ich drücke ab.

Ein Zischen von meiner Schulter: Silvester!, blitzt kurz in meinem Bewusstsein auf, und ein roter Strich zieht unglaublich schnell über den Fluss zu dem blauen Container, der faltet sich fast sofort lautlos auf wie ein Karton, und eine helle, orange Wolke schießt raus, alles gleichzeitig in einer halben Sekunde. Dann schmettert der Knall über den Fluss rüber, und das Bild wächst weiter, rasend schnell, füllt sich mit hochgerissenen Blechteilen, die flatternd ins Licht reinsegeln wie nächtliche Flugsaurier, stürzen über den auseinanderrumpelnden Containern ab, klatschen in den Fluss. Die Riesenkisten rutschen aus ihren Stapeln, schlagen mit Donnergetöse auf den Betonplatten am Boden auf. Es ist grandios.

Die Grafik sozusagen Spitzenklasse und der Sound nicht zu überbieten. Und es hört überhaupt nicht mehr auf. Ich starre auf die Orgie aus noch immer auseinanderrutschenden Containern und qualmenden Blechfetzen, die ich ausgelöst habe, bis mir klar wird, dass sich inzwischen der klagende Dauerton einer Sirene dazugesellt hat. Zeit, mich abzusetzen.

Das Abschussrohr kommt ins Unterholz an der Flussböschung, ich strebe aus den Hecken. Ein letzter Blick nach drüben. Auf dem Gelände ist noch niemand aufgetaucht. Den Feldweg entlang zu meinem getarnten Roller. Der anhaltende Sirenenton hinter mir stört die Grillen nicht beim Zirpen.

Die Sterne sind inzwischen weg. Die Tüte rein in die Box,

den Roller rückwärts rausziehen und los. Der Sirenenton bleibt zurück, dazu kommt das Geräusch des Rollers. Zur B 43 hoch ohne Licht. Oben an der Straße schalte ich es ein. Die Feuerwehr und die Polizei werden am anderen Ufer langfahren. Meine Seite ist sicher. Der Fluss spielt seinen Part.

Auf der Bundesstraße gebe ich Gas. Es hat wieder angefangen zu regnen. Der Roller sägt durch die Nacht. Jetzt kommt mir das erste Auto entgegen. Das Ufer auf dieser Seite werden sie frühestens am Morgen absuchen. Da finden sie erst mal deutliche Fußspuren, Größe fünfundvierzig. Zwei Nummern zu groß für mich, die dazu passenden Turnschuhe habe ich mal beim Sperrmüll gefunden. Die Rollerspuren auf dem geteerten Fahrweg wird der Regen abwaschen, das hoffe ich zumindest. Aber das Abschussrohr im Gebüsch, das werden sie natürlich sofort entdecken. Vielleicht nicht gleich, aber bald stoßen sie dann auch auf den zwei Zentimeter langen Fetzen Papier von der Banderole, die um das Rohr rumgewickelt war, mit zwei, drei von den arabischen Schriftzeichen drauf. Den Fetzen habe ich in einem der Abdrücke meiner Schuhe halb in die Erde getreten, so tief, dass man eine Ecke davon sieht, wenn man gründlich sucht. Und das tun sie, wenn sie rausgekriegt haben, was für ein Ding das war, das den Container zerlegt hat. Ich nehme an, jetzt wird man mit mir reden.

Irgendwo am Stadtrand halte ich an. Inspiziere den total vermüllten Straßenrand. Ziehe die Turnschuhe aus und schmeiße sie im weiten Bogen in die Hecken. Hole meine eigenen aus der Box und ziehe sie an. Dann rüber zum Mainufer. Der Regen hat wieder aufgehört. Es ist warm wie in einer Sauna. Ich stelle den Roller an der Uferbebauung ab und klettere die Böschung runter. Unten am Fluss rolle ich das grüne Angelfutteral auseinander und setze mich drauf. Packe meine Zigaretten aus. Stecke mir eine an.

Die andere Rakete liegt inzwischen sicher auf dem Grund des Mains. In zwei schwarze Müllsäcke eingepackt, gut abgedichtet mit Klebestreifen. An einem Stück Draht verankert, damit sie nicht in der Strömung abwandert. Ein großer, gefährlicher schwarzer Fisch aus Stahl, den der Fluss für mich aufbewahrt wie einen gefangenen Hecht in der Reuse. Richie Salewski hat mit ihm nichts mehr zu tun. Jemand anders wird das Ding rausholen, wenn es Zeit dazu ist. Was immer auch weiter passieren wird, es gibt jetzt keine Verbindung mehr zwischen mir und irgendwelchen Raketen. So bleibe ich zwei Stunden sitzen, rauche, sehe auf den dunklen Fluss. Horche in die Nacht, ob ich ein Martinshorn höre, aber da ist nichts. Ab und zu schwimmt ein Flieger über dem Main lang, sonst ist alles wie immer.

Na?, frage ich vor mich hin, da wo ich den Koi vermute, er kommt ja nicht immer, wenn ich will, aber jetzt könnte er sich schon mal melden, finde ich. War das jetzt das, was ich tun sollte?, frage ich ihn.

Er sagt nichts, aber ich sehe ihn, wie er im Wasser steht, ein schwarzer Schatten mit gelbem Funkeln hier und da auf dem Rücken. Ich strecke mich auf der aufgerollten Hülle aus, schaue in den Himmel. Muss doch auch ein Sternbild geben, das wie ein Fisch aussieht, denke ich. Ein fliegender Fisch vielleicht? Aber ich finde keins, obwohl der Himmel wieder klar ist und eine Menge Sterne ganz oben, wo der Lichtschein der Stadt nicht hinreicht, nebeneinander in die Schwärze reingestochen sind.

Deine Geschichte, sage ich. Wie geht die eigentlich weiter? Was ist aus dem Typ geworden mit dem Bogen und den Reitern?

Willst du das wirklich wissen?, fragt der Koi. Er steht noch immer tief unten im Wasser, da redet er leiser, schallgedämpft mit etwas Hall, wie in einem Hörspiel, wenn jemand was Bedeutsames erzählt.

Warum nicht? Klar will ich das, sage ich, nehme einen tiefen Zug. Du hast doch bestimmt eine Fortsetzung auf Lager, oder?

Na gut, sagt der Koi und kommt an die Oberfläche. Einen Moment lang sieht sein Gesicht anders aus als sonst, die runden Augen ganz leer, die Stirn wie aus poliertem Eisen, die Nasenlöcher schwarz reingebohrt. Ein Totenschädel, aber das ist gleich wieder weg, er bleibt ein Fisch.

Hat er seine Ameisenstadt gebaut?

Sie ist noch größer geworden, als er sie geplant hatte, blubbert der Koi, und er wohnte in der Mitte, in seinem Palast, ganz rechteckig. Der Grundriss wie eine kleine Ausgabe der Stadt, in der Mitte ein leerer Platz mit einem Teich.

Lass mich raten, sage ich, da drin schwammen Kois, stimmt's? Ich überlege immer noch, wo ich die Art schwarzen Totenschädel schon mal gesehen habe, wie ihn der Koi da eben hatte, aber ich komme nicht drauf.

Genau, blubbert der Koi weiter. Ich schwamm drin und ein paar Kollegen. Und als es an der Zeit war, fährt er fort, schwamm auch der Mann drin.

Konnte man da baden, in dem Teich?

Nicht direkt. Er schwamm in dem Teich in seiner besten Rüstung, wenn ich mich richtig erinnere. Aber er ging gleich unter, lag auf dem Grund. Nach einer Woche war er so weit, dass wir anfangen konnten, sein Gesicht und seine Hände zu fressen. Schließlich hat sich jemand die Rüstung geholt. Was weiter aus ihm wurde, kann ich dir nicht sagen. Viel ist nicht übrig geblieben von ihm.

Das Aquarium mit dem Koi in seinem Becken löst sich auf, ehe ich ihn anstarren kann. Nur noch ein schwarzer Schatten, der unter die Oberfläche gleitet, dann ist er verschwunden.

Aber jetzt weiß ich wieder, wo ich den Totenschädel schon mal gesehen habe. Auf den abgewetzten Bodenplatten einer Kirche, wohin wir uns mal verirrten. Schwarzer Marmor, blank geputzt von den vielen Schuhen. Gekreuzte Knochen dabei, eine Grabplatte war das, glaube ich. Mit einer Schrift drauf, die man nicht entziffern konnte. Ich war vielleicht acht Jahre, fragte, was das wäre, das merkwürdige Gesicht.

»Das ist der Tod«, sagte Opa. Mit Opa war ich da drin. Er hat mich angegrinst und mir auf die Schulter geklopft: »Noch kein Thema für dich, Richie.« Inzwischen schon, fürchte ich.

ZEHN

Ötüns Wagenpark waschen. Die drei beigefarbenen Sprinter und den Abschleppwagen. Soll wie immer alles nachsehen: Öl, Batterien, Ausrüstung und so weiter. Ein Job für den ganzen Tag. Dafür gibt's immerhin einen Fünfziger. Noch dazu etwas, was ich gern mache: Alles übersichtlich, man kann schön der Reihe nach werkeln.

Ich bin gründlich. Wasche den Dreck aus den Radkästen, sauge die Innenräume sauber, pflücke Flusen ab, leere die Aschenbecher. Sammle im Laderaum die Gemüsereste vom Boden auf und werfe sie auf den Komposthaufen hinter dem Schuppen. Kann meine Gedanken dabei treiben lassen. Stehe mit dem Schlauch für eine Weile in warmen Sonnenflecken, während ich das Wasser aufs Blech pladdern lasse, Oberkörper frei, kriege dabei auch mal ein bisschen Farbe. Schlendere gemächlich zum Schuppen rüber, in dem steht noch ein vergessener Traktor auf platten Reifen. Eine uralte Sense, ein Heurechen. Bleibe eine Weile drin stehen, im kühlen Schatten. Hier drin riecht's nach Staub und streng nach Wald, nach dem ausgetropften Fichtenharz an den Brettern. Ich bin der einzige Besucher in dem Privatmuseum hier.

Ötün ist weg, aber Nesche ist da. Irgendwo im Haus oder im Garten treibt sie sich rum. Draußen knallt die Sonne auf das gelbe Blech des Abschleppwagens, ich kann ihn durch die Ritzen in der Tür sehen. Aus den Brombeerhecken, die an den beiden wellblechgedeckten Schuppen wuchern, zwitschern unablässig die Vögel raus. Die nahe Autobahn steuert das pulsierende Geräusch vorbeisausender Autos bei.

Ich gehe wieder raus zum Wagen, schiebe die frisch gewaschene linke Fußmatte unter den Fahrersitz zurück. Den Abschlepper mag ich am liebsten. Den starken Motor, die sparsame Einrichtung, den Klang nach stabilem Blech, den die Türen machen. Hat was Solides, ist aus Metall, nicht größtenteils aus Kunststoff, wie die meisten Autos inzwischen.

Drei Taschen. Drei müssen es sein. Drei feste Reisetaschen, in jeder Tasche eine Million Euro. Noch kein Jahresgehalt für einen Topmanager. Damit fangen die erst gar nicht an, müssen schon vier oder fünf Millionen im Jahr sein. Leute wie die, die in den Fliegern sitzen, die da oben ständig vorbeidröhnen. Jeder von denen würde mir doch das Geld auf Knien an der Tür abgeben, noch dazu ohne Quittung, wenn er dafür weiterleben dürfte, oder nicht? Man wird natürlich sehr schnell versuchen, mein Handy anzupeilen. Also nicht zu viel reden, das muss ich von vornherein vermeiden.

Die zweite Fußmatte reinschieben. Tür zu. Jetzt die Matten für die Transporter. Ich hole sie vom Zaun, wo sie zum Trocknen hängen, lege sie nacheinander in die Autos rein. Die auf der Fahrerseite sind schon ziemlich durchgetreten. Werde ich melden. Richie denkt an alles, ich muss auf meinen Ruf achten.

Einen letzten Blick in die Laderäume, dann die Schiebetüren zuwerfen. Drei Reisetaschen also. An Stellen, die ich vom Handy aus angebe: Hier auf den Standstreifen rausscheren, Warnblinker an und im Schritttempo die Tasche aus dem fahrenden Auto werfen! Über die Leitplanke weg. Auf keinen Fall anhalten! Das Ganze an drei verschiedenen Stellen an der Autobahn. Zehn Kilometer voneinander entfernt. Eine von den Taschen werde ich anschließend holen, bloß eine. Danach vierundzwanzig Stunden Lieferzeit für die Rakete. Aber nur, wenn in der Zwischenzeit nicht nach mir gesucht wird. Soweit der Plan.

Der Koi hat ihn abgesegnet, mit den Flossen gezuckt, auch mal gelacht dazu. Aber er hat sich nicht weiter dazu ausgelassen. Wenn ihm was nicht passt, mischt er sich sofort ein, also wird er damit schon einverstanden sein.

Den Eimer abstellen. Ich wringe, im Schatten stehend, den Putzlappen noch mal gründlich aus. Der Schlauch ringelt sich rüber zum Schuppen, wo der Wasseranschluss ist. Die Sonne knallt auf den Plattenweg. Aus dem gesperrten Ventil sprüht feiner Nebel, drin steht ein winziger Regenbogen. Rüber gehen, den Hahn zudrehen.

Die Meldung in der Zeitung heute Morgen war vermutlich getürkt. Ein alter Container sei explodiert, habe sich wahrscheinlich selbst entzündet. Es gäbe keine Hinweise auf Fremdeinwirkung. Kompletter Unsinn. Das Ding ist in die Luft gegangen wie ein Knallfrosch. Nichts hätte mich aufgeregter machen können als diese Abwiegelei. Ein Zeichen dafür, dass sie erfasst haben, was los ist. Die Polizei wird auf Hochtouren ermitteln. Über das Abschussrohr müssen sie förmlich gestolpert sein. Wird ihnen auf die Dauer nicht gelingen, die Sache herunterzuspielen.

Wie ich aus dem Schuppen komme, das abgeschraubte Schlauchende in der Hand, steht Nesche da, Arm am Abschleppwagen abgestützt. Mit hohen Absätzen, Jogginghose und Bikinioberteil, ihre Vorstellung von häuslichem Schick. Höchstens einssechzig groß und ein bisschen pummelig, aber hübsch mit ihren schwarzen Locken, Ohrringe drin und die Lippen geschminkt. Sieht zu mir rüber, eine Hand in die Hüfte gestemmt.

»Du kannst noch den Garten spritzen«, sagt sie. Lässt ihren Blick über die Autos wandern, als wollte sie nachprüfen, ob sie auch sauber sind.

Ich sage dazu nichts, gehe zurück in den Schuppen und schraube den Schlauch wieder dran. Damit war zu rechnen. Sobald ich auf dem Hof arbeite, fällt ihr noch was ein, was sie mir auftragen könnte. Ob sie findet, dass Ötün mich zu großzügig bezahlt oder ob sie sich bloß wichtig machen will, hab ich noch nicht rausbekommen. Ist mir auch egal.

Ich schleppe den Schlauch hinüber zu den Blumenbeeten, die um das Haus rum angelegt sind. Zwei Pfirsichbäumchen stehen außerdem noch dort mit winzigen Früchten dran. Spritze Wasser über das Ganze, vorsichtig, gut verteilt, wie es sich gehört.

Die meisten Leute haben Spaß daran, andere rumzukommandieren. Warum nicht auch Nesche. Ich hab auch schon ihre Toiletten geputzt. Stört mich wenig. Es gibt Leute, die ignorieren einen, wenn man in ihrer Gegenwart Dreck wegmacht. Tun, als existiere man nicht, reden die intimsten Sachen, während man mit dem Schrubber an ihnen vorbeiputzt. Halten einen für einen Teil vom Dreck, wie Spülmittel, das im Dreck verschwindet, während es ihn auflöst. Andere, die gucken gern zu. Genießen es. Geben launige Kommentare, sachkundige Tipps. Sind vermutlich froh, nicht denselben Mist machen zu müssen, wie ihn Müllmänner, Fensterputzer, Laubpuster und solche Kandidaten machen. Die Leute, die gern hingucken, wollen auskosten, dass sie selber nicht zu den Verlierern gehören. Haben auch jede Menge Gelegenheit dazu in diesen Zeiten. Ötün ist anders. Vielleicht, weil er in seinem Herzen eben doch ein Türke ist. Türken haben ja immer Angst davor, entehrt zu werden. Ihre Eier zu verlieren. Jedenfalls macht er mit mir keine solchen Spiele.

Hier auf Ötüns Hof mit Nesche, die gerade wieder mal rüberguckt, während sie zum Zaun geht, das Tor probiert und sich dabei die Haare hinten hochhält wegen der Hitze, da könnte es ebenfalls um dieses Thema gehen: um meine Eier. Hab mich schon ein paarmal gefragt, ob sie mich anmachen will. Mich, den Putzmann, auf den Gedanken bringen möchte, wie das wäre: eine schnelle Nummer im Schuppen hinterm staubigen Traktor, ihre Jogginghose zu den Fersen runtergepellt, den Sonnenölgeruch von ihrem Rücken in der Nase. Oder etwas gemütlicher im dunklen Bügelzimmer unten im Keller. Wäre für mich wesentlich riskanter als für sie. Sie könnte ja jederzeit behaupten, ich hätte damit angefangen. Deswegen habe ich beschlossen, diesen Zug an ihr einfach zu ignorieren. Auch eine Art, meine Eier zu behalten, finde ich.

Ich drehe das Ventil zu und rolle den Schlauch auf dem Arm auf, während ich zum Schuppen zurücktrotte. Nesche raucht, an den Zaun gelehnt, sieht mir mit unergründlichem Blick zu.

»Also dann«, sage ich, als ich wieder aus dem Schuppen komme, und gehe zu meinem Roller. Ziehe mein T-Shirt an und klaube den Helm aus der Box. Halt, muss erst das Tor wieder öffnen, das sie vorhin zugemacht hat. Mein Geld bekomme ich nie von ihr, das regelt immer Ötün. Ist mir auch lieber so. Ehe ich den Helm aufsetze, sehe ich noch mal zu ihr rüber. Sie macht sich mit dem kleinen Finger die Fingernägel sauber. Ich hupe und winke kurz, immer höflich, da kenne ich nichts. Nesche sieht kurz auf. Dann gräbt sich der Roller durch den tiefen Kies an der Einfahrt, ich fahre davon. Zum Garten, wo ich saubere Kleider liegen habe.

Zuerst esse ich zwei Brote und drehe mir eine Ration Zigaretten. Davon zünde ich eine an und gehe den Plan noch mal durch. Habe mir alles notiert, damit ich nichts vergesse. Vor dem Häuschen setze ich mich auf meiner Jacke ins Gras. Ich will im Freien telefonieren, sehen, ob jemand in der Nähe ist. Aber noch nicht mal die Alten sind da, die drei Parzellen weiter vorne ihr Gemüse und ihre Blumen mit dem Tempo und dem Gesichtsausdruck von Galápagos-Schildkröten beackern. Vielleicht tot inzwischen. Oder sie haben auch aufgegeben, wie alle anderen hier. Ich rufe bei »Bild« an, in der Redaktion, Nummer hatte die Auskunft. Tippe sie ein.

Werde erst mal mit irgendeinem Heini verbunden, niemand Wichtiges, vermutlich einer aus der untersten Etage, gleich beim Portier. Arrogante Stimme, schicker Bayerndialekt à la Beckenbauer. Lasse ihn seinen Satz knödeln. Alle von der gleichen Sorte: Haie, klein oder groß. Blut im Wasser, das weckt sie auf. Ich habe alles auf meinem Zettel.

Wie er fertig ist, sage ich nach einer Dreisekundenpause: »Sie denken vielleicht, wieder so ein Spinner, der sich wichtig machen will. Solche rufen ja oft bei Ihnen an. Aber ich mach's ganz kurz, ich werde auch nicht noch einmal anrufen. Hören Sie nur eben mal zu, okay?«

Auf der anderen Seite ein Wortschwall von Beckenbauer, den unterbreche ich einfach: »Hören Sie mir jetzt zu oder nicht?«

Als Beckenbauer mir mitteilt, er höre jetzt zu, sage ich: »Die Explosion in der Fabrik in Okriftel bei Kelsterbach, gestern ist das passiert, die Meldung steht heute in der Rundschau, das war kein Unfall. Das war eine Stinger-Rakete. Wissen Sie, was das ist? Und was man damit anstellen kann?«

Quäken auf der anderen Seite; muss nicht unbedingt bedeuten, dass Beckenbauer es weiß, aber darauf kommt es gar nicht an. Der braucht nur zu kapieren, was ich jetzt sage.

»Ja, genau, eine Stinger-Rakete. Ich war Berufssoldat, ich kenne die Dinger ziemlich gut. Ich hab den Container nämlich selbst gesehen und das Loch da drin. Fahren Sie hin, gucken Sie sich das mal an. Da soll wohl was vertuscht werden. Immerhin ist der Frankfurter Flughafen gerade mal einen Kilometer entfernt von dort. Sie brauchen nur richtig nachzuforschen, dann haben Sie für morgen Ihre Schlagzeile. Das ist alles. Wie gesagt, ich rufe nicht noch einmal an.«

Auf die Aus-Taste tippen. Das ist angekommen, das spüre ich. Am liebsten wäre ich jetzt laut schreiend durch die Anlage gerannt und hätte mit Steinen durch die Gegend geschmissen.

Heute Abend ist sie nicht da: Lara. Obwohl die Zeit stimmt: Viertel nach acht. Der Bus kommt, spuckt zwei kaugummikauende Jungs aus, denen baumeln die Kabel ihrer MP3-er um die Gesichter, ihre Köpfe gehen zombiehaft hin und her. Bartenträger, Welse, langweilige Viecher. Grundfische, mümmeln Dreck, fahren wie Staubsauger ständig durch den Kies am Aquariumboden.

Dann fährt der Bus wieder ab. Ich sehe auf meinem Roller sitzend den beiden Jungs noch einen Moment lang zu, wie sie jetzt aus den riesigen Hosen, in denen sie aussehen wie Zirkusclowns, die man hier vergessen hat, ihre Handys rauspulen, um die SMS-Eingänge zu checken.

Starten, eine Schleife ziehen, am Penny-Markt vorbei, an dem Großplakat in Rot und Gelb: »Wir sind heute wieder extralang für Sie da!« Hinter den Scheiben eingesperrt die zusammengestellten Einkaufswagen, öde Regale dahinter. Bringt wohl auch nichts, die Buslinie drei Stationen weiter abzufahren – sie hätte ja ein Stück zu Fuß gehen können, aber Fehlanzeige.

Ich fahre in die Innenstadt. Möchte Leute um mich haben, nicht zu viel nachdenken. Der Koi erledigt das für mich, wird sich melden wenn es Zeit ist.

In steuere das Mainufer an, die Uferbebauung bei den Opel-Villen. Dort haben sie sämtliche Pappeln umgehauen, wollen angeblich eine Pipeline legen, ist ja auch wichtiger als die paar Bäume. Ich setze mich auf einen der Stümpfe. Rauche, trinke aus meiner Buddel. Dann gehe ich zum Uferweg hoch und sehe mir die schicken Leute an, die auf der Terrasse neben dem Museum auf Teakstühlchen an Tischen mit Windlichtern drauf sitzen, sich unterhalten. Radeberger Pils für drei Euro das Glas trinken und sich Salate in italienischen Farben bringen lassen, mit Mozzarella, Tomaten und dem grünen Zeug drauf, dessen Name mir nie einfällt. Doch, Basilikum: genau!

Hier sitzen Leute, wie bei einem Casting ausgesucht. Haben die richtigen Klamotten oder sehen, wenn es Frauen sind, wenigstens gut aus. Nicht zu alt, alle irgendwie im Geschäft. Leute, die am Gewinnen sind. Bessere Jobs bei Opel oder in Frankfurt haben. Vielleicht ist Markus da, aber den würde ich noch nicht mal erkennen, wenn er direkt an mir vorbeiginge. Und wenn, dann würde ich wahrscheinlich den Schnabel halten und weitergehen.

Nehme einen tiefen Zug aus meiner Flasche und zähle, solange der Rauch aus meiner Nase zieht. So um fünfzig Personen. In ein großes Flugzeug passen zehnmal so viele rein, schätze ich. Ich bin ja selber noch nie geflogen. Fliegen finde ich irgendwie unnatürlich, abgesehen davon, dass ich es mir nicht leisten könnte. Stürzen immer wieder Flugzeuge ab, und trotzdem fliegen die Leute wie besessen, obwohl alle es wissen. Vielleicht, weil sie diese Art zu sterben gar nicht so schlimm finden. Man siecht nicht dahin, sieht nicht zunehmend grässlicher aus, fällt auch niemandem jahrelang auf die Nerven, bis es dann endlich vorbei ist. Nein, man verschwindet einfach von jetzt auf nachher und fertig. Ohne Angst und Schrecken, vielleicht sogar ohne Schmerzen. Hat sich gerade noch unterhalten, einen von den Drinks genommen, die man in Flugzeugen fortlaufend kriegt, und dann, zack, ist es vorbei. Wenn man plötzlich innerhalb einer Sekunde stirbt, kann man auch gar nicht viel davon mitkriegen. Es sei denn, man stellt sich vorher drauf ein. So wie die armen Teufel, die von den Al-Kaida-Leuten in die Twin Towers geflogen wurden. Die haben es ein paar Minuten lang kommen sehen.

Nein, wenn eine Rakete in ein vollgetanktes Großflugzeug schlägt, geht alles sehr schnell. Zigtonnen Kerosin machen aus dem Flieger eine gigantische Fackel, innerhalb von ein paar Sekunden wird es so heiß, dass das Blech schmilzt. Für die, die drin sitzen, wird bloß das Licht ausgeknipst. Sind einfach weg. Wie die Leute, die gerade die Terrasse verlassen, aufstehen, aus dem Licht der Laternen verschwinden. Noch nicht mal zahlen muss man. Man wird einfach vom Bildschirm gelöscht, endgültig.

Noch einen Zug nehmen, dann ist die Buddel leer. Wird allmählich dunkler. Die Windlichter auf den Tischen flackern, beleuchten die Gesichter: ein Schwarm helle Flecke mit beweglichen Mündern drin. Reden, lachen, erzählen von Absichten, Wünschen. Haben Geld natürlich, mehr oder weniger, aus meiner Perspektive eher mehr. Leben noch soundso lange, aber das weiß ja keiner.

Die können alle von Glück sagen, dass ich es war, der die Raketen in die Hände gekriegt hat, und nicht die Typen, zu denen der in dem plattgedrückten Toyota gehörte. Leute mit wahnsinnigen Ideen, für die sie sogar sterben. Ich wäre genauso wenig bereit, für irgendwelche Ideen zu sterben wie die, die hier im Biergarten sitzen und sich amüsieren. Das Geld steht mir zu. Tun die hier alle auch, nutzen ihre Chance. Wer das nicht tut, ist nicht clever genug. Wird behördlich erfasst, anschließend zum Müllsortieren eingeteilt.

Mein Blick folgt der Bedienung, hübsche Schwarzhaarige mit neckischen Zöpfchen, zeigt ihre Taille bauchfrei her. Glatte Haut, keine Spur von Röllchen an der Hüfte, wo der breite Gürtel wackelt, kleine elektronische Registrierkasse baumelt daran. Ihr praller Hintern schwingt nach beim Gehen. Balanciert ein Tablett mit vier Weizenbiergläsern. Damit geht sie über die Terrasse bis zu einem Tisch ganz hinten, direkt am Restaurant bei einem von den Blumenkübeln mit so 'ner Putte drin, an dem sitzen zwei Leute, ein Mann und eine Frau. Die Frau mit einem blonden Pferdeschwanz. Die Putte steht mir im Weg, ich kann die Frau nicht genau erkennen, aber eben, da hat sie doch zweimal genickt, als die Bedienung das Tablett auf den Tisch abstellte.

Ich starre hinüber. Jetzt verdeckt mir die bezopfte Bedienung die Sicht. Sie ist vor den beiden stehen geblieben und redet mit dem Mann, der bei der Blonden am Tisch sitzt. Der sagt was zu ihr, der Bauchfreien, wedelt gönnerhaft mit seiner Hand vor ihr herum. Die Hand legt sich auch kurz mal auf ihre Hüfte, ein Stück über dem breiten Gürtel, auf die nackte Haut. Sie lehnt sich mit dem Tablett ein Stück zurück, die Hand noch auf ihrer Hüfte, lacht. Stammgast vermutlich.

Einen dunklen Schnurrbart hat er. Irgendwas glitzert an seiner Hand. Ein Ring, klar. Ein Ring ist das, vermutlich ein Brillant drin. Jetzt ist die Bedienung wieder weg, und die blonde Frau beugt sich über den Tisch zu dem Mann vor, hat den Ellbogen aufgestützt und das Kinn auf die Hand gelegt. Ihr Gesicht kann ich noch immer nicht erkennen. Sehe nur, wie der Kerl dauernd schwadroniert, seinen Kopf hin- und herwiegt beim Reden. Italiener oder Türke, so was, ein dunkler Typ. Älter als sie, wenn sie das ist: Lara. Viel älter. Aber nicht ihr Vater, das wohl nicht.

Bin schon ein paar Schritte weit am Garten entlang, um von der anderen Seite bessere Sicht zu haben, da bleibe ich stehen, überlege, ob ich es wirklich wissen will. Was es mir bringen würde, wenn ich es rauskriegte.

Leute kommen aus dem Garten, gehen an mir vorbei. Zwei Männer dabei in guten Anzügen. Sehen nach Bankern aus, die nach der Arbeit noch ein Bier trinken waren. Jeder hat seine Laptoptasche geschultert. Einer von den beiden ist vielleicht Markus. Sie gehen so dicht an mir vorbei, dass ich ihr Rasierwasser oder was immer es ist, riechen kann. Riecht gut. Überhaupt nicht aufdringlich. So ein Geruch, der den ganzen Tag hält, auf den man sich verlassen kann. Der Frauen dazu bringt, an einem zu schnuppern, zu sagen: Mhm, sag mal, was ist denn das, was du da an dir hast?

Ich werfe die Zigarette weg, gehe zum Roller zurück. Meine Buddel steht noch neben der aufgeklappten Box. Stelle sie rein, setze den Helm auf und lasse den Motor an. Horche einen Moment auf das scheppernde Mopedgeräusch des winzigen Zweitakters mit seinem Schnapsglas Hubraum, der wird gleich jaulen wie ein getretener Pinscher, wenn er mich und den Roller wieder durch die Gegend ziehen muss.

Während ich am Uferweg lang Richtung Brücke fahre, ohne Ziel, einfach nur, um zu fahren, das Visier am Helm hochgeklappt, treibt mir der warme Wind das Wasser in die Augen. Lange Bahnen und hochschießende Garben aus Licht kommen vom anderen Ufer rüber, wo die Tanklager mit Flutlicht beleuchtet werden, schwimmen auf mich zu, werden zu pulsierenden Farbklecksen. Ein Fehler in der Grafik, in dem Programm, von dem alles erzeugt wird. Das ganze Zeug geht vielleicht demnächst mit einem letzten Flimmern zugrunde. Quantenmechanik. Habe ich nie so recht verstanden, bedeutet aber doch, dass alles nur in dem Moment da ist, in dem man hinschaut. Die Atome und die Elementarteilchen und so weiter. Und das auch noch zigfach. Parallele Universen, drehen sich nur in verschiedenen Richtungen wie die Bazillen im Yoghurt. Rechtsgedreht, linksgedreht. Alles ziemlich kompliziert, aber eines habe ich behalten: Auf die Welt kann man sich nicht verlassen. Von einem Moment auf den anderen könnte sie plötzlich weg sein. Alles schwarz dann, bis auf eine blinkende Fehlermeldung rechts unten am Rand des Bildschirms.

Die Stadt hinter mir: flachgedrückt von der Nacht quetscht sie sich bis an den Horizont, dort verschwimmen die Lichter in einem flachen Lavastrom. Mein Roller ist der Cursor, der durch das Bild rutscht, ein Meer aus kurzatmig flackernden Lichtern, ein paar tausend Leute drin, kaum jemand weiß, dass es mich überhaupt gibt. Vielleicht bin ich in Wirklichkeit bloß ein blöder Avatar, und mein Besitzer hat sich nicht genügend Mühe gegeben, mich richtig aufzupeppen.

Zum Schlafengehen bin ich zu aufgekratzt. Will auch keine Leute sehen, am besten, ich setze mich noch ein bisschen an den Fluss. Stelle den Roller an der Brücke ab und gehe runter ans Ufer, an der Bauwagensiedlung vorbei, sozusagen das Kontrastprogramm zu den Opelvillen. Da sitzen sie auch auf ihren Paletten und heben einen, haben Kerzen hingestellt, reden, lachen. Leben und lassen leben, von mir aus. Ich trotte an ihnen vorbei unter die Brücke und setze mich auf die Steine am Ufer neben einen umgekippten Einkaufswagen. Sehe dem Fluss zu, wie er die Lichter der Autos, die über mir wegbrausen, in ölige Schlieren verwandelt wie ein schlampiger Maler.

Dort unten am Fluss hängen immer irgendwelche Typen. War zwar keiner zu sehen, als ich den Weg runterging, aber kaum sitze ich eine Viertelstunde auf der Mauer, steht schon einer da. Ein Bündel aus Lumpen, das die Fähigkeit entwickelt hat, sich zu einem Gespenst zu materialisieren und für eine Weile rumzulaufen. Vielleicht bin ich auch kurz eingenickt und habe ihn nicht kommen sehen. Die graben immer mich an, weil ich so harmlos aussehe.

Jedenfalls hockt sich der Kerl dreist neben mich. Das Erste, was er tut: Er gibt einen komischen Singsang von sich:

»Didihda-didihda-didadidadidamm.« Danach guckt er zu mir rüber, als wollte er wissen, ob mir das gefällt.

»Verzieh dich«, sage ich. Ist nicht ungefährlich hier unten am Ufer. Obwohl der Kerl ziemlich heruntergekommen und nicht gerade fit aussieht. Könnte ein paar Kumpels haben, die sich schon irgendwo bereit machen.

»Nicht doch, Genosse«, sagt er. »Hast du was zu rauchen?«

Ich stehe auf und sehe mich um. Keiner da, man kann ziemlich weit das Ufer einsehen und hinter den Brückenpfeilern werden sie ja nicht gerade lauern. Ist mir jetzt auch egal, bei mir ist sowieso nichts zu holen.

»Didihda-didihda-didadidadidamm.«

»Hör mal«, sage ich. »Ich bin nicht dein Genosse, und ich hab keine Lust auf dein Gejammer. Lass mich also in Ruhe, ja?«

»Sachte«, sagt er. »Nur sachte. Kennst du das nicht? Hör zu.« Noch einmal: »Didihda-didihda-didadidadidamm. Das ist Schubert«, sagt er und guckt mich an, als wenn das irgendwas ändern würde.

»Von mir aus«, sage ich. Dann fällt mir Ralf ein, der Türsteher vom »Peacock« und seine Hundescheißemiene. Wahrscheinlich habe ich gerade den gleichen Blick drauf. Und weil sich inzwischen herausgestellt hat, dass der Kerl bloß ein harmloser Spinner ist, hole ich mein Brillenetui raus und gebe ihm eine Selbstgedrehte.

Fünfzig mag er vielleicht sein, langes graues Haar hängt ihm ins Genick. Im Gesicht grauer Zweiwochenbart und Nickelbrille, ein Bügel fehlt, hat er mit Stoffband geflickt. Aber seine Augen sind lebendig. Stechen raus, hellblau, aus dem ungepflegten Gesicht. Ziemlich am Ende mit seinem fleckigen Bundeswehrparka, er hängt trotz der Wärme über seinen Schultern. Wahrscheinlich hat er einfach nichts, um ihn rein zu tun, dafür sprechen die zwei prallen Plastiktüten, die er neben sich stehen hat. Schon länger auf der Walze also.

»Setz dich, Genosse, und rauch eine mit mir«, sagt der Typ. »Eine Zigarettenlänge. So viel Zeit muss sein. Wieso kennst du Schubert nicht?«

»Kann dir doch egal sein«, sage ich. »Hauptsache, du kennst ihn, oder?«

Klar kenne ich Schubert, aber das brauche ich dem Penner ja nicht auf die Nase zu binden. Hat einen leichten Akzent beim Sprechen, den kann ich aber nicht einordnen, kommt mir russisch vor. Vielleicht kommt mir heute aus bestimmten Gründen alles russisch vor.

»Und wo kommst du her?«, frage ich, um nicht unhöflich zu sein. Eine Zigarette lang, meinetwegen.

»Was denkst du?«, fragt er. »In welchem Land liebt man

Schubert, Genosse, außer in Deutschland? Und in Österreich, aber das ist aus meiner Sicht kein Unterschied.«

»Ich hab keine Lust auf Ratespiele. Du brauchst es mir auch nicht zu sagen.«

»Didihda-didihda-didadidadidamm. Das ist das erste der berühmten drei letzten Klavierstücke in e-Moll.«

Der Typ raucht wie ein Prolet, die Zigarette abwärts zwischen Daumen und Mittelfinger gesteckt. Ist aber keiner. Wahrscheinlich wird er mir gleich erzählen, was er mal für ein toller Hecht gewesen ist. Schubert – na ja.

»Du willst wissen, woher ich komme. Aus Petersburg, Genosse. Früher Leningrad. Jetzt wieder Petersburg. Bis zur nächsten Revolution. Wusstest du, dass Schubert auf den heutigen Klavieren beschissen klingt?«

»Nee«, sage ich. »Hat mich bisher nicht belastet.« Er wird jetzt seine Story ablassen. Die Zigarette ist halb aufgeraucht. Viel Zeit bleibt ihm nicht mehr.

»Man braucht ein Hammerklavier. Das hat den richtigen Ton für diese Musik, Genosse. Trocken, tragisch. Unerlöst. Musik für Salons, nicht für Konzertsäle. Hat Schubert nie gesehen, Konzertsäle.«

»Aber du? Du kennst natürlich Konzertsäle?«

»Sicher«, sagt er, ohne mich anzusehen. Er guckt auf den Fluss und stopft mit dem Daumennagel die Tabakkrümel, die raushängen, in das Ende der Zigarette zurück.

»Eine Zigarettenlänge.« Sagt er dann. »Das ist nett von dir. Soll ich dir erzählen, Genosse, was alles in eine Zigarettenlänge passt? Magst du Geschichten? Ich verdiene übrigens mein Geld damit. Statt zu betteln, verstehst du. Ist es nicht besser, Geschichten zu erzählen, als zu betteln?«

»Wenn du's nicht lassen kannst. Aber fass dich kurz.«

Er nickt und nimmt einen Zug. »In Ordnung.«

Dann wirft er mir einen komischen Blick zu, taxiert mich wie ein Frisör, bevor der einem die Haare schneidet.

»Man kann fünf Männer erschießen und eine Frau vergewaltigen in der Zeit, in der eine Zigarette brennt.« Nimmt noch einen Zug. »Zigaretten haben das an sich, diese Art der Zeiteinteilung, wusstest du das? Erschießungen gehen oft mit Zigaretten Hand in Hand. Die Zigarette befindet sich entweder in der Hand dessen, der gleich erschossen werden wird, oder in den Händen von denen, die schießen. Oder gerade geschossen haben.«

Dreht seine magere Hand mit den verholzten, gelben Nägeln vor dem Gesicht hin und her. Die Zigarette qualmt in seinem Proletengriff.

»Zigaretten und Patronen gehören zur Ausstattung aller Armeen. Auch für die Sache mit der Frau ist das eine Art, die gebotene Wartezeit zuzubringen. Die Länge einer Zigarette. Ich könnte jetzt ins Detail gehen. Ich bin nämlich ein ausgezeichneter Beobachter«, sagt er, nimmt noch einen Zug. »Zum Beispiel mit der Frau. Wir wären dann rasch an dem Punkt, wo ich gewöhnlich mein Geld bekomme. Entweder, damit ich weitererzähle oder aufhöre. Je nach Naturell.«

Er bläst eine Wolke Rauch vor sich und schnippt die Zigarette in den Fluss. Dann sieht er zu mir rüber mit seinen stechenden Vogelaugen. Ich stehe auf.

»Du warst doch dabei, oder? Hat's dir Spaß gemacht?«

»Didihda-didihda-didadidadidamm«, summt er wieder. »Hier kann man sich das schwer vorstellen, Genosse. In vielen Ländern, in Tschetschenien beispielsweise, ist Schubert weitgehend unbekannt. Für mich, wenn das eine Antwort auf deine Frage ist, war das immer ein Trost.«

»Das ist mir zu hoch«, sage ich, schon auf dem Weg zu meinem Roller. Der Typ antwortet nicht. Ich höre ihn aber noch einmal seine paar Takte singen, Schubert angeblich, bis ich oben an der Straße bin, wo mein Roller steht.

ELF

In Horsts Tankstelle riecht es nach Kaffee. Ich kann damit rechnen, dass ich eine Tasse bekomme. Wahrscheinlich hat die Putzfrau ihn gekocht, die war heute früh da. Horst selbst ist kaum in der Lage, Kaffee zu machen. Lebt wie ein Bär in seiner Höhle, ernährt sich von Keksen, Tütenbrötchen und kleinen Dauerwürstchen in Plastikhüllen, lappigem Toast. Von dem Zeug, das er hier verkauft. Wenn das Verfallsdatum überschritten ist, isst er es selbst. Ist deswegen vermutlich auch so fett.

Im Moment hängt er über der Theke und fachsimpelt mit einem Typen in Leder, beide eine Dose Bier in der Hand. Der Typ ist bis über die Ohren hoch rasiert, vorn hängt eine rotblonde Tolle. Nordisch angehaucht, rechte Szene vermutlich. Trägt eine schwarze Lederweste mit einem Totenkopf hintendrauf und einer phantasievollen Interpretation des Hells-Angels-Emblems. Alles hübsch bunt und schön gestickt. Die Weste kenne ich. Gibt's beim Motorradausstatter für Leute, die mal Rocker spielen wollen.

Ich setze den vollen Wäschesack neben der Kühltheke ab. Dort lasse ich ihn stehen und gehe wieder raus, mir die Beine vertreten. Wenn er jemanden im Geschäft hat, kennt Horst mich nicht. Spielt gern den souveränen Geschäftsmann, zumindest in der Öffentlichkeit. Autohändler, behauptet er meistens, wenn ihn einer fragt, was er so macht. Auf den Kneipentouren zum Beispiel, bei denen ich früher ab und zu als Fahrer mitgenommen wurde. Touren, die in der letzten Zeit nicht mehr stattfinden, jedenfalls nicht mit mir zusammen. Autohändler also, und früher mal Goldgräber, sagt Horst. Dann fragt bestimmt einer nach, und Horst kann seine Geschichten vom Klondike anhängen. Eins von seinen Nuggets aus dem Geldbeutel fingern und rumgehen lassen. Seine abgehalfterte Avia-Tankstelle erwähnt Horst bei solchen Gelegenheiten lieber nicht. Dabei fangen seine Touren meistens in Billardsalons an und enden in kleinen Eckkneipen, in denen sich kein Mensch für Horst interessiert, es sei denn er schmeißt eine Runde.

Die Luft ist noch ganz kühl. Ich trabe sportlich ein Stück übers Gelände, hüpfe ein paarmal auf der Stelle, um warm zu werden. Konnte nicht mehr schlafen, war schon im Morgengrauen auf, als die Vögel in der Anlage anfingen, Lärm zu machen. Normalerweise schlafe ich danach wieder ein, aber heute war ich doch zu neugierig auf »Bild«.

Ein Blick durch die Scheibe: Die beiden sind noch am Reden. Ich überlege, ob ich mir die Zeitung woanders holen soll, gibt aber eigentlich keinen Grund zur Eile. Außerdem bekomme ich hier gleich Kaffee. Also sehe ich mir die Autos auf dem Hof an. Zwei dunkelgrüne Fünfer-BMWs, drei große Mercedescoupés, Rentnerautos. Einmal schwarz und zweimal beige, und alles angeschimmelt wie immer bei Horst. Er lässt an den Wagen neue Reifen aufziehen, genau gesagt solche, die neu aussehen, und dreht den Tacho zurück. Auch mal spachteln und spritzen, wo die Macken zu offensichtlich gewesen wären. Das war eine Zeit lang mein Job. Ich kann die Stellen auch genau erkennen. Wer immer das jetzt macht, hat sie nicht besonders gut getarnt. Über die Sitze sind Schonbezüge gespannt, irgendwas Gemustertes von Aldi, um die schlimmsten Löcher zu verdecken.

Ich hüpfe abwechselnd von rechts auf links, mir will nicht warm werden, obwohl die Sonne schon über die Fassaden guckt. Einmal, da hatte Horst einen wirklich schönen Wagen da. Eine Fünfziger Corvette in Rot und Beige, wie aus einem alten Amifilm. Ein absolutes Tier. V8-Motor, hat gespotzt und georgelt wie eine Kombination aus Betonmischer und Flugzeugturbine. Ein Cabriolet, rotes Leder drin, das Riesenlenkrad aus weißem Plastik, kleine Noppen unten dran für die Finger. Chrombügel überall am Armaturenbrett, Mordsknöpfe drin wie an einer alten Küchenkommode.

In dem Ding würde ich die Tage gern mal am Penny-Markt

vorbeifahren, ganz langsam, das Dach offen, und Lara von der Bushaltestelle abholen. Mein Arm hängt raus, Zigarette drin, James-Dean-mäßig, Sonnenbrille in die Haare hochgeschoben. Wie sie dann rasch mit langen Schritten rankäme, die niedrige Tür beim Einsteigen aufklappt, ein Blick zu mir: Kleines Lächeln ohne Worte, sie rutscht auf den Sitz. Die engen Jeans bekommen dabei den nötigen Knick am Ansatz der Oberschenkel. Die Tür schlägt zu: satter Tresorton. Danach kommentarlos abröhren. Der Fahrtwind greift in ihre Haare, dazu das Geräusch aus dem Auspuff: Ein Dutzend Leintücher werden gleichzeitig zerrissen. Die neidischen Gesichter der Leute werden weggepflückt. Nur ihre grünen Augen sind noch da, mit Moos drin, wenn sie zu mir rübersieht in der ersten langen Kurve.

Aus dem Bild geht die Luft raus, als hätte es einen Platten gekriegt. Stattdessen habe ich jetzt den Alten vor mir, der sich das Geschoss damals gekauft hat. Ein Sammler. Graue Koteletten, Spinnenglieder. Hat sich noch nicht mal in den Wagen reingesetzt, bloß die Tür aufgemacht und genickt. Als wär das ein Kühlschrank, so ein Auto. Wahrscheinlich steht der Wagen jetzt in irgendeiner Halle, wo ihn ein Knecht des Alten alle paar Wochen mit dem Staubtuch wienern muss, oder er ist in einen Plastikbeutel eingeschweißt und wartet auf die Zukunft wie Walt Disney, der hat sich doch in einer Tiefkühltruhe begraben lassen, habe ich jedenfalls mal gehört, damit er in hundert Jahren noch mal 'ne Weile leben kann.

An der Tankstelle schwingt die Tür auf. Der Typ mit der Lederjacke kommt raus, wirft zwei Sixpacks in seinen Mitsubishi Pick-up und zwängt sich hinterher. Also reingehen. Horst stiert zu mir rüber. Zwitschert programmgemäß zur Begrüßung aus dem Mundwinkel. Klingt etwas belegt heute.

»Deine Wäsche.« Ich zeige auf den zusammengesunkenen Sack, den ich vorhin dagelassen habe, stelle mich an die Theke. »Kann ich 'nen Kaffee haben?«

Horst nickt. Eiernd, als wären die Kugellager in seinem Hals ausgeschlagen. Ist schon jetzt nicht mehr nüchtern.

»Im Büro«, sagt er und dreht sich mit einer Miene weg, als hätte ich ihm gerade erzählt, er müsse ins Gefängnis. Ich versuche, in dem unaufgeräumten Gebiet hinter der Theke die Bildzeitung zu erspähen. Die liegt bei Horst immer neben der Zigarettenpackung, aber heute nicht. Also erst mal Kaffee holen. Rüber zum Büro, kleiner, verrauchter Raum, in dem steht eine Art Schreibtisch, reich bestückt mit Flachbildschirm, aufgeklapptem Laptop davor und Faxdrucker. Dazwischen Stapel von Rechnungen, beschwert von einem vollen Aschenbecher. Das Ganze noch garniert mit einem Salat blinkender CD-ROM-Scheiben. Im Regal neben dem Fenster röchelt die volle Kaffeemaschine. Und da ist sie auch, die Bildzeitung. Danach greifen, aufklappen. Die Schlagzeile. Mein Herz klopft mir laut in den Ohren, denn hier ist es:

»Raketenanschlag auf deutsche Flughäfen geplant? Steht der Flugverkehr in Frankfurt demnächst still?«

Vier Zentimeter hohe Buchstaben. Darunter ein Archivbild, zeigt eine verschleierte Frau, Afghanin oder so was, die hat eine Rakete geschultert und blickt zuversichtlich nach vorn. Keine Stinger, sehe ich gleich, sondern eine alte russische Strela-Rakete. Überfliege den Text.

»Steht ein Raketenanschlag auf den Frankfurter Flugplatz bevor? Die Explosion in der stillgelegten Fabrik in Okriftel, weniger als zwei Kilometer Luftlinie vom Frankfurter Flughafengelände entfernt, wurde vermutlich durch einen Raketenbeschuss verursacht. Die Polizei bestätigt, dass zumindest der Verdacht besteht, will aber keine näheren Auskünfte geben. Kommissariatsleiter Joachim Halter (43) hüllt sich in Schweigen. Das Gleiche gilt für die Flughafenleitung. Von Plänen für einen Anschlag will man nichts gewusst haben. Die Rakete, die in das Containerlager einschlug, könnte eine amerikanische Stinger-Rakete gewesen sein. Wenn sich das bestätigen sollte, schwebt jedes Flugzeug, das in Frankfurt landet oder startet, in tödlicher Gefahr.« Ein rot eingerahmter Kasten daneben mit den technischen Daten der Stinger. Darunter geht es weiter: »Ein Verkehrsflugzeug mit bis zu sechshundert Insassen, das über dem dicht besiedelten Gebiet um den Frankfurter Flughafen abgeschossen würde, könnte eine Katastrophe verursachen, die der am 11. September 2001 gleichkäme, bei der nach dem Anschlag auf die Twin Towers mehr als zweitausend Menschen starben! Ein terroristischer Hintergrund ist sehr wahrscheinlich. Wir berichten laufend im Internet unter www.bild.de.«

Meine Hände mit der Zeitung sinken langsam runter, während ich den Atem, den ich die ganze Zeit angehalten habe, rauslasse. Meine Stimme: Ganz ruhig klingen lassen jetzt.

»Für dich auch?« Ich will rausfinden, wo Horst sich inzwischen aufhält. »Kaffee, meine ich?«

»Nee. Lass mal«, kommt es dumpf von der Theke her.

Klemme mir die Zeitung unter den Arm, schenke eine Tasse ein. Zwei Döschen Kaffeesahne rein. Mit dem Kaffee und der Zeitung zurück in den Verkaufsraum.

»Schon gelesen?« Ich stelle meinen Kaffee auf den Tresen, lege die Zeitung dazu. Horst winkt ab.

»Scheißterroristen, klar. Die können bei uns auch schon machen, was sie wollen.« Stößt seine halb gerauchte Zigarette in den Aschenbecher. »Mir egal. Mir geht's nicht gut. Ich hab Zucker, sagt der Arzt.« Sieht an sich runter, auf das Hemd, das sich über seinem Bauch spannt, als könnte man das an den Flecken erkennen, die drauf sind.

»Scheiße. Verstehst du? Mein Alter ist dran gestorben, hat noch den Fuß amputiert gekriegt, sonst wär ihm der abgefault.« Greift nach der Zigarettenpackung, klopft sich mit zitternden Fingern eine neue raus.

»Von mir aus können die den Flughafen gern stilllegen. Die Vögel machen sowieso nur Krach und Dreck. Ich hab davon gar nix und schon lange keine Knete mehr, um in Urlaub zu fliegen. Hauptsache, mir fällt nichts auf den Kopf, wenn einer runterkommt.«

Ich nicke. Schweige diplomatisch. Trinke ein paar Schlucke von dem lauwarmen, starken Kaffee. »Ich nehm mir so 'n Hörnchen, ist das in Ordnung?«

Bei Horst gibt es auch im Backbereich nur Abgepacktes. Keine stündlich frischen Brötchen wie bei Aral oder Esso.

»Von mir aus.«

Horst dreht mir den Rücken zu. Starrt, die Hände in den Hosentaschen, aus dem Fenster über die gelbe Graswüste, die seine Tankstelle umgibt. Mangels Bewässerung ist der Bewuchs mit der Zeit versteppt, am Rand zum Zaun hin reckt sich eine Palisade aus mannshohen, kräftigen Disteln in die Höhe. Fehlen nur noch diese Kandelaberkakteen, dann sähe es hier aus, wie ich mir Mexiko vorstelle.

»Was im Fernsehen gesehen? Über die Geschichte hier?« Ich klopfe mit der zusammengerollten Zeitung auf meine freie Hand.

Horst schüttelt den Kopf. Zieht den Rauch hörbar ein und bläst ihn wieder raus, als wollte er an einem Wettbewerb für Schnellraucher teilnehmen. Steht in seiner Wolke wie ein Fabrikschlot bei Windstille. Sein Hintern in den Jeans ist noch ganz schlank, die Wampe, die über dem Gürtel hängt, enthält den gesamten Fettvorrat seines Körpers. Wie bei einem Pinguin. Bloß kommt das Fett bei denen nicht vom Bier, soviel ich weiß. Außerdem wirken die wesentlich zufriedener. Zucker also. Dafür gibt es wahrscheinlich Medikamente, dazu noch auf Kasse.

»Also dann«, sage ich zum Abschied und wedle, für Horst unsichtbar, mit der Zeitung. »Kann ich die mitnehmen?«

Horsts Schniefen klingt zustimmend in meinen Ohren. Stecke mir den Rest vom Hörnchen in den Mund und gehe raus zu meinem Roller. Ehe ich losfahre, hole ich mein Handy aus der Tasche und rufe bei Ötün an, ob ich das Geld fürs Wagenwaschen abholen könnte, und erfahre, dass ich gleich vorbeikommen kann. Damit beläuft sich meine flüssige Barschaft jetzt auf hundert Euro, das reicht für eine neue Handykarte, was zu Essen und genug Sprit für eine Woche Fahren.

Ötün steht auf dem Hof, als ich ankomme. Zieht leere Paletten aus einem von den Sprintern und stapelt sie gegen den Zaun.

Ich hole die zusammengefaltete Bildzeitung aus meiner Jeansjacke, während ich über den Hof zu ihm rübergehe.

»Soll ich dir helfen?«

»Geht schon. Das sind nur die paar«, sagt Ötün. »Mein Vater. Jedes Mal lässt er das Zeug drin. Kann ich jetzt alles ausladen.« Er sieht zu mir hoch. Noch nicht rasiert um die Tageszeit. Ohnehin kein Morgenmensch, vielleicht auch gefordert von seiner jungen Ehe. Sein Gesicht besteht nur aus Stoppeln und Verdruss. Nehme mir vor, genau auf seinen Akzent zu achten, damit ich das am Telefon nachher gut hinkriege.

»Hast du gelesen?« Ich halte ihm die entfaltete Zeitung vor die Nase.

»Ja. Kam auch schon im Radio heute früh. Sind doch Spinner.«

Ötün hebt die letzte Palette an und lehnt sie zu den anderen an die Schuppenwand.

»Wer macht so was?« Ich werfe ihm einen Blick zu, suche in der Jackentasche nach dem Brillenetui mit meinen Zigaretten. Meine Einzelinterviews: Was halten Sie bitte von dem Anschlag? Erst Horst, jetzt Ötün.

Ötün zuckte die Achseln, klopft sich den Staub von den Händen ab. »Weiß ich doch nicht. Terroristen. Scheißtypen.«

Biete Ötün eine an. »Willst du?«

Ötün schüttelt den Kopf. »Nicht vor dem Frühstück. Meine Leute, verstehst du? Die fliegen zweimal im Jahr nach Antalya. Und ich auch, ab und zu. Mit Nesche.« Schüttelt den Kopf. Trauriger Pandabär. »Wer traut sich jetzt noch zu fliegen, sag mir das mal?«

Ich zucke die Achseln. »War doch immer schon so. Diese Dinger, die Raketen, meine ich, die gibt's doch schon seit über zehn Jahren. Steht da drin.« Zur Bekräftigung ein wenig mit der entfalteten Zeitung rascheln.

»Schon. Aber da sind jetzt ein paar Typen direkt vor deiner Nase, die haben bestimmt was vor. Und die machen das auch, da kennen die nichts. Schießen ein Flugzeug ab über Frankfurt. Das Nächste ist, dass sie alle Moslems lynchen.«

»Angst?«

Er zieht die Luft durch die Nase hoch und guckt mir in die Augen. »Klar hab ich Angst, was glaubst du? Hab ich immer bei so was.«

Ich rolle die Zeitung zusammen. »Was sagen sie im Radio?«

»Dass es stimmt, was in der Bildzeitung steht. War wirklich eine Rakete, die haben sie in so ein Containerlager reingeschossen, bei Kelsterbach in 'ner alten Fabrik. Und, dass das 'ne Warnung gewesen sein könnte. Weil der Flughafen hier erpresst werden soll. Aber darüber reden die nicht. Die Polizei nicht und der Flughafen auch nicht, die behaupten, da sei nichts dran.«

Ich bin mit meinem Interview zufrieden.

»Wollte dich wegen dem Geld fragen, fürs Wagenwaschen.«

»Ach so, ja. Warte, ich hol's dir.«

Während ich Ötün nachsehe, er geht in seinem schweren Gang, ein Gang wie ein Seemann ihn haben könnte, zum Büro hinüber, überlege ich mir, wie viele Leute heute schon beim Flughafen angerufen haben. Aus Spaß oder auch nicht. Jetzt wird es jedenfalls Zeit.

In einem Telefonhäuschen – ein paar gibt's ja noch – am Bahnhofsplatz. Hier drin habe ich garantiert Ruhe. Keiner läuft an mir vorbei und schnappt auf, was ich gerade sage, merkt sich mein Gesicht und so weiter. Außerdem bin ich von hundert eingeschalteten Handys umgeben, falls die mich gleich anpeilen, und ich kann in Ruhe meinen Zettel studieren.

Nummer eingetippt. Es geht los. Zuerst kriege ich wieder eine von der Waskannichfürsietun-Sorte, aber als ich zu ihr sage, dass ich nicht von der Zeitung bin, sondern derjenige, der jetzt eine Geldforderung stellen möchte, funktioniert sie richtig mit »Ichverbindesiebittebleibensieamapparat.«

Zu der nächsten Männerstimme, die sich meldet, sage ich – Achtung!, das gerollte »R«:

»Ich war das, der die Rakete in den Container geschossen hat. Die restlichen Raketen verkaufe ich Ihnen. Für drei Millionen

Euro. Nehmen Sie meinen Anruf ernst. Ich bin keiner von den Clowns, die hier vielleicht schon angerufen haben oder das noch tun werden.«

Auf der anderen Seite passiert nichts, er fuchtelt vielleicht mit der Hand, damit die anderen ihre Apparaturen einschalten, um mich elektronisch in die Netze zu hieven. Dürfen sie. Abgehackt reden, zum Bösen bereit. Schiele auf meinen Zettel, um nichts zu vergessen, das »R« zum Beispiel.

»Passen Sie auf. Die Rakete mit der aufs Containerlager geschossen wurde, war eine Stinger-Rakete mit einem schwarzen Abschussrohr. In den Lack am Rohr ist ein Stern eingeritzt. Oberhalb des Abzugs. Zwei Zentimeter groß. Lassen Sie das nachprüfen und überlegen Sie sich meine Bedingungen. Ich rufe in etwa ein bis zwei Stunden wieder an. Dann werden wir konkret.«

Auf »Aus« drücken. Das waren zwanzig Sekunden. In der Zeit können sie mich nicht gepeilt haben. Wenn sie mein Sternchen auf dem Rohr gesehen haben, werden sie garantiert mit mir reden.

Ganz, ganz langsam ausatmen. Ein Damm bricht, mein Gehirn wird geflutet, ich bin hellwach und auf eine merkwürdige Weise high, als wenn ich was eingeworfen hätte. Alles ist klar, präzise zu sehen, jemand hat mir die Pupillen poliert. Ich könnte jetzt mal eben ausrechnen, was siebzehn hoch achtzehn ist, eine Abhandlung darüber verfassen, wieso das Dasein doch einen Sinn hat oder ein phantastisches Liebesgedicht schreiben.

Ich mache die Tür der brütend heißen Telefonzelle auf, und ein leichter Wind weht mir entgegen, der weht nur für mich. Drüben am Bahnhof zerlegt die Glasfront den Sommerhimmel in eine kurz angehaltene Explosion aus Blau und Schaumigweiß. Ich gehe ganz langsam – was heißt: ich gehe –, ich schwimme an diesem zerteilten Himmel aus Vierecken vorbei, der so schick zersplittert aussieht. An der Plakatwand vor mir wächst plötzlich eines der scharfen Werbefotos von H&M aus dem Straßenpflaster raus, drei Meter hoch. Sie hat schwarze Haare, ihre Locken sind für die Aufnahme ein bisschen zerzaust. Trägt braune, mit Spitzen verzierte Unterwäsche, einen Ton brauner nur als ihre Haut, stützt einen Arm auf, die Hand verschwindet im weißen Korallensand von irgendeiner Karibikinsel, und sie sieht mich direkt an. So direkt, dass es mir unglaublich vorkommt. Wir kennen uns. Ich komme ihr immer näher, rieche ihren Atem, ihr Parfum. Ihre Lippen öffnen sich, die weiche Haut an ihrer Taille gibt nach, wie ich sie anfasse, gleich werden sich unsere Zungen begegnen. Leider ist die Glasscheibe dazwischen, aber wir verabreden uns stumm für nachher. Ihr Blick verlässt mich nicht, auch dann nicht, als ich weitergehe.

Ich komme erst ins Taumeln, als mich jemand anrempelt. Reibe mir die Augen: Irgendwas tun, um wieder runterzukommen. Ich schaffe es nicht gleich. Ich stolpere am Denkmal vom alten Opel vorbei, der sagt nichts, guckt mich aber gütig an, weil er mir keinen Job hat geben können, und ich verzeihe ihm ein für alle Mal. Unter dem Vordach vom C&A spült es mich weiter an den Fensterscheiben vorbei. Mit den Augen sauge ich mich an den Auslagen fest – die kleine blonde Krake Richie, damit es mich nicht wegreißt –, ausgerechnet an den Wanderschuhen. Die billigsten fangen bei fünfzig Euro an, gibt aber auch welche für zweihundert. Dazwischen Rucksäcke, Walkingstöcke, Trinkflaschen. Man kann leicht tausend Euro ausgeben, um ein bisschen wandern zu gehen. Meine Angel fällt mir ein, gekauft vor Jahr und Tag bei Aldi als Komplettpaket für dreißig Euro, nachdem die von Opa geerbten Sachen das Zeitliche gesegnet hatten. Natürlich habe ich immer schon gewusst, was solcher Kram kostet, und ich habe auch nicht die geringste Lust, mir was davon zu kaufen. Aber ich muss auf die Preise starren. Muss ich einfach. Macht mich auf merkwürdige Art ruhig, entspannt mich.

Die Strömung wird langsamer, ich komme zu mir. Jetzt stehe ich vor einem Fahrradgeschäft und rechne aus, wie viel es kosten kann, standesgemäß Fahrrad zu fahren, und bin nicht im Mindesten überrascht, dass der Wert eines Kleinwagens dabei herauskommt. Tut mir gut, richtig gut, mir klarzumachen, dass ich diesen ganzen Mist nicht kaufen muss. Auch dann nicht, wenn ich, und das ist inzwischen ziemlich realistisch, in zwei, drei Tagen drei Millionen Euro kriegen kann.

Wie ich vor dem dritten Schaufenster stehe, diesmal ist es ein Handyladen, begreife ich endlich, was ich da mache. Eine Impfung. Ich mache mich immun gegen die Masse Geld, die ich in einer Stunde verlangen werde. Als ich das begriffen habe, weicht etwas von mir, und ich kann das zwanghafte In-die-Fenster-Starren bleiben lassen. Ich lehne mich an einen der Pfeiler in der Fußgängerzone und schließe die Augen. Sofort kommt der Koi.

Das hast du gut hingekriegt, sagt er.

Danke. War ja nicht so schwierig, die Hauptsache kommt erst, oder?

Der Koi sagt nichts, schwimmt an den jenseitigen Rand von seinem Becken, und da sehe ich plötzlich, dass in den Aquarien, die rundum aufgebaut sind – habe ich übrigens früher gar nicht bemerkt, dass da noch andere stehen, also ich sehe, dass in den Becken zwei Leute liegen. Der Koi sagt noch immer nichts, aber es ist mir klar, dass er mir die Leute in den Becken zeigen möchte. In dem einen Becken schwimmt Opa. Er ist nackt, sein magerer Leib treibt waagerecht über einer kleinen Unterwasserlandschaft aus dünnen Pflanzenstängeln, die bis zu seinem Rücken hochreichen und sich ein klein wenig hin und her bewegen, als wollten sie ihn mit ihren Ästchen kraulen. Seine Augen sind geschlossen, ich bin jetzt ganz nahe an dem Becken, so nahe wie man als Besucher im Aquarium eben dran ist an der Glasscheibe, und sehe Opas Gesicht. Er sieht zufrieden aus, ist aber weiß wie ein großer Grottenolm. Merkwürdige Längsfalten sind in seiner Haut, er ist aber sonst nicht besonders aufgeschwemmt, sieht ganz manierlich aus. Magerer, als ich ihn in Erinnerung habe. Auf seinen Wangen wachsen dichte weiße Stoppeln.

Ist er tot?, höre ich mich fragen.

Klar ist er tot, sagt der Koi.

Ich gehe langsam zu dem anderen Becken rüber. Da drin ist Mama. Auch sie ist nackt, und ihre Haut ist ebenso weiß wie die von Opa. Auch bei ihr gibt es diese Längsfalten. Wie Delfine sie am Bauch haben, fällt mir gerade ein. Muss was Typisches sein bei Wasserbewohnern, und auch Mama sieht aus, als wenn sie abgenommen hätte. Ihr langes braunes Haar hat sich im Wasser weit ausgebreitet, es schwebt um ihren Kopf wie eine Wolke. Unter ihr wächst eine andere Sorte Wasserkraut, fester, holziger. Ein kleiner Wald aus Unterwassergestrüpp, aber keine Blätter dran. Winzige Tiere, Schildkröten oder Frösche, schwimmen durch das Geäst. Mamas Augen sind offen, sie lächelt hoch zum Wasserspiegel. Ich versuche, nicht auf ihren nackten Körper zu sehen, das kommt mir irgendwie unanständig vor, erblicke nur flüchtig den braunen Busch zwischen ihren Schenkeln und die Hände, die sie vor den flachgedrückten Brüsten gefaltet hat. Ich konzentriere mich auf ihr Gesicht. Ihre Lippen sind geschlossen, aber sie haben dieses Lächeln, ein Lächeln, das die Nasenflügel mit einschließt, ich habe es schon mal gesehen, aber wo?

Gut, dass der Koi den Mund hält, und ich habe auch nicht vor, irgendwas zu sagen. Ich habe schon kapiert, dass auch Mama tot ist und nicht anfangen wird, mit mir zu reden. Trotzdem, ich kann es nicht lassen, klopfe ich mit den Fingerknöcheln an die dicke Scheibe. Ein-, zweimal.

Versprich dir nicht zu viel davon, denke ich. Oder war das der Koi? Der das ganz leise gesagt hat, hinter mir in seinem Bassin.

Als ich das dritte Mal klopfe, dreht Mama ihr Gesicht zu mir rüber. Sie bleibt in der Horizontalen, nur den Kopf dreht sie, ganz nahe und auf einer Höhe mit mir, wie wenn man neben jemandem im Bett liegt. Ihre blauen Augen sehen mich an, mit dem gleichen Lächeln, das hat sich nicht verändert, und sie sieht direkt durch mich hindurch, als wäre ich Luft. Ihre Augenbrauen nämlich bewegen sich nicht, und das tun Augenbrauen, wenn man jemandem was sagen will, wenn man ihn erkennt, so: Hallo, da bist du ja!

Nichts dergleichen geschieht. Sie sieht durch mich hindurch, und als ich plötzlich, ganz plötzlich weiß, wo ich das Lächeln schon mal gesehen habe, dreht sie den Kopf zurück und schaut wieder zur Decke. Die Augen weit offen schwebt sie auf halber Höhe im Aquarium, die kleinen grauen Frösche turnen unter ihr durch das Kraut im Becken.

Es ist das gleiche Lächeln wie auf dem Jahrmarktfoto, das ich in meiner Schuhschachtel habe, aufgenommen, als sie sechzehn Jahre alt war. Exakt das gleiche. Das reicht mir jetzt eigentlich, ich wäre jetzt gerne wieder in der Fußgängerzone, und weil ich mir nicht anders zu helfen weiß, sage ich das zu dem Koi.

In Ordnung, sagt er. War alles ein bisschen viel für dich.

Danach verschwindet er mit seinem ganzen Zirkus, und ich kann die Augen wieder aufmachen. Alles noch da. Die Geschäfte, die Luft aus heißem Gelee auf dem Platz, der gleichgültige Schwarm Leute dümpelt drin. Zwei, drei gucken mich kritisch an, mit dem gewissen Blick: Aha, ein Junkie, gleich fällt er um, bloß weg, sonst muss ich ihm womöglich beistehen. Ich bin nämlich inzwischen auf der Höhe vom Gemeindeplatz angekommen, wo die Typen sich meistens treffen.

Ich gehe rüber zur Eisbude und kaufe mir zwei Maxikugeln Stracciatella mit Sahne drauf. Es ist noch nicht ganz vorbei, aber ich habe eine Idee, was ich machen könnte, um meinen Adrenalinspiegel – ist wahrscheinlich ziemlich durcheinander – auf den richtigen Pegel zu kriegen.

Mit dem Eis in der Hand gehe ich ins Internetcafé, ist nicht mehr weit von hier. Esse mein Eis im Eingang unter den Verbotsschildern – Handy durchgestrichen, Eis durchgestrichen – vollends auf und setze mich anschließend an einen der Rechner in den Sichtschutzkabinen. Erinnern mich immer ein bisschen an die Wichserkabinen in Pornoläden. Dort gibt's wahrscheinlich die gleichen Verbotsschilder am Eingang.

Ich klicke mich rein und suche die Server ab. Bei zweien wäre noch Platz zum Mitspielen. Im ersten etwa sechzig, im zweiten dreißig Leute auf beiden Seiten; da gehe ich rein. Das neue

»Battlefield«: ist erst seit ein paar Wochen auf dem Markt. Wahrscheinlich sind die Server voll von Kids, die sich nicht auskennen, auf alles ballern, was sich bewegt, und gefährlicher sind als die gegnerischen Truppen. Der Server teilt mich den Amis zu. Amis gegen Chinesen. Die neue Front. Ich bin neugierig auf die Grafik und die Effekte, werde nicht enttäuscht. Schnell und absolut detailgenau. Ich hole mir mein Sturmgewehr ab und gehe in das laufende Spiel rein, orientiere mich vorher im Luftbild, wo ich mich noch platzieren könnte. Übersichtlich. Ich sehe, dass die Amis zu beißen haben: schon zwei Stützpunkte an die Chinesen verloren.

Zwischen ein paar heruntergekommenen Fabrikgebäuden komme ich rein. Erst mal einen sicheren Platz suchen. Am besten an die nächste Wand drücken, es geht nämlich schon gut ab. Ein chinesischer Panzer fährt dröhnend an mir vorbei und biegt in eine Gasse zwischen den Werkhallen. Bleibt stehen und zerlegt mit einer Serie von dicht nacheinander platzierten Schüssen einen Schuppen in meinem Blickfeld zu Kleinholz. Ich schiebe mich vorsichtig näher ran. Ein paar von den Amis versuchen, ihn mit Minen aufzuhalten, aber sie laufen in MG-Feuer rein, das von irgendwoher den Panzer unterstützt. Kein Panzerabwehrgeschütz in Stellung. Anfänger.

Aufs Blickfeld schalten, kurz umsehen. Ich bleibe an meiner Wand, verziehe mich ein Stück seitwärts, dann kann ich loslaufen, um in eine geschützte Ecke an der Hauswand zu kommen. Die Grafik macht das phantastisch, die Wackelbewegungen beim Gehen, die Perspektivenwechsel und die Bauten, alles erstklassig. Bei einem neuen Granattreffer des Panzers kommen ein paar Betonbrocken runter. Sehr real. Ich wäre fast von meinem Hocker hier gesprungen, als sie beim Aufprall bersten und den Boden erschüttern. Die Farben etwas blass, aber die Karte im Rechner hier hat eben ihre Grenzen.

Jetzt bin ich in dem Gebäude drin, eine lange Fabrikhalle, und hole mir gleich mal eine Panzerfaust. Der Panzer wendet gerade am Ende des Geländes, um sich die andere Seite der Fabrikanlage vorzunehmen, das ist die, in der ich mich versteckt halte. Habe ich mir schon gedacht. Der will hier alles plattmachen. Lässt seinen Motor aufheulen beim Drehen, die Ketten klirren los. Fährt direkt auf mich zu, schwenkt sein Rohr herum. Zwei Raketen zischen an dem Panzer vorbei, schlagen durchs Dach rechts von mir, zum Glück noch weit weg. Der Hubschrauber gibt ihm Luftunterstützung. Deshalb also.

Noch warten, bis er nahe genug ist. Blickfeld prüfen. Auf fünfzig Meter kommen lassen. Als die ersten Schüsse des Panzers vor mir in die Wand der Halle krachen, schieße ich, hinterm Fensterrahmen stehend. Erwische ihn am Turm. Der Panzer geht mit Getöse und wirkungsvollen Effekten in die Luft, ein paar Chinesen fliegen schreiend im hohen Bogen raus, verschwinden anschließend im Rauch unter den Trümmern.

Schnell weg. Denn jetzt nehmen sie mich aufs Korn. Der Hubschrauber könnte das ganze Gebäude hochgehen lassen. Beim Rausgehen aus der Halle erwische ich mit dem Sturmgewehr zwei Chinesen, die kommen mir aber wie Bots vor. Ging zu leicht, ausgeschlafene Spieler hätten besser aufgepasst.

Hier ist was für mich. Im Hinterhof steht ein unbewachter Jeep. Ich krieche rein, fahre los, geht alles wie geschmiert. Das Ding lässt sich hervorragend handhaben. Driftet beim Gasgeben schräg über das rutschige Gelände weg wie ein Sahneschnittchen, kracht gegen ein paar Holzpfosten, die nehme ich einfach mit, ich kann jeden einzelnen davon vor meinem rechten Bein gegen den Kühler schlagen hören, einfach Klasse. Plötzlich stehe ich im verlassenen Gelände vor einem verschlossenen Tor. Verpeilt. Rasch nachsehen, wo der Hubschrauber ist, wenden und den steinigen Hügel wieder hoch mit Karacho, komme aber nicht rauf. Noch mal Anlauf nehmen, dann klappt es. Der Jeep geht über die Kuppe, macht noch einen kleinen Sprung dabei. Dumm, dass ich die Gegend hier noch nicht kenne, ich muss Tempo rausnehmen. Da kommt ein großes Gebäude, die Rückseite.

Sie erwischen mich, als ich um die Ecke komme. Eine Maschinengewehrstellung, ich erkenne noch das Rondell aus Sandsäcken und das Rumschwenken des MG-Schützen in meine Richtung. Bremse, Rückwärtsgang rein, Vollgas! Die Windschutzscheibe vor mir zersplittert. Mein Blickfeld wird abgedreht, rauf zum blauen Himmel mit den üblichen kleinen weißen Wölkchen drin. Ab in den Himmel heißt das. Schwer verwundet sei ich, teilt mir der Rechner mit. Eine Minute Pause, dann käme ich wieder rein.

Aber mir reicht es jetzt. Fünf Euro sind weg. Sehe auf die Uhr, gehe raus. Zeit für den nächsten Anruf.

Wieder in der Telefonzelle. Die Nummer des Flughafens wählen.

»Ich habe vor einer Stunde angerufen.«

Werde verbunden. Mit Sicherheit fangen sie jetzt gleich an, mich anzupeilen. Egal, hier ist das nicht so einfach, es schwirrt von Handys in der Fußgängerzone. Eine Männerstimme, kommt mir irgendwie bekannt vor. Schwafelt was.

»Kann ich mit Ihnen über meine Forderung reden? Ich will keine Zeit verlieren, verstehen Sie.« Das könne ich, man nehme die Sache ernst, sagt die Stimme daraufhin langsam.

»Also« – auf den Akzent achten! – »es gibt hier eine Gruppe, die mit Stinger-Raketen einen Anschlag auf den Flughafen plant. Ich bin dort ausgestiegen und habe die Raketen mitgenommen. Ich war es, der die Rakete in die Fabrik in Okriftel geschossen hat. Die andere Rakete, die ich noch habe, verkaufe ich Ihnen. Aber ich habe nicht viel Zeit, verstehen Sie? Die suchen mich. Ich will drei Reisetaschen haben, jede mit einer Million Euro drin. Wenn ich das Geld habe, bekommen Sie die Rakete. Hören Sie zu?«

Man höre mir zu, versichert die Stimme. Da sind noch andere Leute im Raum, das merkt man.

»Sie fahren mit drei Autos aufs Frankfurter Kreuz an dem Tag, an dem ich mich melde, es wird einer der nächsten drei Tage sein. Zwei Autos fahren Richtung Nordwestkreuz, eins Richtung Darmstadt. In jedem Auto ist eine Reisetasche, je eine Million Euro drin. Ich will drei Telefonnummern, für jedes Auto eine. Ich werde Sie in den Autos anrufen, ab ein Uhr fünfzehn nachts, und sage Ihnen dann, was Sie mit den Taschen tun müssen. Wenn Sie nach mir suchen lassen, kriegen Sie die Rakete nicht, dann kriegen die anderen sie. Ich muss mich bald absetzen, ich hab nicht viel Zeit. Und wenn die Taschen nicht da ankommen, wo ich sie haben will, hören Sie nichts mehr von mir. Aber mit Sicherheit von den anderen. Haben Sie das?«

Die Stimme antwortete, man habe sich alles notiert. Ich soll mich wieder melden.

»Werde ich. In den nächsten drei Tagen.«

ZWÖLF

Als ich die Aus-Taste drücke, habe ich wieder das Gefühl, mich in eine Sprudelflasche zu verwandeln. In meinem Oberkörper stauen sich lauter kleine Gasbläschen. Ich drücke die Tür der Telefonzelle auf, zwinge mich, ruhig in die Fußgängerzone reinzuschlendern. Die Bläschen in meinem Innern wollen eigentlich, dass ich renne und dabei laut schreie, Leute wegschubse, mit den Fäusten auf Blechschilder hämmere. Wie ein Bungee-Sprung. Ins Leere abgekippt, die Füße haben die Plattform verlassen. Freier Fall.

Auf dem Roller muss ich den Gasgriff bremsen, der ständig aufdrehen will. Am liebsten wäre ich mit Höchstgeschwindigkeit zum Garten rausgerast, auch wenn das nur achtzig Sachen sind. Aber jetzt von den Bullen angehalten zu werden, wäre das Dümmste, was ich mir einbrocken könnte.

In den Schrebergärten muss ich mich dazu zwingen, im Schritttempo durch die Parzellen zu gehen. Eben wie jemand, der in der Sommerhitze zu seinem Garten schlappt und überlegt, ob es sich noch lohnt, ihn zu gießen. Jetzt könnte ich etwas Zuspruch vertragen, aber der Koi lässt sich nicht sehen. Selbst die Vögel geben keinen Ton von sich. Wird ihnen zu heiß sein. Keine Wolke am Himmel, aber es drückt wie selten. Alle fünf Minuten ein Flieger, prima Wetter für die. Wenn sie sich am Flughafen ernsthaft Sorgen machen, merke ich das schnell, dann darf keiner mehr in die Luft. Kann man sich kaum vorstellen.

Nachdem ich dreimal ums Häuschen gegangen bin, werden die Brausebläschen in meinem Blut weniger, steigen jetzt in dünnen Fäden nach oben wie in einem Sektglas. Ich habe noch immer den Drang, mit jemandem zu reden, das kommt mich sonst nicht häufig an.

Beim Penny-Markt vorbeifahren, überlege ich mir, obwohl

ich nicht damit rechne, dass sie da ist. In die Cowboystiefel rein. Mir egal, wie ich damit aussehe, ich brauche die Dinger jetzt ganz einfach. Ein neuer Satz Zigaretten kommt ins Brillenetui. Viertel vor acht. Könnte ich noch schaffen. Rasieren oder Händewaschen lasse ich bleiben. Greife nach meiner Jeansjacke, schließe die Zauntür ab und laufe im Trab über den Betonweg, der strahlt Wärme ab wie eine Kochplatte. Ich schwinge mich auf den Roller, fahre los. Der Sitz ist glühend heiß. Ich muss im Stehen fahren, kühle ein paarmal mit dem Hintern kurz vor, bevor ich mich hinsetze.

Im Flughafen beraten sie sich jetzt. Mit der Polizei natürlich, keine Frage. Haben einen Krisenstab gebildet, da sitzen Experten drin, Terrorismusspezialisten. Scrollen sich durch Islamistenkarteien, bilden Sonderkommissionen. Alles erfahrene Großwildjäger, die wollen mich zur Strecke bringen. Männer mit dekorativen Dreitagebärten und dem gewissen Funkeln in den Augen, das Willensstärke signalisiert, wenn sie sich kurz mal ansehen. Tauschen wissende Blicke, bereit, auch die letzte Konsequenz mit einzurechnen, Blicke, die auf Männerfreundschaften gründen, die über Jahre gereift sind. Haben sich bewährt, diese Männer: in Dutzenden dämlicher Tatortfolgen zum Beispiel. Inzwischen gibt's allerdings auch genug Frauen dort. Männer und Frauen, was weiß ich, am richtigen Platz, zu allem bereit. Auch zum, wie hieß das mal, zum Todesschuss? Nein, das machen ja inzwischen die unkenntlich vermummten SEK-Puppen. Heißt auch anders jetzt, nicht Todesschuss, ich habe vergessen, wie. Dürfen sie alles tun. Der Plan sieht das vor. Es wird eine Treibjagd geben, aber auf das falsche Wild. Hoffentlich.

Jetzt kann ich den Hintern auf dem Sattel lassen, meine Eier kochen zwar beinahe, aber es geht. An der Ampel würgt ein Idiot vor mir den Motor ab. Kurze Phase bloß, gelb und gleich wieder rot. Wird knapp. Schon zehn nach acht. Grün! Ich schieße links an den startenden Autos vorbei, gebe Vollgas wie ein Teenie. Lache schrill in meinen Helm rein, sehe noch das teigige Molchgesicht hinter der Scheibe vom Mercedes mit Brille,

Krawatte, Halbglatze, Zahnstummeln. Bleicher Grottenolm. Höhlentier. Dreht sich schimpfend rauf zu mir, dann bin ich schon vorbei, zwanzig Meter reichen für solche kleinen Kunststücke, mehr ist mit dem Roller auch nicht drin. Tut aber gut jetzt, tut einfach gut. Aus der Kurve raus beschleunigen, rüber zur Bushaltestelle spähen.

Da steht sie, tatsächlich. Helles Leinenkleid. Wojwodina. Mit Handtasche, die Haare liegen glatt um ihren Kopf, sie trägt einen Pferdeschwanz. Sieht in die andere Richtung. Und allein ist sie. Außer ihr bloß noch eine depressive Auswahl von älteren Plastiktütenträgern. Diesmal halte ich direkt vor ihr an, Visier aufgeklappt, grinse sie an. Sie guckt mich überrascht an, nicht unfreundlich. Sagt nichts. Aber mein Pegel an neuronalen Botenstoffen steht hervorragend, ich kann mein Grinsen ohne Weiteres behalten.

»Hallo!«

Hoffentlich fährt der Bus jetzt nicht in die Haltebucht rein, der würde mich glatt weghupen. »Kommst du mit? Auf ein Eis? Oder ein Bier?«

»Hallo. Richie.« Das »R« wieder ganz hinten im Hals. Und wirklich, auch ein Lächeln, ein kleines. Amüsiert vielleicht, ich meine, über meinen Auftritt, aber egal.

»Schnell. Bevor der Bus kommt.«

Sie nickt, sitzt hinter mir auf. Einen Moment lang fällt mir ein, dass sie ja ein Kleid anhat, da spüre ich schon, wie ihre Knie sich an meine Hüften ranlegen, ihre Hände eine Etage höher fassen meine Taille. Und fahre raus aus der Bucht. Gerade rechtzeitig, der Bus brummt eben rein.

Der Roller stuckert über die Rillen in der Straße, und die Bläschen kullern wieder wie verrückt in mein Gehirn rein. Ich drossle das Tempo, klappe mein Visier hoch. Drehe mich halb um. Fräse weiter dabei schnurgerade über die Straße, ich könnte einen Mittelstreifen mit meinem Vorderrad ziehen.

»Hast du Lust, meinen Garten mal anzugucken? Meine Datscha?«

Ich wünschte, ich könnte sie sehen. Wie ihr der Fahrtwind

den Pferdeschwanz flachkämmt. Ihre Augen aus grünem Flusswasser mit kleinem, unsortierten Treibgut drin. Und wie sie jetzt nickt, ein paarmal. Das hätte ich gern gesehen.

»Ja. Gut«, ruft sie, dicht an meinem Helm. »Können wir.«

Bei der nächsten Tankstelle halte ich an. »Ich hol uns was zu trinken. Willst du ein Bier?«

»Okay«, sagt sie. »Ein Bier ist okay.«

Ich nehme den Helm ab, klemme ihn unter den Arm. Sie setzt sich auf den aufgebockten Roller, ein Bein über das andere geschlagen, ihr gestreckter Arm kriegt einen dekorativen Knick am Ellbogen, weil sie sich auf dem Sitzpolster abstützt. Ein goldener Reif an ihrem Handgelenk. Wieder ziemlich elegante Schuhe, Schuppen drauf, Echsenleder, so was in der Art. In der Tankstelle kaufe ich zwei kalte Dosen Tuborg und eine mit Cola. Als ich damit rauskomme, hat sie eine Sonnenbrille auf. Klappt gerade ihre Tasche zu.

»Hey«, sage ich. Genau so sieht sie nämlich aus.

Sie wippt mit den Füßen und hebt zwei Finger als Antwort. Lächelt mich an, ihre Lippen glänzen. Lipgloss. Hat sie eben draufgemacht, glaube ich. Die Bläschen perlen wie verrückt in meinem Kopf.

»Ich hab was zu feiern«, sage ich, während ich die Dosen in der Box verstaue und versuche, ihre Augen hinter den gewölbten Sonnenbrillengläsern zu erkennen. Libellenartig. Aber die Gläser sind zu dunkel. Sehe nur, wie sie die Brauen anhebt.

»Ich hab nämlich kürzlich geerbt.« Klappe den Deckel der Box zu. »Ordentlich geerbt«, füge ich noch an und grinse. »Eine alte Tante«, zucke die Achseln. »Ich erzähl's dir nachher.«

Als wir an der Gartenanlage ankommen, ist die Sonne gerade untergegangen. Die Vögel noch beschäftigt mit dem abendlichen Abgesang, legen noch mal richtig los, die kleinen hauptsächlich. Die sind danach still, nur die Amseln bleiben.

Auf dem Betonweg. Ich gehe dicht neben ihr, die drei Dosen zwischen die Finger geklemmt. Ihre schlanken Beine. Ihre Schenkel kurven unter dem dünnen Kleiderstoff vor und zurück. Ganz helle Haut an den Knien, den Knien, die mich vorhin noch berührt haben. Die hübschen Schuhe mit den hohen Absätzen schwingen beim Schlendern nach außen, werden präzise auf den Betonweg gesetzt, aus den Rissen kommt überall das Grün. Ihr Nacken mit dem krausen Haaransatz unter dem Pferdeschwanz.

»Hat meinem Opa gehört, der Garten.« Mehr als ich es sehen kann, spüre ich, wie sie nickt, neben mir. »Als Kind war ich immer hier. Mit ihm. War schöner als zu Hause.«

Jetzt bloß nicht wieder was Jämmerliches sagen, das die Stimmung runterzieht. Sie sagt nichts dazu, schaut nach vorn, die Augen ein wenig zusammengekniffen, aber nicht aus Verdruss. Eher, als müsste sie sich hier genau orientieren, fast, als suchte sie was.

Zu Opas Zeiten waren die Parzellen im Sommer dicht mit Leuten besetzt. Männer in verschwitzten Unterhemden schufteten im Garten. Frauen dabei in Kittelschürzen, darunter sah man ihre Unterwäsche. Halbwüchsige Mädchen, noch keinen Samstagnachmittagsausgang, stakten picklig und beleidigt in winzigen Bikinis über die Rasenflecken. Aus Schläuchen floss pausenlos Wasser in bunte Planschbecken, Kinder spritzten es schreiend wieder raus. Und alle sahen auf, wenn man auf dem Mittelweg hier durchging. Grüßten rüber, nachdem sie einen gemustert hatten. Ob wir beide, Opa und ich, noch dieselben waren wie gestern. Kopfnicken oder gemurmeltes »'n Abend« hieß, man durfte passieren.

Da sind wir an meinem Garten. Ich klappe das Vorhängeschloss auf und mache eine theatralische Geste, so in der Art: mein Reich! Sie nimmt die Sonnenbrille ab. Lächelt, als läge da ein roter Teppich auf dem stoppeligen Rasen an Stelle der paar Trittsteine. Ich zeige ihr meine Beete mit den Karotten und dem Salat, den Zwetschgenbaum. Sie sagt nichts dazu, greift mal in einen Salatkopf und zupft probeweise an den Zwetschgen, die gerade blau werden wollen. Eine Amsel pfurrt durch den Zaun zum Nachbarn rüber, zetert was zu uns her. Lara bleibt stehen. Nickt und dreht sich zu mir um.

»Ziemlich leer zur Zeit«, sage ich. »Die Leute sind alle im Urlaub.« Zucke mit den Achseln.

Dann gehen wir ins Häuschen rein. »Hier drin übernachte ich manchmal«, erkläre ich, was ziemlich überflüssig ist, weil die Liege mit dem Schlafsack drauf ein Viertel der Grundfläche einnimmt. Stelle sie hochkant gegen die Wand und klappe die Beine ein. Den Tisch dagegen schieben, damit es Platz für die beiden Stühle gibt. Die Tür lasse ich offen, wirkt dann nicht so eng. Die drei Dosen stelle ich auf den Tisch. Lara kriegt den alten Küchenstuhl mit Lehne, für mich nehme ich den Hocker, der unter dem Tisch gestanden hat.

»Fühl dich wie zu Hause.«

Sie nickt zweimal, setzt sich auf den Stuhl.

»Ich glaube, ich hab noch ein paar Gläser.«

»Lass nur. Geht gut so.« Sie drückt die Blechlasche in den Dosendeckel, beugt sich runter, trinkt ein bisschen von dem Schaum ab, der rausgequollen ist. Leckt ihn von ihren Lippen.

Ich knacke mir die Coladose auf.

Sie guckt. »Du willst kein Bier?«

»Ich trinke nicht. Also, keinen Alkohol, meine ich. War mal ein Problem für mich, früher.«

Einen Moment lang sieht sie mich so an, als wäre ihr gerade was eingefallen. Ohne zu nicken.

»Also feiern wir«, sagt sie dann. »Auf deine Datscha. Und auf deine, wie war das, deine Erbschaft?«

»Genau. Prost.«

Draußen sind die Amseln an der Reihe. Funktioniert immer reibungslos. Keiner von den Kleinen zwitschert noch mal dazwischen, wenn die Amseln angefangen haben, die sind die Stars hier. Dicht bei der Hütte singt eben eine. Ihre Strophen quellen nur so über von sich verzweigenden, flötenden Tönen. Grade kommt auch mal kein Flieger. Im Hintergrund das ferne Rauschen der Stadt, das ist hier die Stille.

Sie trinkt ihr Bier in kleinen Schlucken. Ein paar blonde Haarsträhnen, die nicht in den Pferdeschwanz gepasst haben, fangen das Abendlicht, rahmen ihr Gesicht ein. Im Geist gehe ich die Schubladen durch, irgendwo muss noch eine Kerze sein, aber wo? Jaja, habe ich natürlich vergessen.

»Ich hab dich gesehen, neulich. Jedenfalls dachte ich das«, sage ich.

»Mich gesehen? Wo?«

»Bei den Opel-Villen. Auf der Terrasse dort. Aber vielleicht warst du das ja nicht.«

Lara dreht die Tuborgdose in der Hand, als wollte sie den durstigen dicken Mann, der darauf abgebildet ist, in der Dämmerung genauer erkennen.

»Als ich klein war«, sagt sie, »waren wir oft in unserer Datscha. Jedes Wochenende im Sommer. Wir haben Kartoffeln gegessen, Kohlsuppe, Rindfleisch. Fisch. Wir haben immer gegessen. Stundenlang.« Mit einem Blick zu mir: »Und getrunken natürlich.«

Die Plastiktüte fällt mir ein, die an der Tür hängt; mit dem Schnittkäse und den trockenen Brotscheiben. »Hast du Hunger?«

Sie schüttelt den Kopf. Ihr Zeigefinger klopft einen langsamen Rhythmus auf den Deckel der Bierdose, als wäre das eine winzige Trommel. Samba. Oder Mambo? Keine Ahnung.

»Ich hätte das nicht geglaubt. Dass du mit hierher kommst«, sage ich.

»Warum nicht?«

»Na ja. Ich weiß nicht. Ich finde es jedenfalls gut.«

Sie nickt. Schaut durch die offene Tür raus in den Garten.

»Wenn ich das Geld von der Erbschaft bekomme, dann würde ich am liebsten auswandern.«

Sie sieht mich an. »Wohin?«

»Nach Finnland. Da gibt's so viele Seen, dass man sich einen davon kaufen kann. Und saubere Flüsse. Zum Angeln.«

»Geld. Immer Geld.«

»Brauchst du keins?«

Sie lacht leise. »Natürlich.« Das »ü« kommt bei ihr auf ein »u« heraus: Naturlich. »Natürlich brauche ich Geld. Und Penny-Markt zahlt schlecht. Also jobbe ich.«

Mir ist jetzt eingefallen, dass noch eine zugeschweißte Packung Erdnüsse in der Vorratstüte sein muss. Ich recke mich rüber zur Hinterwand, wo die Tüte hängt. Hole die Erdnusspackung raus, reiße sie auf. Schütte die Erdnüsse auf den Tisch und schiebe einen kleinen Berg davon in der Mitte zusammen. Lara nimmt sich ein paar zwischen Daumen und Zeigefinger.

»Was für ein Job?«

»Begleitservice. Mit Männern essen gehen, ausgehen.«

»Ach so.« Der Schnurrbärtige, den ich im Biergarten gesehen habe. Der mit der Bedienung geschäkert hat. Service, denke ich.

»Ein Cousin von mir. Organisiert das.«

Die Amsel hat einen Moment ausgesetzt. Von fern nähert sich wieder die Geräuschwalze eines Flugzeugs, rollt aber diesmal ein Stück weiter weg über den Main. Service also. Ich wünschte, ich könnte mich daran erinnern, wo ich die Kerze habe. In Gedanken gehe ich die Schubladen und das Hängeschränkchen nacheinander durch. Ohne Ergebnis. Dann trinke ich einen Schluck Cola. Hole mein Brillenetui aus der Tasche und biete Lara eine Zigarette daraus an. Sie nimmt sie. Gebe ihr Feuer. Nehme eine Untertasse, meinen Aschenbecher, von der Spüle, und stelle sie auf den Tisch neben die Erdnüsse.

Die Amsel setzt wieder ein. Süß klingende hoch- und querformatige Tonkonstruktionen. Gleichen einander nie, die Melodien, als würde ihnen immer wieder was Neues einfallen. Lara sieht mich durch den Rauch ihrer Zigarette hindurch an.

»Manchmal wird spät«, sagt sie, nachdem sie noch einen Zug genommen hat, und lässt den Rauch durch die Nase rausquellen. »Dann bin ich krank im Penny. So wie gestern.«

»Man kriegt ja nichts umsonst«, sage ich. Vermeide es, sie anzusehen, und stehe auf, um die Schublade für die Geschirrtücher aufzuziehen. Da drin vielleicht. Hab sie lange nicht aufgehabt. Eigentlich ist die leer. Tatsächlich. Da liegt ein Kerzenstummel. Daneben eine Schachtel Streichhölzer. Ich streiche eines davon an. Die Kerze braucht eine Weile, bis sie brennt. Der Docht ist im Wachs festgeklebt, man muss ihn erst mit dem Streichholz anschmelzen und ein Stück aufrichten. Jetzt. Der Docht kommt frei, und die Flamme brennt ruhig und hell.

Ich will gerade die Kerze auf den Tisch stellen, da spüre ich ihre Hand auf meiner Schulter. Drehe mich um. Ihr Gesicht. Ganz nah. Die blonden Strähnen leuchten im Kerzenlicht wie Golddraht, ihre Augen sind dunkel mit grünen Moosrändern. Ganz tiefes Wasser ohne Strömung.

»Doch«, sagt sie. »Gibt was umsonst. Manchmal.«

Halb umgewandt zu ihr, der Tisch ist im Weg: ihre Lippen. Schmecken nach Erdnüssen. Dann kommt ihre Zunge dazu, und spätestens jetzt muss der Tisch aus dem Weg. Sie lacht, nimmt ihre Hände von meinem Nacken. Ich muss die Kerze ja noch loswerden. Klebe sie mit ein paar Wachstropfen in eine zweite Untertasse und stelle sie auf den Tisch. Dann gehe ich zur Tür, mache sie zu, sperre das Schloss ab. Als ich mich wieder umdrehe, sehe ich, dass sie aus dem Kleid geschlüpft ist. Sie streift gerade ihren Slip ab.

»Komm«, sagt sie.

Die Liege mit dem Schlafsack darauf. Füße ausgeklappt und wieder in die Horizontale gekippt. Sie setzt sich rittlings auf mich. Wir küssen uns, ziemlich ausgiebig jetzt. In ihrem Mund sind noch immer winzige, raue Erdnussbrösel, werden zwischen uns hin- und hergetauscht. Meine Hände rutschen an ihrem Bauch runter, wagen sich in ihren Schritt. Meine Hose habe ich noch immer an, in der wird es inzwischen eng. Laras Hand massiert den Reißverschluss an meinem Hosenschlitz, während ich an ihrem Rücken den Büstenhalter aufzumachen versuche, was ein bisschen Mühe macht, weil meine Finger momentan nicht mehr so reibungslos funktionieren.

Dann klingelt ein Handy.

Nicht ihr Handy, sondern meines.

Meine Finger unter dem Stoffband des Büstenhalters schieben gerade den zweiten Haken aus der Öse, erstarren. Wieder dudelt das Handy. Eine kleine Nachtmusik. Di-dadi-dadidadidadi. Ihre Zunge verlässt meinem Mund, ihre Hand bleibt an meinem Nacken.

»Lass klingeln«, sagt sie dicht an meinem Ohr. Dann gleiten ihre Lippen über mein Gesicht, und sie öffnet wieder den Mund.

»Ich ... tut mir leid«, flüstere ich. Das Handy klingelt noch einmal.

Die Amseln draußen sind alle zu Stein erstarrt. Laras Lippen schließen sich. Ihre rechte Hand verlässt den Reißverschluss an meiner Hose.

»Nur ganz kurz. Ich muss da mal eben ran.«

Sie steigt von meinem Schoß. Ihre nackte Silhouette mit leuchtendem Flaum an den Rändern. Der Schatten an der Wand macht daraus einen erotischen Scherenschnitt. Dann habe ich das Handy, es dudelt zum vierten oder fünften Mal, aus der Jacke geangelt und drücke auf den Knopf.

»Ja?«

»Sag mal, weißt du, wo Ötün ist?« Es ist Nesche.

»Keine Ahnung.«

»Der ist seit gestern Abend nicht mehr nach Hause gekommen.« Sie weint. »Ich dachte, er ist bei dir oder du hast ihn heute vielleicht gesehen. Ich mach mir solche Sorgen.«

»Wieso? Was soll denn passiert sein?«

»Weiß ich ja auch nicht. Aber seine Leute, sein Vater, die wissen alle nicht, wo er ist. Sein Auto ist da, auf dem Hof, sein Motorrad auch.«

Ein Gedanke taucht auf und kondensiert in meinem Gehirn wie ein Eiswürfel. Der Koi, jetzt brauchte ich ihn dringend, ist gerade nicht verfügbar. Geschlossen, keine Sprechstunde.

»Mach dir mal keine Sorgen«, sage ich lahm.

»Wenn du ihn siehst, sag ihm, er soll unbedingt sofort zu Hause anrufen, hörst du? Ich hab jetzt alle Leute durchgerufen und keiner weiß was. Morgen gehe ich zur Polizei.«

»Mach ich. Tschüss.«

Aus-Knopf drücken. Alle die munteren Bläschen, die in meinem Innern am Sprudeln waren, sind weg. Auch in meiner Hose ist jetzt wieder Platz. Sehe mich nach Lara um. Die sitzt am Tisch und raucht. Hat den Slip wieder an.

»Deine Freundin?«, fragt sie, ohne zu mir rüberzusehen.

»Nein. Eine Bekannte. Sie macht sich Sorgen um ihren Mann.«

»Hat das was mit dir zu tun?«

»Hat es nicht.« Ich schüttle den Kopf.

Jetzt sieht sie zu mir rüber. Die Kerze beleuchtet ihr Gesicht und die Hand mit der Zigarette, der Goldreif ist ein Stück auf den Unterarm heruntergerutscht. Eine Schattenlinie fällt vom Kinn am Hals entlang zu der Furche zwischen ihren Brüsten, die sich heben und senken, während sie an der Zigarette zieht, den Rauch ausbläst. Ihr Schatten an der Hüttenwand. Schwankt im Kerzenlicht hin und her.

»Und jetzt?«

Ich zucke die Achseln. »Ich muss gehen.«

»Wieso musst du gehen?« Sie zieht an ihrer Zigarette.

»Es tut mir wirklich leid. Hat nichts mit uns zu tun. Ich erklär's dir ein andermal, okay?«

»Gut.«

Sie steht auf, drückt die Zigarette in der Untertasse aus. Bückt sich ins Dunkel am Hüttenboden und hebt ihr Kleid auf. Ich hocke auf der Liege und sehe ihr zu, wie sie es anzieht. Scheiße, denke ich. Im Augenblick kann ich gar nicht mehr zuordnen, welche Art von Scheiße ich meine. Statt der sprudelnden Bläschen in meinem Inneren ist was anderes da. Ein ziehendes Gefühl, das sitzt im Magen, steigt hoch in die Brust. Was noch viel schlimmer ist als die Angst: Ich habe keinen Plan mehr. Der hat mich verlassen, ist zusammengefallen wie ein kaputtes Zelt.

Lara hat ihr Kleid an. Schlüpft in den einen, in den anderen Schuh. Ich steige von der Liege, quäle mich am Tisch vorbei, muss drauf achten, sie mit dem Ding nicht zu rammen. Aber sie ist bereits an der Tür und macht sie auf.

Versuche, in die Stiefel zu schlüpfen. Komme nicht rein, meine Socken sind runtergerutscht, die Fersen bleiben in einer Falte im Leder hängen, ich trete sie einfach runter.

»Warte, ich komm mit.«

Draußen steht die Wärme wie eine Wand. In der Anlage totale Dunkelheit. Über dem schwarzen Rand aus Büschen schwimmen die Lichter der Stadt. Sie geht vor mir über die Trittsteine, ihre Tasche hat sie umhängen. Geht nicht besonders schnell, aber entschieden. Ihre Absätze klacken so vernehmlich auf den Waschbetonplatten, als schlüge jemand irgendwo Nägel ein. Ich trete das Fersenleder weiter nach unten, um auf die Sohlen zu kommen, kann ja sonst kaum richtig laufen, zerre an den Laschen. Am Gartentürchen bin ich auf gleicher Höhe mit ihr. Sie sieht nicht zu mir rüber.

»Ich bring dich zurück.«

»Brauchst du nicht. Ich hab auch ein Handy.«

Ich versuche dauernd, meine Gedanken zu ordnen. Ein Plan wird nicht daraus, aber ich kann die Dinge ansatzweise in eine Reihenfolge bringen. Die Angst hat das Kommando übernommen. Befiehlt mir, mich umzudrehen, den Rand vom Mittelweg im Auge zu behalten, da könnte wer unter den Büschen stehen. Auf Scheinwerferlicht zu achten, das sich langsam an der Anlage entlangbewegt. Ein Auto, das bereits da steht, würde ich nicht bemerken.

In einem anderen Film, in dem Lara genauso neben mir geht wie jetzt, ja, in dem würde mir vielleicht was einfallen, was ich sagen könnte. Irgendwas Cleveres, was Leute in so einer Situation sagen, meine Aktien sind abgestürzt vielleicht, oder ich muss eben noch mal kurz meinen alten Vater ins Bett bringen, ach was weiß ich! Und sie, sie würde stehen bleiben, macht nichts, würde sie sagen, ist schon gut, hier ist meine Handynummer, du rufst mich einfach an, und wir holen das nach, also bis demnächst.

Aber ich sage kein Wort, und sie geht weiter vor mir her in ihrem hellen Sommerkleid, und ich, ich trotte stumm hinterher, sehe ihr zu. Wie ihre Arme schwingen, die Schulterblätter sich perfekt dazu bewegen, wie ihre Hüften beben, als wär da

Wasser unter der Haut. Wie sie die Füße setzt. Alles an ihr strebt fort und ist so wenig zu bremsen wie ein Ozeandampfer. Scheiße, denke ich noch einmal, voller Überzeugung, in großer gelber Leuchtschrift. Die Angst geht davon nicht weg. So ein Spaziergang auf dem Präsentierteller, mitten durch die Gärten ist ja im Moment das Dümmste, was ich machen kann. Einen Schritt zurück bleiben, damit sie nicht mitkriegt, wie konzentriert ich die Anlage mustere. Im Moment kann ich nichts entdecken, aber das heißt nicht viel. Die, die sich Ötün geschnappt haben, wissen inzwischen vermutlich, wie ich aussehe, wo ich überall wohne und wahrscheinlich auch, was ich esse und trinke. Ich bleibe stehen, unter einem der Büsche, die weit über den Zaun in den Weg reinhängen.

»Du willst ein Taxi rufen?«, frage ich hinter ihr her.

»Ja. Natürlich«, sagt sie über die Schulter, ohne stehen zu bleiben. Wieder: Naturlich. Und: »Du bist doch beschäftigt, oder?«

»Na, dann tschüss.« Und Scheiße.

Drücke mich langsam rückwärts in einen überhängenden Holunderbusch. Sehe ihr wieder nach, so lange, bis sie hundert Meter weiter weg an den Haupteingang kommt. Ihr Kleid, ein heller Fleck mit dem Strich vom Handtaschenriemen darauf, leuchtet durch das Dunkel zu mir herüber, bis sie durch das Tor ist. Ihr wird keiner was tun, wieso auch? Gefährlicher für sie, wenn ich mit ihr gegangen wäre. Draußen wird sie stehen bleiben und das Taxi anrufen. Zehn Minuten schätze ich, wird es dauern, bis eines kommt. Ich bleibe so lange unter dem Busch und horche. Auf einen Wortwechsel, einen Schrei, einen anspringenden Automotor.

DREIZEHN

Unter dem Busch bleibe ich, bis das Taxi kommt. Ich sehe die Scheinwerfer zur Gartenanlage einschwenken, vor dem Haupteingang erstarren, ein Stück vom Weg beleuchten. Noch einmal Laras Silhouette, sie geht durch das Licht, ihr Haar leuchtet kurz auf. Türen klappen. Dann fährt der Wagen weg. Die kleine gelbe Taxileuchte erscheint, dreht ab und verschwindet.

Ich muss das so sehen: Nesche hat mir wahrscheinlich das Leben gerettet. Bis jetzt. Es rumpelt von Westen her. Ein kühler Wind streicht durch die Blätter des Holunders, unter dem ich noch immer stehe. Zeit gewinnen. Und die Übersicht behalten. Ich darf jetzt keinen Fehler mehr machen. Zuerst muss ich die Sachen aus dem Häuschen rausholen, die ich am dringendsten brauche. Handy, Geld, Zigaretten. Das Angelzeug und den Schlafsack. Den dicken ADAC-Stadtatlas.

Kneife die Augen zusammen und spähe den Mittelweg entlang. In beide Richtungen, der Garten hat schließlich mehrere Eingänge. Wer von Ötün eine Beschreibung der Anlage bekommen hat, wird sich bei Nacht nicht besonders gut orientieren können. Ötün war nur einmal bei mir, Salat holen, als ich mal zu viel hatte. Da kamen wir zusammen den Mittelweg lang, vom Haupteingang her. Obwohl noch immer niemand zu sehen ist, werde ich erst mal von der Bildfläche verschwinden.

Ich gehe rasch ein paar Schritte am Zaun entlang, zwei Parzellen zurück, dann ducke ich mich und schlüpfe durch eine Lücke im Maschendraht auf das überwucherte Gelände, das zur Schrebergartenausgabe der Ponderosa Ranch gehört. Runterducken, hinter die hochgeschossene Thujahecke, die den Garten früher mal vor den neugierigen Blicken der Nachbarn schützen sollte, vorbei an der Veranda mit den Kuhhörnern oben am Giebel, dann rüber zur verrosteten Blecheinfassung des ehemaligen Schwimmbeckens. Dort auf den Boden kauern, mal eine Weile horchen. Der Garten hier war einer der ersten, die aufgegeben wurden. Alle Scheiben im Haus längst eingeworfen. Wenn ich meine Sachen habe, könnte ich mich hier für eine Weile verstecken. Die können ja nicht die ganze Anlage durchsuchen.

Am Himmel wetterleuchtet es. Eine Weile später Donner, von fern her noch. Ich schleiche weiter an den Wacholdern entlang, finde schließlich den Durchschlupf an der Rückseite zwischen zwei verharzten Fichtenstämmen und einem zerfallenen Wasserfass. Von hier aus noch durch zwei Parzellen, dann kommt die Rückseite von Opas Garten, direkt dort, wo der Schuppen an den Zaun stößt.

Ein altes Obstspalier. Auf Spanndrähte gezwungene Apfelbäume. Sind mit den Jahren aus ihren Streckverbänden ausgebrochen, die Äste stehen büschelweise in alle möglichen Richtungen. Meine Jacke streift kleine grüne Äpfel, die keiner mehr ernten wird. Keine Geräusche jetzt und keinen der Wipfel zum Wackeln bringen. Na ja, schießen werden sie erst mal nicht. Die wollen die Rakete wiederhaben. Werden versuchen, mich unversehrt in die Finger zu bekommen. Ich versuche, nicht an Ötün zu denken, trotzdem schieben sich Bilder in mein Gehirn, zeigen mir, was sie alles mit ihm angestellt haben könnten. Die haben ihn so lange ausgequetscht, bis er alles erzählt hat, was er wusste. Über den Unfall am Frankfurter Kreuz. Über meinen Job in der Nacht. Die anderen Fahrer fahren nie nachts. Ötün ist kein Held. Also ist denen inzwischen alles klar. Und Ötün ist höchstwahrscheinlich tot.

Ein Blitz. Neben meinem rechten Fuß ist was. Ich springe zur Seite, starre auf den Boden. Das aufzuckende Licht beleuchtet eine große Kröte. Glotzt mich an. In ihren Augen schimmert es wie Gold. Sie dreht ab, hopst im Dämmerlicht über den Grasfleck vor mir. Ich sehe ihr nach, während mein Herz rast, bis sie im Dunkel unter den Fichten am Gartenrand verschwunden ist. Hatten mal eine mit Steinen tot geschmissen. Acht oder neun Jahre alt war ich. Opa war sauer. Fressen die Schnecken und das ganze Ungeziefer, hat er geschimpft. Und ihr Idioten schlagt sie tot. Unglück bringe das, hat Opa noch gesagt. Was das anbetrifft, hat er recht behalten. Nicht lange danach zogen wir in den »Dicken Busch«, Mama und ich. Mama fing an zu trinken. Dann starb Opa. Von da an hat es noch lange gedauert, das Unglück.

Ein neuer Blitz taucht die Zwetschgenbäume und die Heckenrosen vor mir in Blaugrün. Sekunden später reißt der Donner die Luft am Himmel auseinander. In dem Lärm sprinte ich durch die letzte Parzelle und komme an der Rückseite meines Gartens an. Richte mich vorsichtig auf, spähe an den Wänden des Häuschens entlang. Drücke mich durch die Lücke im Drahtgeflecht. Jetzt bin ich an der Schuppentür. Am Häuschen eine Weile warten. Horchen, an die Kante vom Schuppen gelehnt. Der Wind hat aufgefrischt. Es rauscht in allen Blättern, als würden Wagenladungen Erbsen ausgeschüttet. Das Rauschen verebbt – und da! Höre ich eine Wagentür klappen.

Auf Zehenspitzen recke ich mich hoch, um über den Dschungel aus Springkraut sehen zu können, das im Garten des Nachbarn mannshoch wuchert. Hinter dem Haupteingang gehen gerade Autoscheinwerfer aus. Mit zwei Sprüngen bin ich an der Schuppentür, reiße sie auf. Das Beil! Was anderes fällt mir nicht ein. Gleich am Boden links müsste es stehen, einen halben Meter hinter der Tür, ich hab es eine Ewigkeit nicht mehr gebraucht.

Total finster da drin. Ich taste rum, aber das Beil ist nicht da. Bloß eine Reihe langer Stiele, die kippen jetzt um, fallen rappelnd zu Boden. Stoße die Arme blindlings in das Gerümpel. Kein Beil. Aber was anderes. Greife mir das Ding, fädle es zwischen den Stielen raus. Langsam, jetzt bloß keinen Lärm mehr. Ein Hammer ist es, ein Pfund schwer vielleicht. Besser als nichts.

Vorsichtig die Schuppentür wieder zudrücken. Verziehe mich rückwärts durch die Zaunlücke in den Nachbargarten unter das Dickicht des Springkrauts. Abhauen kann ich jetzt nicht mehr, nicht mal ein Karnickel käme nachts unbemerkt durch den ganzen Garten. Zwischen den kräftigen Stängeln mit ihren lanzenförmigen Blättern bin ich unsichtbar. Stehe noch mal auf, versuche, den Mittelweg ins Blickfeld zu bekommen.

Ein Blitz. Für einen Herzschlag alles schattenlos in weißem Licht. Der Weg eine Schneise im weißgrünen Dschungel der Gärten. Auf der Schneise kommt jemand gegangen. Bleibt stehen, als der Blitz schon wieder verlöscht. Dann rollt der Donner über die Anlage weg, und die ersten Tropfen schlagen in die Blätter wie Schrotkugeln.

Im Schutz des Springkrauts rutsche ich vor bis zu einer Stelle, von der aus ich den Überblick behalten kann. Ein paar Buchsbaumhecken stehen noch vor mir am Grenzzaun, die reichen bis in Brusthöhe. Zur Not kann ich dahinter verschwinden. Meine Finger krampfen sich um den Hammer, ich prüfe nach, ob der Kopf noch fest auf dem Stiel sitzt. Der Kopf wackelt nicht. Einer aus Opas Werkzeugkiste, denke ich und muss unwillkürlich grinsen. Mit heißen Gummibändern zieht die Angst an meinen Eingeweiden, aber die Aufregung hat inzwischen mein Gehirn wieder in Gang gesetzt. Bewährter Turbomechanismus. Sorgt dafür, dass ich nicht durchdrehe. Entscheidend jetzt, die Kontrolle zu behalten. Egal was passiert, auf keinen Fall weglaufen.

Ich zweifle keinen Moment lang daran: Die Typen sind auf der Suche nach mir. Die wollen mich kassieren, wie sie sich Ötün geholt haben. Nach dem Anschlag auf das Containerdepot und der ganzen Aufregung mussten sie bloß noch ihren internen Fahrplan abgleichen, dann wussten sie, welchen Weg die Raketen genommen haben. Die habe ich unterschätzt und der verdammte Koi ebenfalls, lässt sich ohnehin nicht blicken.

Die Tropfen zerplatzen in den Blättern, feine Spritzer treffen mein Gesicht und meine Hände. Bald wird es richtig runterprasseln. Das merkt man am Wind, der zunimmt, durch die Gärten rauscht. Geräusche spielen inzwischen keine Rolle mehr. Ob das gut oder schlecht für mich ist, kann ich nicht entscheiden.

Eine Bewegung am Zauntürchen. Runterducken. Da steht er. Schlank, mittelgroß, dunkle Jacke und Wollmütze, über die Ohren runtergezogen. Etwa meine Statur. Sein Gesicht nicht zu erkennen, aber der angewinkelte rechte Arm, der in der Jackentasche endet. Man braucht nicht viel Phantasie, um sich klarzumachen, was der in seiner Tasche hat. Geht jetzt langsam auf die Hütte zu. Immer die Hand in der Jacke. Ich versuche mich daran zu erinnern, ob ich vorhin die Tür zugemacht habe.

Am Himmel zuckt es. Der Mann verharrt, für eine Sekunde fällt Licht auf sein Gesicht. Schmal, kräftige Brauen, breite Nase. Die Mütze hat einen Wulst, eine hochgerollte Sturmhaube. Er wirkt angespannt, aufmerksam. Ist kurz in die Knie gegangen, als der Blitz kam, den freien Arm zur Seite gestreckt, als müsste er die Balance halten. Um das Gewicht beim Schießen auszugleichen, vermutlich. Allerdings verhält er sich nicht so, als wenn er ernsthaft mit Gegenwehr rechnen würde, schon gar nicht mit Schusswaffen. Hat vermutlich die Information, dass ich um diese Zeit da drin liege und penne.

Noch drei Schritte bis zur Hüttentür. Der Mann sieht sich um. Richtig. Hinter ihm kommt noch ein zweiter. Folgt ihm im Abstand von zwanzig Schritten. Keine Chance, wenn sie mich finden.

Der vordere Mann macht plötzlich ein paar schnelle Schritte und verschwindet aus meinem Blickfeld. Steht jetzt vermutlich direkt an der Hüttentür. Der andere, wesentlich dicker, gleiche schwarze Jacke und Mütze, bleibt neben dem Zwetschgenbaum stehen, ein paar Schritte hinter dem ersten. Man hört das leise Ächzen von Holz, als die Tür aufgedrückt wird.

Wenn ich jetzt mit Lara da drin auf der Liege zu Gange wäre. Ein paar Sekunden lang passiert nichts. Dann flammt Licht auf, wirft seinen Schein heraus durch die offene Tür auf den Zwetschgenbaum. Etwas wird gerückt, es poltert. Er hat die Liege mit dem Schlafsack darauf umgedreht. Jetzt wissen sie, dass ich nicht in der Hütte bin. Der andere Typ steht noch immer vor der Tür. Auch der hat die Hand in der Jackentasche, sein Gesicht im Halbdunkel nach oben gerichtet, wie ein Jagdhund, der Witterung aufnimmt. Er horcht. Nach ein paar Sekunden scheint er einen Entschluss gefasst zu haben, vielleicht kam ein Zeichen von drinnen. Er setzt sich in Bewegung, geht langsam, etwas vorgebeugt direkt auf die Buchsbaumbüsche zu. Mein Herz setzt aus. Der kann mich unmöglich gesehen haben. Jetzt bloß kein Blitz.

Vor der Schuppentür, die steht noch einen Spalt offen, bleibt er stehen. Holt eine kleine Taschenlampe raus, knipst sie an und öffnet die Tür mit der Hand, die die Lampe hält. Die rechte Hand bleibt in der Jackentasche. Macht einen Schritt zurück und stellt den Fuß an die Türkante, damit sie nicht zugeht. Leuchtet mit der Taschenlampe rein. Nach ein paar Sekunden geht das Licht wieder aus.

Aus dem Häuschen kommt gedämpfter Lärm. Der andere stellt das Inventar auf den Kopf. Die denken, die Rakete sei im Häuschen versteckt. Wenn sie alles durchsuchen wollen, muss der hier jetzt vollends um das Häuschen rumgehen und sich den Schuppen und das Klo von der anderen Seite ansehen. Um am Schuppen vorbeizukommen, muss er durch die Engstelle zwischen Rückwand und Zaun. So nahe, dass ich ihn fast berühren kann.

Die Angst wickelt weiter meine Eingeweide in dicke Gummibänder ein und spannt sie an, Zug um Zug. Die Taschenlampe fürchte ich am meisten. Wenn der die Büsche genau ableuchtet, habe ich verspielt. Vom Häuschen her rumort es. Holz splittert. Der dreht alles um da drin.

Der Typ ist jetzt an der engsten Stelle angekommen, steht einen Meter vor mir und will tatsächlich um den Schuppen rumgehen, er dreht mir den Rücken zu, um sich seitwärts an der Bretterwand vorbeizudrücken. Donner grollt auf. Kracht über uns auseinander, vibrierendes Poltern breitet sich aus.

In dem Augenblick passiert was. Mein Hirn macht einen Sprung, schaltet einen Gang zurück, gibt Vollgas. Ich starre auf den breiten Rücken, der sich langsam an meinen Büschen vorbeischiebt. Der Koi! Er springt, kommt aus dem Wasser hoch in einem sprühenden Nebel aus Tropfen und steigt in die Luft. Runde schwarze Augen, die Barten wedeln, er glitzert schwarz und golden.

Jetzt! Ich komme fast zur gleichen Zeit wie der Koi mit dem Oberkörper durch die Stängel hoch und hole mit dem Hammer weit aus, während die Donnerschläge pumpernd über den schwarzen Himmel ausrollen. Ein neuer Blitz zuckt auf, taucht alles, was geschieht, in weißblaues Licht. Der Mann vor mir dreht sich um. Ganz langsam geht das, in Zeitlupe, sein Gesicht und die Schultern drehen herum, die rechte Hand will aus der Jackentasche. Mein Hammer ist schneller. Ehe er die Drehbewegung zu Ende führen kann, treffe ich ihn. Statt auf den Hinterkopf, wohin ich gezielt habe, um eine Handbreit versetzt an der Schläfe, zwei Fingerbreit vor dem Ohr, gleich neben dem ängstlich rückwärts gewandten, dunklen Auge. In seiner gewölbten Hornhaut spiegeln sich für die Zeit eines Lidschlags ganz klein mein verzerrtes Gesicht und der niedersausende Hammer, dahinter der Blitz und der tintenschwarze Nachthimmel. Der Hammer dringt in seine Schläfe ein, es knackt kurz wie brechendes Holz, ein Gefühl, als hätte ich auf eine Melone geschlagen. Das dunkle Auge schließt sich, sein Gesicht verwandelt sich in einen Faltenwurf aus Schmerz. Der Mund geht auf, ohne dass ein Ton herauskommt. Die Hände greifen nach oben, aus der Rechten fällt eine Pistole, dann sackt er zusammen, vorwärts gegen die Schuppenwand.

Der Koi. Fällt ins Wasser zurück, verschwindet mit einem satten Platschen unter der Oberfläche, die Spritzer stehen noch funkelnd in irgendeinem Licht, bevor das Standbild ausgeht.

Regentropfen prasseln auf meine Haare. Ich zwänge mich durch die Buchsbaumhecke zu dem dunklen Bündel am Boden. Gleichmäßiges Rauschen ringsum. Der Mann liegt auf dem Gesicht, die Arme ausgebreitet. Seine Handflächen, nach oben gedreht, schimmern weiß. Ich nehme die Taschenlampe aus dem Gras und leuchte an der Schuppenwand entlang, um die Pistole zu finden, dabei horche ich konzentriert auf die Geräusche aus dem Häuschen. Ich bin jetzt ruhig. Bitte bloß irgendjemanden, eine unbekannte, spielführende Instanz, die dem Geschehen zusieht, den Koi meinetwegen, um drei, vier Sekunden Zeit.

Liegt einen Meter weit entfernt, die Pistole. Glänzt schwarz im nassen Gras. Greife danach, leuchte sie an in meiner Hand. Sie ist durchgeladen und gesichert. Rasch die Jacke ausziehen, um die linke Hand wickeln. An der Holzwand des Gartenhäuschens entlang, näher an die offene Eingangstür. Noch immer rumort es drinnen. Das Licht kommt mal heller, mal dunkler aus der offenen Tür, je nachdem, was sich der Typ gerade vornimmt. Kann nicht mehr lange dauern, bis er fertig ist. Mein Gehirn: Klar und ganz hell. Alle Angst ist weg, geblieben ein Gefühl von Spannung, Wachsamkeit. Das Gefühl, das sich einstellt, wenn man sehr schnell ist, das heißt, wenn man gut ist. Deshalb weiß ich auch genau, was ich jetzt machen muss. Ich werde nicht warten, bis der Typ aus dem Häuschen rauskommt. Ich bin noch immer am Zug, und meine Chancen sind wesentlich besser als vor fünf Minuten.

Ich entsichere die Pistole. Zur vorderen Hausecke. Um den Türholm spähen, vorsichtig. Da drinnen fuhrwerkt er. Hat den Hängeschrank runtergerissen und die Tür des Schränkchens unter der Spüle eingetreten. Jetzt untersucht er den Holzboden, hat schon ein paar Bretter herausgerissen. Kniet mit dem Rücken zur Tür und leuchtet mit der Lampe unter die Bretter.

Ich mache einen Schritt in das Häuschen rein, hebe die Pistole, die Jacke drübergelegt wegen dem Knall. Der Lichtkegel der Lampe beleuchtet seinen Rücken. Entfernung nicht mal zwei Meter.

Die erste Kugel trifft ihn in der Nierengegend. Er versucht hochzukommen, dabei treffen ihn noch zwei Kugeln mitten im Rücken. Wo sie einschlagen, staubt es im hellen Lampenlicht, winzige Explosionen auf dem gespannten schwarzen Stoff seiner Jacke. Drei Schüsse, eher ein Blaffen. Der Mann fällt nach vorn auf die umgedrehte Liege. Seine Beine bewegen sich noch, als wollte er davonkriechen. Dann liegt er still.

Der Regen trommelt auf das Hüttendach. Immer den nächsten Schritt im Auge behalten. Der Plan hat Tempo aufgenommen, ich muss mithalten. Klar, was jetzt passieren muss. Durch die offene Tür das Rauschen der Tropfen auf den Blättern im Garten. Übertönt alles. Ich ziehe dem Toten die Mütze ab. Die schwarze Jacke von seinen Schultern zerren. Besser nicht hinsehen, nicht zu den Stellen, an denen sich nasse, rote Flecken um die ausgefransten Löcher auf dem hellen T-Shirt ausbreiten und zusehends größer werden. Die Pistole überprüfen. Drei Patronen sind noch drin, eine steckt im Patronenlager.

Die Jacke ist mir zu groß. Die von dem anderen hätte besser gepasst, aber ich schaffe es nicht, den da draußen jetzt auch noch auszuziehen. Ich stecke die Taschenlampe in die linke Außentasche und ziehe mir die Sturmhaube des Toten über den Kopf. Die Ränder rolle ich hoch, so wie der Typ sie getragen hat. Verlasse die Hütte, raus in den Regen, die Pistole in der Hand.

Der Mann neben dem Schuppen liegt noch genau so da wie vorhin. Ich leuchte mit der Taschenlampe auf seinen Kopf. An der Schläfe ein dunkelrotes Loch, umgeben von gelockten, blutverklebten Haaren. Um den Kopf die dunkle Lache. Schalte die Lampe schnell wieder aus. Fünf Minuten. Länger hat das Ganze nicht gedauert. Den Zustand, in dem ich bin, kann ich vielleicht nicht mehr allzu lange aufrechterhalten. Das Adrenalin reicht nur begrenzt und hoffentlich für alles, was noch zu tun ist. Also im Spiel bleiben, meine Chancen oben halten. Regen tropft auf mein Gesicht. Die Jacke hält ihn noch ab, aber meine Jeans sind bis zu den Schenkeln nass, die Schuhe sowieso.

An der Gartentür kurz umsehen, aber hier rechne ich mit niemandem. Mehr als zwei braucht man für so eine Aktion nicht. Ich wende mich nach rechts, zum Nebeneingang. Wer immer auf die beiden wartet, wird bei diesem Wetter im Wagen bleiben. Die Typen fühlen sich schließlich vollkommen sicher. Vielleicht lassen sie gerade mal ab und zu die Scheibenwischer laufen. Wenn alles klappt, bin ich in fünf Minuten um die ganze Anlage rum und komme von hinten an den Wagen dort draußen ran, ohne dass man mich bemerkt. Und dann? Dann kommt es drauf an.

Ich laufe über den Mittelweg. Aus meinen Schuhen spritzt das Wasser. Beim Laufen bleiben meine Hände in den Taschen, rechts die Pistole, links die Lampe. Ehe ich die Gärten verlasse, werfe ich meine eigene Jacke über einen der Zäune. Jetzt raus durch den Nebeneingang. In der Straße kein Mensch, dennoch trotte ich bloß, nicht rennen, das fällt auf. Dann in den kleinen Schotterweg einbiegen, da sieht mich keiner. Jetzt sprinte ich wieder unter dem Blätterdach der Büsche, bis ich kurz vor dem Haupteingang bin. Langsam rausgehen in den Regen.

Der schwarze Golf. Jedenfalls sieht er schwarz aus im Licht der einzelnen Bogenlampe an der Kreuzung drüben. Alles still. Kein anderes Auto da. Der Regen hüllt den Wagen in hellgrauen Nebel. Die Scheinwerfer sind aus. Ich drücke mich an dem Zaun der Anlage in die Büsche rein, aus denen das Wasser heftig auf mich runtertrieft. Inzwischen bin ich so nass, als hätte ich unter der Dusche gestanden. Noch dreißig Meter etwa. Nicht zu schnell atmen. Muss mich konzentrieren, läuft ja alles hervorragend, ich bin noch immer am Zug. Ich kann niemanden erkennen, der in der Nähe steht. Es könnte sich einer in den Büschen versteckt haben, unwahrscheinlich zwar, aber möglich. Habe daran gedacht. Am Sichersten ist es, direkt an den Wagen ran zu gehen. Also los.

Nicht zu schnell. Leichter Trab ist angemessen. Schon weil es regnet. So: Kollege kommt, will berichten. Auftrag ausgeführt. Meine Rippen ziehen sich zusammen, ich kriege kaum Luft, harte Ringe ziehen sich um Herz und Lunge, die Schultern fühlen sich steif an wie ein Brett. Wenn eine Kugel kommt, kommt sie jetzt. Die Finger meiner rechten Hand krampfen sich um den Kolben der Pistole in der Jackentasche. Erst jetzt merke ich, dass ich friere.

Noch zehn Meter. Durch die zusammengekniffenen Augen, über die mir der Regen läuft, versuche ich zu erkennen, wer im Wagen ist. Und wie viele es sind. Man sieht überhaupt nichts. Die Scheiben sind beschlagen. Blind die Heckscheibe, auch die Seitenscheiben. Jetzt höre ich deutlich den Regen auf dem Blechdach. Irgendwo vorn im Wagen brennt ein rotes Licht, das Radio oder was immer. An der hinteren Tür links, Fahrerseite, bleibe ich stehen. Die ist die sicherste, so will es der Plan. Ich klopfe zweimal auf das Autodach. Die Zentralverriegelung schnappt.

Jetzt. Die Tür öffnen. Die Rücksitze: leer. Mein Herz tut einen Sprung. Der Fahrer dreht sich nach mir um. Älterer Mann, dunkles Bärtchen, kurz geschnittener grauer Haarkranz um die Glatze, ist allein, der Beifahrersitz leer. Mit der einen Hand halte ich die Tür offen, mit der anderen quetsche ich die Pistole in die Lehne am Fahrersitz und drücke zweimal hintereinander ab. Zweimal ein dumpfes Bellen aus dem Polster. Beim ersten Schuss macht der Fahrer den Mund auf, seine Augen werden groß, er sieht aus, als wollte er husten. Beim zweiten Schuss kippt sein Gesicht nach vorn weg, der Kopf schlägt auf das Steuerrad. Danach Stille. Nur die Regentropfen trommeln weiter auf das Wagendach.

Ich sitze. Halb auf dem Rücksitz, ein Bein im Wagen, das andere draußen im Regen. Warte auf etwas, was nicht kommt. Die Kraft weicht aus mir wie die Luft aus einem plattgefahrenen Reifen. Lasse den Kopf nach vorn fallen an die Lehne, durch die ich vorhin den Fahrer erschossen habe. Langsam atmen, tief, ganz tief. Mein rechter Arm zittert, die Luft will nicht in die Lunge, weil meine Bauchdecke vibriert. Höre mich laut stöhnen, zusammen mit dem Zittern klingt es, als schluchzte ich.

Eine Viertelstunde brauche ich. Dann bin ich in einem Zustand, in dem ich weitermachen kann. Ich bin wieder am Zug, habe Zeit gewonnen, wie viel, weiß ich nicht.

Die Schlüssel vom Armaturenbrett abziehen und den Wagen absperren, dann zurück in den Garten. Der Regen hat nachgelassen. Mir egal. Ich spüre die Nässe kaum mehr. Die Leichen müssen weg, weg aus meinem Garten. Ich werde die Schubkarre brauchen, um die beiden Toten in den Wagen zu befördern, die Karre steht im Schuppen. Als ich um die Hütte herum bin und mich auf den Anblick des Toten vor der Schuppentür gefasst mache, stockt mir der Atem. Der Lichtkegel der Taschenlampe erfasst bloß eine Blutlache im Gras. Ich ziehe die Pistole. Noch zwei Patronen drin. Schalte die Lampe aus, gehe rückwärts. In meinem Kopf passiert erst mal gar nichts, bis ich die Hüttenwand am Rücken spürte. Dann setzen die Gedanken wieder ein.

Das Sicherste wäre, ihn zu suchen und zu erschießen. Aber so glatt wird das vielleicht nicht gehen dort im Dickicht, wo ich vor einer halben Stunde noch selber gehockt habe, mit dem Hammer in der Hand. Da drin ist der andere im Vorteil. Ein angeschossener Bär.

Wo ist die andere Pistole? Zur Hüttentür und reinleuchten, Pistole entsichert und parallel zum Lichtkegel halten. Der andere liegt am Boden, immer noch mausetot. Der Plan läuft wieder an. Ich atme tief durch. Der verletzte Typ hockt jetzt irgendwo in den Büschen, aber der wird mich nicht angreifen. Außerdem hat er keine Pistole mehr.

Sicher nicht? Den Toten am Boden anleuchten, umdrehen. Die Pistole liegt unter ihm, ebenfalls geladen, wie ich feststelle. Jetzt kann ich die Sache angehen. Schleife den Toten raus durch die Tür. Lasse ihn vor der Hütte liegen. Vorsichtig zum Schuppen. Die Pistole schussbereit, hinter die Buchsbaumbüsche leuchten, dort an der Grenze der Nachbarparzelle, und zwischen den Stängeln des Springkrauts nachsehen, wo ich selbst gesessen habe.

Der Typ muss sich tiefer in die Gärten verkrochen haben. Aber er könnte ein Handy haben. Ein Grund mehr, keine Zeit mit der Suche nach ihm zu vergeuden. Im Schuppen befreie ich die alte Schubkarre von den umgefallenen Gartengeräten, die darauf liegen. Fahre sie vor das Häuschen und versuche, die Leiche aufzuladen. Die Schubkarre kippt ein paarmal um, bis ich den Mann so verstaut habe, dass ich ihn transportieren kann. Ab und zu leuchte ich die Büsche ringsum ab. Noch meine Sachen holen. Stopfe alles in die Hülle für das Angelzeug.

Die Schubkarre steht auf dem Mittelweg, der Tote drauf, eine grüne Plane darübergelegt. Seine Arme und Beine hängen runter, die Hände stehen zu Klauen gekrümmt aus den Ärmeln raus. Sein Gesicht habe ich mir nicht mehr angesehen. Ehe ich die Tür am Häuschen schließe, noch mal reinsehen, in das Chaos, das der Typ dort drin angerichtet hat. Für einen Augenblick kommt mir das Bild vor Augen, das der Raum noch vor einer guten Stunde geboten hat, als die Hütte noch mein Zuhause war. Dann schließe ich das Vorhängeschloss zu. Hat aufgehört zu regnen. Die Gewitterwolken sind weitergezogen, ein paar Sterne zeigen sich. Der Mond ist da, lässt die nassen Gärten glänzen. Ich fahre die Schubkarre den Mittelweg entlang zum Haupteingang. Sie ist so schwer beladen, dass der Reifen plattgedrückt wird. Eine Hand des Toten schleift auf dem Boden.

Die Gartenanlage liegt im tiefen Dunkel, die Stadt umrahmt sie mit ihren Lichtern. Kein Auto nähert sich, keine Taschenlampe leuchtet irgendwo rum. Wieder beim Golf angekommen, öffne ich den Kofferraum und wuchte den Mann von der Schubkarre aus rüber. Ein kritischer Moment. Wenn jetzt hier jemand vorbeikommen sollte, sieht das ziemlich merkwürdig aus. Muss ihm Knie und Ellbogen abbiegen, um ihn reinzukriegen. Schließlich kann ich den Kofferraumdeckel zuklappen. Mir bricht der Schweiß aus. Obwohl alles, was ich am Leib trage, klatschnass ist, friere ich nicht.

Den Fahrer hieve ich auf den Rücksitz. Das kann ich riskieren, dafür brauche ich drei Minuten. Beifahrersitz wäre vielleicht einfacher gewesen, aber ich will ihn um alles in der Welt nachher beim Fahren nicht neben mir haben. Ich muss ihn hinter dem Lenkrad herauszerren und ihn neben dem Wagen ein Stück nach hinten schleifen. Er ist noch ganz warm und so schlaff, dass er sich kaum bewegen lässt. Ich halte ihn um den Bauch gefasst, als meine Arme verrutschen, greife ich in Blut. Ich lasse den Toten los, wische es im nassen Gras ab. Als ich ihn schließlich auf dem Rücksitz habe, bringe ich ihn ins Sitzen, indem ich ihn mit der Wagentür aufrichte, nach und nach, bis das Schloss einschnappt. Von draußen sieht es jetzt so aus, als schliefe da jemand auf dem Rücksitz, den Kopf gegen die Scheibe gelehnt.

Danach bin ich vollkommen fertig. Lehne mich gegen den Wagen, um zu verschnaufen. In den Jacken der Männer waren Brieftaschen mit Geld und Ausweisen. Zusammen etwa achthundert Euro. In der Jacke des Fahrers finde ich eine weitere geladene Pistole und ein Handy. Eine der Pistolen stecke ich ein, die anderen beiden, darunter die, mit der ich geschossen habe, werfe ich vor den Beifahrersitz auf den Boden, sperre den Wagen ab.

Dann renne ich noch einmal in die Gartenanlage rein zu meinem Roller. Von fern grollt das abziehende Gewitter, beleuchtet im Osten geballte graue Wolkenbänke. Der Schlafsack und die Angelhülle kommen in die Box am Roller. Schiebe ihn den Mittelweg entlang bis zum Haupteingang. Lasse den Motor an, setze mich drauf und fahre ihn von der Anlage weg, ein paar hundert Meter weit, bis zu einer Stelle, an der eine Grünfläche ist, da stehen keine Häuser. Bei einer Reihe Holunderhecken halte ich an und schiebe den Roller so weit in die Büsche, bis er von der Straße aus nicht mehr zu sehen ist. Sperre ihn ab. Ich weiß, dass ich erst wieder ausruhen kann, wenn ich das Auto weg von den Schrebergärten bekomme.

Zurück zum Golf. Ich setze mich rein. Ein süßlicher Blutgeruch hat sich mittlerweile ausgebreitet. Ich nehme mir eine Zigarette aus dem Brillenetui, stecke sie an und fahre los.

VIERZEHN

Die vorderen Wagenfenster müssen offen bleiben, damit der Fahrtwind den Geruch aus dem Wagen zieht. Meine Kleider trocknen im Heizgebläse, hab ich voll aufgedreht. Zusätzlich rauche ich eine Zigarette nach der anderen.

Kurz vor Mitternacht jetzt. Zwanzig Minuten, mehr Zeit hat der nicht gehabt, um Verstärkung zu holen. Der mit dem Loch im Kopf. Wenn er überhaupt noch telefonieren kann. Hier: Ich fahre mit den Fingern über meine Wange. Hier habe ich ihn getroffen. Am Jochbein. Hat vielleicht schlimmer ausgesehen, als es war. Ich kann nicht entscheiden, ob es mich erleichtert, dass der Typ nicht auch tot ist. In meinem Zustand kann ich so was überhaupt nicht entscheiden. Ich jedenfalls bin jetzt außer Reichweite.

Hoffentlich muss ich nicht zu lange nach dem See suchen. Im Stadtatlas noch mal nachgesehen. Höchstens eine Stunde bis dahin. Bei hundertvierzig lasse ich es bewenden. Unsinn eigentlich, über die Autobahn zu fahren, aber ich brauche das Tempo. Auf der Straße singen die Reifen, Lichter flitzen vorbei, weiß und rot, in langen Bahnen auf dem nassen Asphalt gespiegelt unter einem fahlen Himmel, auf dem der Widerschein der Städte liegt. Man müsste mit dem Auto bis ans Ufer fahren können. Ich habe den See noch ziemlich genau vor mir: Der Weg am Ufer entlang mit steiler Böschung, das Wasser wird rasch tief. Warnschilder: Untiefen. Baden verboten.

Am tiefsten ist er vermutlich dort, wo die alten Kiesbagger stehen. Ich hoffe, dass heute Nacht keine Liebespaare am Ufer sind. Vermutlich regnet es ja gleich wieder, die Chancen sind also nicht schlecht. Außerdem: Der Koi hat es mir vorgeschlagen. Als ich losfuhr vorhin, war er wieder da. Schwamm zufrieden ein bisschen in seinem Becken rum, die schwarzen Augen, die sind ja ganz leer, nur dunkle Kugeln, also gesagt hat er nichts, er drückt sich anders aus. Wie er sich bewegt eben. Und zufrieden ist er immer dann, wenn was los ist, das ist mir inzwischen klar.

Und wenn man den Wagen findet? Wenn schon, nach ein paar Tagen oder vielleicht erst nach Wochen ist das kein Problem. Das braucht mich nicht zu beschäftigen, von mir ist bis jetzt gar nicht die Rede bei der Sache. Aber diese Leute, die sind wie ein angebohrtes Wespennest. Jetzt geht es nicht mehr bloß um die Rakete. Die Burschen haben ein hoch entwickeltes Ehrgefühl, nehme ich einfach mal so an. Der Mann, den ich niedergeschlagen habe, wird keine Ruhe geben. Er nicht und seine Waffenbrüder auch nicht. Die fühlen sich von mir ausgetrickst, und das in einem Spiel, das man nicht mehr abstellen kann. Die Sache mit der Rakete abwickeln, so schnell wie möglich, und dann verschwinden, im tiefsten Mauseloch. Irgendwann werden sie aufhören, nach mir zu suchen.

Ich bin von der Autobahn runter und dann um Groß Gerau rumgefahren, jetzt kommt noch ein kleines Dorf, danach bin ich in Geinsheim. Dort gibt's die Baggerseen, ich muss nur noch durch den Ort, irgendwo am Ortsausgang geht es rechts ab. Wir waren damals ab und zu dort zum Baden, Horst und ich. Weiß gar nicht mehr, wieso, irgendwelche Geschäfte, die Horst dort laufen hatte, und ich war eben mal wieder Chauffeur. Geinsheim. Komische Namen geben die Leute ihren Ortschaften.

Fängt wieder an zu regnen. Hier, abseits der Autobahn, hört der Verkehr schlagartig auf. Die Wischer summen, flappen über die Windschutzscheibe, putzen exakte Kreissektoren sauber, zeigen mir spiegelnde Flecken Straße zwischen Wiesen. Buschreihen und Pappeln. Dann ein Stück Wald. Keine Menschenseele unterwegs.

Geinsheim taucht auf. Paar Häuser mit Schuppen dabei, dann eine Neubausiedlung. Alles schon dunkel, nur hinter ein paar Fenstern brennt noch Licht. Ich fahre einen Kilometer aus dem Dorf raus, stelle den Wagen an einer Bucht ab, Scheinwerfer aus. Beleuchte mit der Taschenlampe meine Karte, um mich zu orientieren. Ich muss zurück in den Ort und dort rechts abbiegen, um auf den Flurweg zu kommen, der zum See führt. Nicht der mit den Wochenendhäusern, der letzte muss es sein, wo das Kieswerk ist. Geht über freies Feld. Erst kurz vor dem See, sehe ich auf der Karte, beginnt der Wald. Der Flurweg ist vermutlich für den Verkehr gesperrt. Ein gewisses Risiko. Das zweite Risiko stellt das Ufer dar – was mich dort erwartet.

Als wollte der Himmel was dazu beitragen, verstärkt sich der Regen. Schwere Tropfen schlagen aufs Dach, schlieren über die Scheibe, zerspritzen an den Fensterrahmen. Es wird nass, ich muss die Fenster schließen. Sofort nimmt der Geruch wieder zu. Nicht umdrehen zu meinem stillen Beifahrer da hinten. Den Innenspiegel habe ich hochgedreht, um nicht das schnurrbärtige Gesicht des Toten mit dem runterhängenden Unterkiefer im Halbdunkel hin und her wackeln zu sehen.

Als ich im Dorf abbiege, um zum Flurweg rauszufahren, fahre ich an einer Bushaltestelle vorbei. Na also. Spätestens ab sechs kommt der erste Bus hier durch. Mit etwas Glück kann ich innerhalb einer Stunde zurück in der Stadt sein.

Am Feldweg ein Sperrschild. Langsam auf dem holprigen Weg dran vorbei. Die Scheinwerfer beleuchten Nebelschwaden über dem nassen Weg, graue Fäden vom Regen reingestrickt. Der Geruch im Auto verdichtet sich zusehends. Süßlich, schwer. Nach Turnhalle, Viehhof und Metzgerei. Die Ausdünstungen von totem Fleisch, erschlafften Körperöffnungen. Sekrete, Ausscheidungen.

Ich muss plötzlich auf die Bremse treten, die Tür aufreißen, den Kopf in den prasselnden Regen rausstrecken. Kotze ausgiebig in eine der Pfützen, halte mich dabei an der offenen Tür fest. Danach geht es wieder.

Im Wald ist der Regen kaum mehr zu spüren, ein paar einzelne Tropfen schlagen mit Hall aufs Autodach. Das Licht tastet sich voraus zwischen den Stämmen durch, erfasst Blätter, Zweige, Pfützen. Habe mir die Pistole zwischen Sitz und Oberschenkel gesteckt, ich könnte nicht sagen, warum. Einfach so, macht mich ruhiger. Dann weichen die Bäume auseinander, im

Licht erscheint eine Graskante, dahinter ist nichts zu sehen. Vor der Kante biegt der Weg nach links und rechts ab. Zündung abstellen, Licht aus.

Aus dem Wagen. Ich gehe langsam mit der ausgeschalteten Taschenlampe in der Linken und der Pistole in der Rechten zur Uferböschung. Bleibe eine Weile stehen und horche. Bloß Regen. Fällt auf die Baumkronen, tropft über die Blätter, findet zu einem leisen Rauschen zusammen. Wasser, das fließt einfach, weiß immer, wohin. Müdigkeit hängt in meinen Schultern. Ich drehe mich um. Das Ufer auf beiden Seiten gut zu erkennen. Nicht weit von mir ragen die aufgegebenen Kiesbagger aus dem Wasser. Verrostete, gestrandete Schiffe. Eine Weile warten. Ich prüfe noch einmal die Uferlinie, suche ein Licht. Da ist keins.

Zurück in den Wald. Einen Stock brauche ich, der lang genug ist. Stöbere mit der Taschenlampe im Unterholz. Am Boden nichts Brauchbares zu bekommen. Schließlich finde ich eine Haselhecke mit langen Schößlingen. Suche mir einen davon aus, etwa drei Meter lang. Breche ihn, drehe daran, bis ich ihn abhabe, ein Messer hätte ich gebraucht, geht aber schließlich auch so. Damit gehe ich zur Uferböschung vor und klettere hinunter. Ziehe Hose, Schuhe und Strümpfe aus und steige bis zu den Knien ins Wasser, um die Tiefe zu messen. Eine Viertelstunde brauche ich, dann habe ich die richtige Stelle. Fünfzig Meter links von der Weggabelung, nicht weit von den Baggern, geht es vom Ufer an gleich steil in die Tiefe. Die Böschung wieder hochklettern, der Haselstecken bleibt als Markierung auf dem Weg liegen. Ich friere nicht, obwohl ich total nass bin, wahrscheinlich hat mein Gehirn seinen Thermostat vorübergehend abgeschaltet.

Setze mich in den Golf rein, starte und fahre los, ohne das Licht einzuschalten. Halte stattdessen die Taschenlampe aus dem Fenster und beleuchte den grasbewachsenen Weg. Beim Haselstock angekommen setze ich den Wagen ein Stück zurück, fahre ihn anschließend vor bis knapp an die Kante. Steige aus, hole die Angelhülle mit meinen Sachen raus und überprüfe, ob alles da ist. Das Geld und die Ausweise der Toten kommen in meine Jacke, auch das Handy des Fahrers. Das Zeug muss ich gesondert entsorgen. Den Stadtatlas schiebe ich in die Angelhülle zum Schlafsack, die geladene Pistole werfe ich nach kurzem Überlegen zu den anderen beiden in den Wagen, nachdem ich sie mit einem Fensterleder aus dem Handschuhfach abgerieben habe. Dann fahre ich alle vier Fenster des Golfs zur Hälfte runter, stelle die Lenkung gerade und schalte die Zündung aus. Wackle mit dem Lenkrad, bis die Sperre einrastet, löse die Handbremse und steige aus.

Als ich an dem Wagen vorbeigehe, muss ich noch einmal durch die Heckscheibe reinsehen, ich kann nicht anders. Hinter der halb beschlagenen Scheibe das Profil des toten Fahrers. Gegen die Scheibe gedrückt, ein Nest feuchter grauer Haare. In dem Nest ein Stück vom Ohr. Der helle, ovale Rand der Muschel, vom Glas flach gepresst. Man kann das merkwürdige Faltenmuster im Innern erkennen.

Ein paar schwere Steine wären gut gewesen, sind aber keine zu sehen. Muss so gehen. Ich stelle mich ans Heck und schaukle ein paarmal vor und zurück, um das richtige Gefühl zu kriegen, dann schiebe ich an mit Kraft, setze die Füße nach. Hoffe, dass sich der Wagen nicht überschlägt. Der Golf kommt in Bewegung, rollt einen Meter vor, dann senkt er die Schnauze, kippt ab, rutscht in einer Lawine aus prasselndem Kies die Böschung hinunter und klatscht auf das Wasser. Als ich an die Kante trete, kommt der Wagen gerade wieder hoch, treibt dann mit Schlagseite ein Stück raus auf den See, sackt schnell dabei ab, nach fünf, sechs Metern bis zur Dachkante, danach geht es rasch. Ein helles Brodeln noch auf dem grauen Wasser, dann ist er weg.

FÜNFZEHN

Ich sinke nach unten, in einer trüben Brühe. Komisch, dass ich atmen kann, obwohl ich ein ganzes Stück unter Wasser bin. Und ich kann sehen. Mein Gesicht ist nach unten gerichtet, grundwärts. Ich sehe den abgesoffenen Golf auf dem schlammigen Grund liegen, die Scheinwerfer sind wieder angegangen. Zwei ausgefranste Lichtflecke im dreckigen Wasser. Aufgelöste Fetzen Klopapier, flusige Algennester treiben durch das Licht. Ein träge mit den Flossen wedelnder Fisch erscheint, dreht langsam eine Kurve und verschwindet wieder in der Finsternis. Ich sacke tiefer, dem Wagen entgegen. Bekomme kaum noch Luft. Das Atmen fällt mir schwer, inzwischen atme ich ein Gemisch aus Wasser und Luft, das muss ich mühsam in mich reinziehen. Kurz bevor meine Stirn auf das Wagendach aufschlägt, wird mir klar, dass ich dabei bin, zu ertrinken.

Verzweifelt bewege ich Arme und Beine, um zu schwimmen, ich will nach oben, aber es geht nicht. Meine Glieder rühren sich nur ein paar Zentimeter. Alles an mir ist steif, als wäre ich eine Puppe. Ich rutsche hilflos an dem schwarzen Golf entlang, wirble die Schlammschicht auf, die sich auf den Wagen gesetzt hat, kriege jetzt gar keine Luft mehr. In meinen Lungen ist Schlamm. Durch das Heckfenster sehe ich den toten Fahrer auf dem Rücksitz liegen, sein Gesicht schwebt in einer großen schillernden Luftblase. Der Alte sieht mich genauso an, wie er es getan hat, ehe der erste Schuss ihn in den Rücken getroffen hat, aber diesmal reißt er die Augen weit auf, nickt und grinst, als würde er mich wiedererkennen. Hebt die Hand, um mir zu winken, während ich über die Heckklappe grundwärts rutsche und jetzt absolut am Ersticken bin. Aus dem Kofferraum kommt Klopfen, vom Wasser gedämpft, von drin hämmert einer gegen das Blech. Ich versuche zu schreien, aber auch das geht nicht, ich pumpe nur Wasser aus dem Mund hin und her, gerade mal ein Lallen bringe ich zustande. Ich sterbe.

In dem Augenblick sagt jemand: »He, Kollege.«

Rüttelt mich an der Schulter. Der Seegrund verblasst, ich kriege wieder Luft. Die Hand hält meinen Oberarm weiter fest, während ich die Augen aufmache und die Dönerbude erkenne, in die ich mich eine Stunde zuvor gesetzt habe. Zwei Typen stehen vor mir, der eine, schwarze Koteletten und Nasenbrilli, hält noch immer meinen Arm gepackt, der andere, auf dem Kopf eine weiße Papiermütze, »Sultan-Grill« steht drauf, starrt mich neugierig an.

»Alles okay?«, fragt der mit der Mütze.

»Ja, ist in Ordnung.« Versuche, mich aufzurappeln. Vor mir auf dem Tischchen steht ein Pappteller mit einem Döner, sieht noch ganz unberührt aus, daneben eine Coladose.

»Geht's wieder?« Der Typ lässt meinen Arm los. »Du hast 'ne halbe Stunde geschlafen, Mann.«

»Danke.«

Die beiden gehen zur Theke zurück. Ich drehe mich um, suche nach meiner Angelhülle. Lehnt an der Wand. Die Imbissbude ist leer. Über der Theke hängt eine Uhr, die zeigt halb sechs. Ich ziehe mich am Stuhl hoch, probiere mal aus, wie es mir dabei geht. Der hinter der Theke, der mit der Papiermütze – der andere ist irgendwohin verschwunden –, dreht sich halb zu mir um.

»Du kannst ruhig hierbleiben. Nur nicht pennen.«

»Ist schon in Ordnung. Hab ich das bezahlt?«

»Hast du.«

Er widmet sich wieder seiner Fleischpyramide, schneidet mit dem surrenden Elektromesser ein paar angebrutzelte Stücke runter. Ich nehme das kalte Dönerbrötchen mit der Serviette vom Teller. Hänge mir die Angelhülle um.

»Tschüss dann.«

Er nickt mir zu, schickt noch einen prüfenden Blick rüber.

Meine Knie sind weich, aber ich kann laufen. Vorsichtig, nichts überstürzen, es funktioniert. Die Stiefeleisen klicken beruhigend, meine Schritte werden langsam wieder fester. Ich erinnere mich. Wie immer kommt erst mal ein Scherbenhaufen. Meine Kleider sind inzwischen so gut wie trocken, im Bus war es warm. Aber die drei Stunden, die ich in dem gottverlassenen Kaff patschnass auf der Bank im Wartehäuschen verbracht habe, die haben mich ordentlich geschlaucht. Im Bus konnte ich dann eine halbe Stunde schlafen. Aufgewacht bin ich in der Stadt, bin ausgestiegen, als ich die Lichter sah. Die Imbissbude war schon auf. Ich hatte plötzlich einen Bärenhunger.

Ich drehe den kalten Döner in der Hand hin und her. Mein Magen ist jetzt wie zugeschnürt. Trotzdem besser, wenn ich versuche, was zu essen. Lehne mich an eine Hauswand, beiße in den Döner. Der Fleischgeruch schlägt in meine Nase, würgt mich augenblicklich. Spucke den Bissen wieder aus. Ausgerechnet jetzt fällt mir der Hendlfrieder ein. Wo ich im letzten Winter pornografisch aussehende Hähnchen mit Glutamatbrühe einsprühen musste. Stundenlang im Wohnwagen stehen, Füße kalt, hinten fast durchgebraten. Unternehmen Hendlfrieder, bestehend aus zwei Dutzend Wohnwagen an strategisch günstigen Stellen für Schnellesser und schlecht Betuchte. Vor allem in der Vorstadt und an Landstraßen. Besonders günstig die Hähnchen vom Vortag – für Ihren vierbeinigen Liebling. Und Bockwurst mit Extracurrysoße: Ist sie zu scharf, bist du zu schwach! Fliegender Wechsel am Nachmittag mit Grazyna: »Hi, hi, Richielein.« Die von Tag zu Tag fetter wurde, weil sie das brutzelnde Zeug aus lauter Verzweiflung direkt vom Grill fraß.

Nachdem ich das Brötchen aufgeklappt und die Fleischfüllung rausgeschüttet habe, versuche ich es noch einmal. Schön langsam essen, ist bloß noch teigiges Brot mit Knoblauchsoße dran. Bis zu meinem Roller brauche ich von hier eine halbe Stunde zu Fuß. Vielleicht laufe ich besser, als ein Taxi zu nehmen, obwohl ich eine Menge Geld in der Tasche habe. Der Fahrer könnte sich an mich erinnern.

Der Roller liegt noch immer da, wo ich ihn hinter dem Gebüsch abgestellt habe. Schiebe ihn hoch auf die Straße, bocke ihn auf. Verstaue meine Habseligkeiten in der Box. Die leer geräumte Angelhülle rolle ich zusammen, lege sie oben drauf und klappe den Deckel zu. Dann fahre ich los, Richtung Ginsheim-Gustavsburg zur blauen Adria, während die Sonne gerade aufgeht.

Durch den Wald, alle Vögel singen, und die Sonne sticht schon durch das Laub. Rollerfahren, das ist nicht gerade der Kick, normalerweise. Das blöde Geräusch, das lahme Motörchen. Aber jetzt grade ist es gut, so gut wie nie. Ich versuche, nicht an die zwei Typen zu denken, die in dem Golf am Grund des Badeweihers liegen und von den Fischen besucht werden, sich allmählich mit Wasser vollsaugen und bald aussehen werden wie Michelinmännchen. Nein. Ich bin noch mal davongekommen. Der Helm bleibt offen, die Luft schießt rein mit achtzig Sachen, ab und zu knallt mir ein früher Brummer an die Stirn, egal, ich brauche die Luft, ich kann atmen, ich hab kein Loch im Kopf oder im Bauch. Auf meinem Teenieracer bin ich die Maus, die Kater Carlo entwischt ist, und ich düse in mein sorgfältig ausgewähltes Mauseloch.

In Bauschheim fällt mir ein, dass die Fähre wahrscheinlich so früh noch gar nicht geht. Außerdem ist es besser, der Alte, der das Ding fährt, erinnert sich nicht an mich. So viele blonde Männer mit Motorrollern fahren nicht auf seiner Klapperkiste in die Rheinauen hinüber. Also besser den Umweg nach Astheim runter und über die Felder zum Pumpwerk, dann die Halbinsel wieder hoch. Das kostet mich eine halbe Stunde, aber in der Stimmung, in der ich bin, könnte ich den ganzen Tag weiter fahren. Schließlich komme ich auf den alten Sandweg, tuckere an den aufgelassenen Campingplätzen vorbei bis zu Herbert, der die Stellung hält an der blauen Adria.

An der Einfahrt zum Campingplatz ein kleiner Schlenker um die geschlossene Schranke rum. Winke ordnungshalber Richtung Tresen in der Platzkneipe, für den unwahrscheinlichen Fall, dass Herbert schon auf ist. Gibt nämlich zwei Frühstückszeiten hier. Das erste Frühstück nehmen die Schlaflosen ein, die drehen schon bei Morgengrauen auf dem Platz ihre Runden, entweder weil sie nervöse Naturen sind oder weil der Alkoholspiegel gefährlich abgefallen ist. Die erste Runde betreut Herbert nicht persönlich. Das letzte Mal, als ich hier war, habe ich in der Frühe einen schweigsamen Asiaten am Zapfhahn werkeln sehen. Das zweite Frühstück ist wesentlich ergiebiger, geht in die Mittagszeit über und kann sich bis in den Nachmittag ausdehnen. Das beginnt um zehn. Jetzt ist es kurz nach acht.

Durch die offenen Fenster sieht man einen Teil der Theke mit der Flaschenbatterie dahinter und den zwei Zapfhähnen. Daneben das Fenster für Eis und Pommes, das führt zur Küche. Auf den Biertischen unter einem grünen Plastikdach zwei Dutzend leere Gläser und ein paar Flaschen. Eine Wolke Fliegen erhebt sich von den Papptellern mit Würstchenresten und Ketchupflecken drauf, mein Motorgeräusch hat sie gestört.

Der Roller hopst über die Kabel und Schläuche weg, ringeln sich über den geteerten Fahrweg, die Lebensadern der Dauercamper. Sonst kommt ja kaum jemand hierher. Ab und zu ein paar Jugendliche, die sich auf einer Radtour verfranzt haben und hier übernachten müssen, wo sie statt dem Mainzer Dom die Autobahnbrücke vor sich haben. An so einem Zelt bin ich eben vorbeigefahren, zwei Mädchen davor, sortierten auf den Knien ihre Ausrüstung. Beide im Bikini, boten einiges an anatomischen Details. Kommt alles wieder, sage ich mir. Das Thema ist im Augenblick ohnehin blockiert, da komme ich überhaupt nicht dran. Weit nach unten gerutscht. Vergessen nicht, verlegt passt eher.

Darüber liegen nämlich hässliche Bilder von einem blutüberströmten Gesicht, aus dem mich ein Auge schreckverzerrt anstarrt. Ein Rücken, auf dem drei winzige Bombentrichter aufplatzen, eine Handbreit voneinander entfernt. Ein Auto, das glucksend im grauen Wasser versinkt.

Unter den Vordächern der Wohnwagen bellen mir die Hunde entgegen. Zwei, nein sogar drei. Stacheln sich gegenseitig beim Bellen an, während ich den Motor ausschalte und den Roller abstelle. Auch vor Günthers Wohnwagen kläfft so eine hässliche Promenadenmischung in Braun und Beige.

Zwei Dutzend Wohnwagen stehen auf der Wiese, ein paar davon seit Jahren unbewohnt. Vorn ein paar adrett hergerichtete, mit Trittsteinen und Blumen im Vorgarten, nach hinten stark angeschlagene Exemplare mit verschlissenen Vorhängen, Kabelsalat würgt sich aus dem Fenster raus, Satellitenschüssel auf dem Dach. Stehen auf platten Reifen, die Kunststofffenster vom Dreck längst erblindet. Die machen einen sehr gestrandeten Eindruck, Günthers Heimstätte gehört dazu.

Ich bleibe am Vorzelt stehen, während der Köter mich ohne Unterlass weiter ankläfft, warte drauf, dass Günther rauskommt. Vor mir ein Campingtisch mit drei Stühlen in Kleeblattformation, auf der Tischplatte drei leere Flaschen Bier. Lässt auf eine späte Skatrunde schließen. Ich will mir einen der Campingstühle angeln, da prescht der Hund nach vorn. Sein Gebell wird abgewürgt, er ist an einer Leine festgezurrt, aber sobald er Luft bekommt, fängt er wieder an. Zusammen mit den anderen Hunden, die sich inzwischen wieder mitreißen lassen, hört sich das Ganze an wie eine von diesen Fuchsjagden, bei denen eine ganze Meute mitmacht, nur dass die Viecher hier angebunden sind. Ich will den Köter eben mal mit der Pumpgun atomisieren, da merke ich, dass das im Moment nicht geht. Sobald ich in ein Spiel reingehe, rutschen mir die verdammten Bilder vor die Augen. Also lieber nicht schießen.

»Halt's Maul, verdammte Töle«, sage ich stattdessen, nicht besonders überzeugend. Drehe mich weg. Sehe mir die Wohnwagenwracks gegenüber an. Da ist kein Lebenszeichen auszumachen bis auf einen weiteren Köter, der hasserfüllt rüberstarrt, sich aber im Moment von den anderen drei oder vier beim Bellen vertreten lässt. Ich hab noch nie so viele Hunde hier gesehen, vor allem nicht bei den Dauergästen, haben eigentlich genug mit sich selbst zu tun. Immerhin steht vor jedem der vier Hunde ein Fressnapf. Komisch, alle in derselben Farbe. Alle blau.

Jemand tippt mir auf die Schulter.

»Hallo. Richie. Auch mal wieder?«

Günther. Setzt sich grinsend an das Gartentischchen. Ich ziehe mir einen Stuhl ran, und der Hund hört auf zu bellen, wie abgeschaltet.

»Wie geht's? Lange nicht.«

Günther hat die Angewohnheit, nur Teilsätze von sich zu geben, als wär er zu faul zum Sprechen, dabei redet er im Grunde ziemlich viel. Man muss aber dauernd nachfragen. Eine Art lebendes Kreuzworträtsel. Den Tick hat er sich bei den abgebauten Typen hier geholt. Spart eine Menge Worte ein, und der Gesprächspartner muss sich entweder anstrengen und die Sätze erraten, oder er lässt es gleich bleiben. Ausführliche Gespräche braucht man ja nicht beim Skatspielen oder Rumsitzen. Halten einfach ihre Burg, die Dauercamper, können nicht vom Schauplatz verschwinden, wie die Schrebergartenbesitzer. Müssen hoffen, dass die Stütze reicht, um den Strom für das Satellitenfernsehen und für die Tagesdosis in Herberts Platzkneipe zu bezahlen. Herbert wiederum lässt Milde walten und zieht den einen oder anderen hier schon mal ein paar Monate durch, auch wenn die Finanzen nicht endgültig geklärt sind.

»Machste?«, fragt Günther. Nimmt die Zigarette, die ich ihm im Brillenetui zureiche.

»So und so.« Ich gebe Günther Feuer. »Immer noch gemütlich hier, oder?«

Günther zuckt die Achseln.

»Hast du inzwischen 'nen Hund, sag mal?«

Günther sieht sich nach dem Köter um. Der lässt ein leises Winseln hören, weil er merkt, es geht um ihn.

»George Bush«, sagt Günther, zeigt mit dem Daumen über die Schulter. »Kommt aus Bulgarien.«

Ich lasse den Rauch der Zigarette langsam durch die Nase ab.

»Hör mal, Günther«, fange ich an, »ich hab 'ne Bitte an dich.«

»Klar«, sagt Günther großzügig. »Mein neuer Job, verstehst du?«

»Nee.« Sicherheitshalber sage ich: »Ich hol mir was zu trinken, willst du ein Bier?«

»Bring mir zwei mit. So kleine.«

Immer, wenn Günthers Interesse an einem Thema ansteigt, werden seine Sätze vollständig. Der Hund fängt sofort wieder an zu kläffen, als ich aufstehe.

»George«, knurrt Günther. »Shut up.«

»Versteht er Englisch?«, frage ich vom Weg her.

»George Bush?«

Ich muss lachen. »Bis gleich.«

Im Laden steht eine kleine Frau, Thailänderin vermutlich. Sagt keinen Ton, grinst aber freundlich. Zu meiner Bestellung nickt sie mindestens zehnmal. Erst als die zwei Pilsfläschchen und die Cola auf dem Fensterladen nebeneinander stehen, sagt sie mit einer Stimme wie aus einem zu laut gedrehten Comicfilm:

»Fünfeurrrofünfunsibsich!«

Die drei Flaschen stelle ich nebeneinander auf Günthers Campingtisch. Der schnappt sich eine, hebelt den Kronkorken sanft und geschickt mit dem Feuerzeug ab.

»Prost.«

Ich hebe meine Cola.

»Immer noch clean?«, fragt Günther höflich in Form eines ganzen Satzes. Er verzichtet auf meine Antwort, indem er die Augen genüsslich schließt und die halbe Flasche austrinkt.

»Ich wollte dich um was bitten«, fange ich wieder an.

»Klar. Mein neuer Job. Hat was mit George Bush hier zu tun.« Günthers ausgestreckter Daumen lässt den Hund wieder winseln. »Bulgarien«, sagt er dann noch mal bedeutungsvoll und grinst, als hätte er einen Witz gemacht.

»Kann ich hier übernachten?« Einfach fragen, so lange bis es funktioniert. »Ich hab Stress mit einer Frau, versteht du?«

»Klar. Also Bulgarien. Da kommt er her.« Günthers Daumen wippt über die Schulter rückwärts. George Bush winselt dazu im Takt, als drückte Günther mit seinem Daumen auf eine Quietschente.

»Das geht also klar? Mit dem Übernachten, meine ich. Heute und vielleicht die nächsten paar Tage?«

»Sicher.« Günther macht eine Denkpause, trinkt solange das Fläschchen aus. »Hunde –« Er sieht die Flasche einen Atemzug lang zweifelnd an, setzt sie dann kopfschüttelnd ab. »Jeder«, sagt er anschließend. »Will einen Hund.«

»Ich nicht.«

Günther schüttelt den Kopf. »Du doch nicht.« Er langt nach dem Feuerzeug und setzt es unter dem Kronkorken der zweiten Flasche an. Schließt die Faust um den Hals der Flasche und hebelt den Korken über dem Daumengelenk ab.

»Leute in gesicherten Verhältnissen«, ergänzt er dann, »die wollen einen Hund.«

»Ja, und?«

Günther nimmt einen kleinen Schluck und sieht die Flasche an, als überlegte er, was drin ist. »Einen armen Hund. Am liebsten«, sagt er.

Er lässt sich nicht aus dem Takt bringen. Hat einen Bremsweg wie ein Güterzug.

Ich entspanne meine Beine. Horche auf die Geräusche der blauen Adria. Das tiefe Grummeln eines Schiffsmotors, kommt vom Rhein rüber. Gedämpfte Fernsehgeräusche aus den aufgeklappten Wohnwagenfenstern: aufquellende Musik, zorniges Formel-I-Röhren. Darüber das Gezwitscher der Vögel aus den Pappeln.

»Und das ist mein Job«, erklärt Günther weiter.

»Ich verstehe überhaupt nichts.« Meine Augen sind noch immer geschlossen. Ich bin froh, dass sich diesmal überraschenderweise keine Bilder einstellen. Ein echtes Erholungsgebiet ist das hier.

»Wo gibt's arme Hunde?«, fragt Günther und antwortet sich selbst: »In Bulgarien.«

»Was du nicht sagst.«

»Sage ich. Im Tierheim. Jede Menge. Kriegen nichts Gescheites zu fressen, hängen im Freien rum, werden für Tierversuche verwendet. Sind traumatisiert.«

»Sind was?«

»Trau-ma-ti-siert.«

»Aha.«

»Was das heißt?«

Ich mache die Augen auf und sehe ihn an. »Ja.«

»Sie haben 'ne Macke weg«, erklärt Günther. »Tierfreunde« – er scheint wirklich einen Drang zu haben, die Sache rüberzubringen – »haben 'nen Verein gegründet. Für den bulgarischen Hund. Können das nicht dulden, dass es den bulgarischen Hunden so schlecht geht. Sind Tierärzte drin, ordentliche Leute, Hundefreunde. Die Liga für den bulgarischen Hund, sozusagen.«

Der Inhalt der zweiten Flasche verschwindet in Günthers Kehle.

»Du willst mich verarschen.«

»Nee. Die Hunde werden nach Deutschland geflogen, als Reisegepäck, jeder darf ja zwanzig Kilo, was drüber ist, kostet dann was. Die Besitzer können sie abholen. In ihr neues Zuhause.«

»Und was machst du dabei?«

»Mädchen für alles. Hund abholen am Flugplatz, hier parken, wenn's mal nicht gleich klappt. Kurier und Helfer für den bulgarischen Hund. George Bush hier«, der wieder aktivierte Daumen über Günthers Schulter lässt den Hund leise jiepern, »ist vergessen worden. Am Flughafen. Zur Zeit hab ich noch zwei da. Der schwarze gegenüber und noch einer. Kommen aber alle unter.«

»Bei dir?«

»Erst mal. Ist ja Platz. Jede Menge.« Günther deutet mit der Flasche in seiner Hand großzügig über die Wohnwagenzeile. »Das stört hier keinen. Herbert fährt mich mit seinem Kombi, und ich kriege einen Fünfziger pro Abwicklung.«

»Das ist doch Quatsch. Jeder kann im Tierheim einen Hund umsonst kriegen.«

»Schon. Aber nicht so 'nen armen. Arm muss er sein, sonst

wollen die den nicht. Und traumatisiert. Außerdem gibt's da noch die Hotels.«

»Welche Hotels?«

»Am Schwarzen Meer. Die Leute wollen doch sehen, wo ihr Hund herkommt. Der Verein organisiert Reisen dahin.«

»Ins Tierheim?«

»Auch. Wo das Tierheim ist, das ist zufällig auch ein Feriengebiet, und da sind auch die Hotels. Haben jetzt kaum noch Gäste in diesen Zeiten, geht ja alles in den Westen. Machen preiswerte Angebote für Hundeschulungen mit Rahmenprogramm, auch für alleinstehende Hundeliebhaber, wenn du verstehst, was ich meine. Und der Verein ist gemeinnützig. Also die Leute besuchen die Heimat von ihrem Hund, machen da schöne Ferien und bringen auf dem Rückflug wieder ein paar mit.«

»Was mit?

»Na, Hunde. Im Reisegepäck.«

»Die gehen doch drauf im Flugzeug.«

»Du hast ja keine Ahnung, Richie. Für Haustiere gibt's extra Boxen, da kommen die rein. Fliegen ganz komfortabel. Kommen raus über 'nen Extraausgang für Pets. Und da stehe ich.«

Ich werfe einen Blick auf George Bush, der antwortet mit heftigem Schwanzwedeln und leisem, klagendem Gejaule. Schnippe meine Zigarette ins Gras.

»Das geht also klar mit dem Übernachten?«

»Sicher.« Günther erhebt sich, legt den Finger an die Nase und wirft einen Blick in die Runde. »Also am ruhigsten ist der hier.«

Zeigt mit dem ausgestreckten Finger auf ein vergrautes Wohnwagenmodell mit morschem Vordach, steht etwas zurückgesetzt, eine Hecke davor.

»Ich hol dir die Schlüssel, warte hier.«

Ich stehe auf. Erleichtert, hätte noch eine ganze Weile so gehen können mit mehr Treibstoff. Zwei Bier reichen bei Günther nicht besonders lang. Er kommt schon zurück, klimpert mit einem Schlüsselbund.

»Aber mach nicht so viel Krach bei Nacht, die Hunde kriegen sonst die Krise, okay?«

»Ich will nicht mit 'ner Frau hierher kommen sondern wegen 'ner Frau.«

»Na gut. Ist mir ja egal.«

SECHZEHN

Der Wagen ist ein kleiner Einachser, die Außenhaut porös geworden in der Sonne, von haarfeinen Adern aus Dreck überzogen. Sieht aus wie eine von den japanischen Vasen, die beim Brennen Risse kriegen. Das Vorhängeschloss hängt an einem eisernen Riegel, den hat jemand mit Spaxschrauben provisorisch an der Wohnwagentür festgebolzt.

Aus dem Wagen schlägt mir warmer Muff aus versickertem Bier und menschlichen Ausscheidungen entgegen. Vor meinen Augen fängt es an zu flimmern. Werfe meine Sachen rein, lasse mich drinnen langsam in die Hocke runterrutschen und atme tief durch, die Tür steht zum Glück offen. Die Sonne wird von den blinden Fenstern zum Dämmerlicht weggefiltert, nur die Wärme dringt ungehindert durch. Ich starre auf den Boden, bis der Schwindel nachlässt. Eine Maus hopst auf dünnen Beinchen an mir vorbei, verschwindet um die Ecke Richtung Schlafkabine.

Für die nächsten paar Stunden habe ich Ruhe. Der Roller lehnt an der Rückseite des Wagens, steht dort sicher. Ich lasse mich vollends auf den Boden kippen, strecke mich in dem schmalen Gang aus. Kopf im Schlafkabinett, Füße in der Küche. Horche auf die Stimmen von zwei Campern, unterhalten sich im Zeitlupentempo. Ab und zu lachen sie leise und ölig, es hört sich an, als würde man eine Schüssel Kartoffelsalat auf den Boden kippen. Ein paar Fliegen erwachen derweil zum Leben, summen durch den Innenraum, stoßen ab und zu mit leisem Klacken gegen die Plastikscheiben. Ich mache die Augen zu. Die Camper reden immer langsamer, gleich sind ihre Batterien leer. Auf dem Kiesweg rollt langsam ein Auto vorbei. Die Reifen lassen den Schotter knacken, der Motor brummt auf und ab wie eine große, ins Gras geratene Hummel. Aus den Satellitenempfängern strömt das Morgenprogramm. Eine aufgekratzte Moderatorenstimme quakt, dazwischen die lauten Tonwolken der Werbeblocks. Dramatische Spielfilmmusik, dazu regelmäßig weibliche Schreie von einem Krimi oder einem Porno.

Das große Aquarium wieder. Hat sich aber sehr verändert. Gläserne Becken stehen am Boden, wie die, in denen Mama und Opa kürzlich gelegen haben. Dicht nebeneinander aufgestellt wie Containerstapel. Überall liegen Leute drin, alle nackt, und sie sind tot, das weiß ich inzwischen. Alles unter Wasser, die Becken stehen auf dem Grund eines Sees, es sind so viele geworden, man kann gar nicht mehr erkennen, wo sie aufhören. Nein, kein See: Der Meeresgrund muss das sein. Ich bin auch unter Wasser. Ich schwimme, schwebe dicht unter der Oberfläche, als würde ich schnorcheln. Das Wasser ist klar, man kann alles genau erkennen. Die Toten in den Becken rühren sich, nur ein wenig, als ob sie schliefen und träumten. Sind alle ganz weiß, ein bisschen aufgequollen, und sie haben diese Längsfalten an den Körpern, Alte und Kinder liegen in den Becken, Männer und Frauen.

Was ist das?, frage ich und weiß es im gleichen Augenblick schon.

Das ist das Totenreich. Bestätigt mir der Koi. Der ist nicht zu sehen, ein schwarzer Schatten vielleicht, dicht an der Oberfläche, dort, wo die Sicht aufhört. Ich bewege mich weiter im Wasser über den Glasbecken, schwimme ein Stück, immer noch so, als würde ich schnorcheln: Blick nach unten, beim Atmen röchelt es. Das Wasser ist nicht besonders tief, vielleicht vier, fünf Meter. Zwischen den Becken mit den Toten sind viele Fische unterwegs, ein dunkler Schwarm strömt rein, verteilt sich über den Behältern, immer wieder schwimmen welche von den Fischen zu den Toten rein und wieder raus, sie wimmeln geradezu um die Becken. Wo sie gerade drin sind, bewegt sich der Tote heftiger zusammen mit ihrem Gezappel.

Ich stelle eine Frage, und der Koi antwortet. Er ist tief in meinem Gehirn, und seine Antwort kommt beinahe wie ein Gedanke.

Nein, sagt er auf meine Frage hin. Nicht, wie du denkst. Sie werden nicht gefressen, sie werden gefüttert.

Die Toten?

Die Fische, die sich um die Becken herum tummeln, kommen mir jetzt, wo ich das weiß, tatsächlich wie Bienen oder Ameisen vor, und die Toten winden sich, große weiße Maden, die in einem riesigen Insektenstock gefüttert werden.

Natürlich. Sie müssen gefüttert werden, sagt der Koi, er ist fast ungehalten, als wäre das selbstverständlich. Jetzt willst du wahrscheinlich wissen, womit, oder?

Sicher will ich das wissen, sage ich.

Das ist gar nicht so leicht zu beantworten. Jedenfalls ist genug da, sagt der Koi.

Wovon ist genug da?

Vom Überfluss. Die Toten bekommen vom Überfluss, sie essen das, was gegeben und vergessen wurde, oder wenn du so willst, was nicht zurückgegeben wurde. Und damit es nicht mehr eingetauscht werden kann, essen es die Toten. Das ist der Überfluss.

Ich verstehe überhaupt nichts. Was soll das sein? Erinnerungen vielleicht?, frage ich.

Ich dachte mir schon, dass du es nicht kapierst, sagt der Koi. Aber ich wollte es dir wenigstens mal zeigen.

Wie geht es dann weiter? Werden sie etwa wiedergeboren?

Unsinn. Nein. Sie lösen sich auf.

Wozu soll das gut sein? Das macht doch keinen Sinn.

Der Koi lacht. Zu überhaupt nichts ist es gut. Es hat keinen Zweck. Es ist einfach so. Du hast doch die Falten gesehen, die sie haben, oder?

Habe ich gesehen, Mama hatte die und Opa auch.

Mit den Falten fängt es an, sagt der Koi. Dann werden sie immer durchsichtiger, und schließlich, wenn sie genug haben, lösen sie sich auf. Werden wieder zu Wasser.

Wasser ist pures H_2O, sage ich. Die können nicht zu H_2O werden.

Jaja. H_2O. Davon rede ich nicht. Ich rede vom Wasser. Woraus bestehe ich, was glaubst du?

Keine Ahnung. So eine Art Geist.

Unterschätz mich nicht, sagt der Koi. Also aus nichts, oder?

Ja, meinetwegen aus nichts.

Genau. Und so werden die Toten zu Wasser, irgendwann. Früher oder später. Dann sind die Becken leer, und frische Tote kommen rein.

Und das geht immer so weiter?

Soviel ich weiß, sagt der Koi. Aber ich weiß auch nicht alles.

Ehe ich noch was sagen kann, kommt eine Welle. Ich schwimme ja an der Oberfläche, das sagte ich schon, glaube ich. Also es kommt eine Strömung, und die zieht mich weg. Eine zornige Strömung, die grob an mir zerrt, als wollte sie mir einen Denkzettel verpassen, und diese Strömung reißt mich aus dem Totenreich hinaus.

SIEBZEHN

Eine Sonderkommission. Wird wohl eine geben, nehme ich an, gibt immer eine Sonderkommission bei so was. Die entschlossenen Männer von der Sonderkommission Stinger also, die waren am Telefon entgegenkommend, psychologisch geschult: Lassen Sie die Verbindung zum Täter nicht abreißen! Hatten Verständnis für meine Wünsche und wollten alles ganz genau wissen. Ich meinerseits konnte mich kurz fassen. Brauchte bloß drei Telefonnummern, die hatten sie dann auch gleich parat, und ich konnte bekannt geben, dass die Sache heute Nacht um ein Uhr ablaufen soll.

Irgendwo auf den Wiesen habe ich telefoniert, weit genug weg von Günthers Wagenburg, dann wieder auf den Roller und ab. Kein Ziel bieten. Ich kann es mir nicht leisten, mich noch länger von denen suchen zu lassen. Wenn die zweite Rakete erst aufgetaucht ist: Erfolg unserer Ermittler! – über das Geld wird man nicht reden, muss man auch nicht –, dann bin ich hoffentlich raus aus dem Spiel, und sie kriegen mich nicht wieder an den Haken.

Die Augen zumachen. Rutsche ein Stück am Baumstamm tiefer. Mein Regiesessel, eine deutsche Eiche. Im Wald. Ist nie wirklich still dort. Schon gar nicht bei Nacht. Die Raupen nämlich. Erst nach einer Weile bin ich draufgekommen, dass es nur die Raupen sein können. Das Geräusch, das sich jedes Mal über mir ausbreitet, wenn drüben gerade kein Auto vorbeisaust auf der Autobahn, die dreihundert Meter weiter hinter den Bäumen entlangläuft. Ich hab bestimmt eine halbe Stunde über dieses Geräusch nachgedacht. Die Pausen zwischen den Autos sind größer geworden mit der fortschreitenden Nacht. Andere Geräusche sind dazugekommen. Ein Käuzchenschrei, eine Maus schafft sich durch das trockene Laub, unglaublich laut ist das. Und dazu raschelt es ohne Unterbrechung, ein

Teppich aus Geräuschen: breit ausgerollt. Hat mich lange beschäftigt, rauszukriegen, was das sein könnte.

Der Plan, den rufe ich in der ersten Zeit noch ein paarmal auf, der sagt: alles in Ordnung. Im Moment ist da eine Art grünes Licht, flimmert auf dem Bildschirm, nichts blinkt. Das System läuft ruhig, gleichmäßig. Aus dem Hintergrund kam mal der Koi vorbei, scheint ebenfalls auf dem Posten zu sein. Ich gehe alles zum zehnten Mal durch.

Du hast denen die drei Abwurfstellen schon mitgeteilt, oder? Vor zwei Stunden? Hast etwa, warte mal, mindestens zwei Minuten lang telefoniert? Zwei Minuten also, ausgezeichnet. Das hat ihnen gereicht, um dich am Rasthof Medenbach anzupeilen. Okay, und dort auf der Raststätte hast du ihnen auch die erste Position für die Tasche mit dem Geld angegeben, hast du doch?

Sicher. Zwischen die letzten Mülleimer sollen sie sie stellen, wo die Einfädelspur beginnt, hab ich gesagt. Eine Stelle zum Anbeißen, oder nicht? Wie geschaffen für eine Großfahndung, für schöne Planspiele mit ausreichend Platz für Polizeifahrzeuge, die zur Verfolgung bereit stehen können.

Ich sitze aber woanders, an Abwurfstelle Nummer zwei nämlich. Nummer drei ist zehn Kilometer von hier entfernt, liegt auch im Wald und ist genauso nichtssagend wie diese hier. Sie könnten mich ruhig hier im Wald hopsnehmen, ich kann noch bis zuletzt so tun, als wollte ich trampen, weil mein Roller stehen geblieben ist, sogar wenn ich meine Angelhülle schon in der Hand habe, in der zur Zeit bloß ein bisschen schmutzige Wäsche ist. Sogar wenn das Geld drin sein sollte, könnte ich noch behaupten, ich wollte trampen, etwa so: Hab ich gerade hier gefunden, hat einer aus dem Auto geschmissen, was, die gehört Ihnen? Na so was, da haben Sie sie wieder. Bitte sehr, schönen Gruß, Richie Salewski mein Name, Langzeitarbeitsloser und deswegen Zweiradenthusiast, heiße außerdem Hase, weiß von rein gar nichts.

Da ist es wieder. Das Knistern. Regenartig. Millionen winzig kleiner Insektenmäuler. Ich hab keine Ahnung, wie es in so einer Raupe aussieht, also anatomisch meine ich, aber die muss ja was im Maul haben, um die Blätter zu zerbeißen und sie anschließend runterzuschlucken, was höchst Wirksames, wenn man sich die abgefressenen Bäume bei Tageslicht ansieht. Kaum ein Blatt ohne Löcher. Habe ich gesehen, als ich vor ein paar Stunden hergekommen bin, die Angelhülle mit meiner Ausrüstung über die Schulter gehängt.

Mein Roller steht da oben an dem alten Schuppen auf der Wiese, an die Bretterwand gelehnt, nicht versteckt, nein. Schön in der Sonne, durchaus sichtbar für ein rumstreifendes Auto. Kam keines.

Meine Idee dafür wäre die gewesen: Die Bullen halten neben mir an, Zivilstreife steigt aus: Wo wollen *Sie* denn angeln? Der Roller kaputt, soso, und in den Wald gehen, um ein bisschen zu schlafen bei der Hitze? Na, zeigen Sie mal Ihren Ausweis. Neben den Typen stehen bleiben. Sie blöd und trotzig anstieren, während sie ihres Amtes walten. Richie Salewski, nix weiter ausgefressen, nur ein lästiges Glied der Gesellschaft; und was ich dann am liebsten hören würde: Machen Sie sich mal vom Acker, wir haben hier 'ne Großfahndung. War aber nicht. Nicht mal eine Kuh stand auf den Feldern, und ich stapfte bei bestem Wetter unbehelligt in den Wald hier rein.

Während ich dem Knistern in den Blättern zuhöre, sehe ich mir die Angelhülle auf dem Waldboden an, noch fest zusammengerollt. Wenn ich heute Nacht zum Roller zurückgehe, ist die Hülle vollgestopft mit Geldscheinen. Die leere Reisetasche von den Bullen liegt dann im Wald.

Das wird die eigentlich heiße Phase, meldet sich der Koi gerade wieder. Diesmal ist er konzentriert, redet langsam, dicht an meinem Ohr, er meint es gut mit mir, will er mir vermitteln, merke ich genau. Pass auf, noch einmal, flüstert er: Bis zu deiner Höhle am Fluss sind es von hier aus fünf Kilometer, alles Landstraße, Feldwege. Zehn, höchstens fünfzehn Minuten. Das ist die Zeit, die wirklich gefährlich ist. Du fährst langsam, bist eben müde und so, kommst vom Nachtangeln. Bei der Höhle an der Uferböschung nimmst du dir die Zeit und legst die alte Angel am Ufer aus, knickst ein Licht an. Das machst du, falls sie hinter dir her sind, dich gesehen haben. Damit du erklären kannst, was du da tust. Wenn nichts passiert, zehn Minuten lang, gehst du zur Höhle hoch, schiebst die Hülle rein. Ziehst das Reisig davor und haust ab. Das ist die halbe Stunde, in der du volles Risiko hast, nur so lange. Vorher und nachher bist du in Sicherheit. Danach, auf dem Weg zur blauen Adria hältst du irgendwo an, schaltest dein Handy ein und erzählst in alle Ruhe der Polizei, wo sie die Rakete aus dem Fluss fischen können. Danach schmeißt du das Handy in die Hecken. Und dann, der Koi kriegt einen breiten Mund vom Lächeln, dann bist du aus dem Spiel raus. Nur noch ein paar Stunden schlafen musst du danach, um den Kopf klarzubekommen. Bei Günther in seiner Wagenburg.

Es ist warm. Ich schwebe über den Feldern, um mich herum flickert das Licht der Städte, bewegt sich wie ein Riesenschwarm Heringe auf einer Sandbank entlang, lebendiger Schaum, den die Erde abgesondert hat. Ein paar Flugzeuge schwimmen auf großer Fahrt über mich weg, blinken rot und weiß. Kein Mensch hier unterwegs zwischen den Dörfern um diese Zeit in der finstersten Nacht, und ich bin schön trocken diesmal und leicht. So leicht war mir noch nie, glaube ich, muss aufpassen, dass ich die Bodenhaftung auf meinem Roller behalte. Der Motor sägt zuverlässig wie eine Hummel, und ich summe mit. Ein Schlagloch ab und zu, haut mir eins drauf. »This will be a good day«, singt Dianne Reeves, oder war sie das nicht? Ist noch gar nicht so lange her, da hab ich das Lied gehört, und jetzt ist es da, quillt aus einer der Wundertüten raus, die es in meinem Gehirn gibt, so frisch und klar, als käm's gerade im Radio. Mit harten Gitarrenriffs, die, bäng und bäng, unter ihrer Stimme entlangzocken, wie man Spielkarten auf den Tisch haut, wenn man gerade am Gewinnen ist, und sie stolpert drüber weg mit solchen Kieksern immer, hey, und dann mach ich mir 'n Kaffee, singt sie, hey, und die Vögel zwitschern in den Bäumen, hey, und dann les ich Zeitung, also alles auf Englisch natürlich. Fängt schon wieder an zu verschwimmen, meine Wundertüten sind immer ganz schnell leer, aber: This day, das weiß ich ganz sicher, this day will be a good day. Mit einer Million Euro, Mann. In der Tasche.

Musste mich die ganze Zeit bremsen, um nicht gleich anzurufen. Nachdem ich die vollgestopfte Angelhülle in das Erdloch geschoben hatte, drauf auf den Roller und ab – ich hab's kaum noch ausgehalten. Aber Vorsicht ist die Mutter aller Fische, und deshalb hab ich gewartet bis jetzt, bis kurz vor dem Damm, bevor es rübergeht in die Rheinauen. Jetzt stehe ich am Pumpwerk neben meinem Roller und hab gerade die Nummer eingetippt. Höre auf das Piepen, und da, da ist er. Heiserer Knödelton, Achtung! Ermittler im Einsatz. Ich sage meinen Spruch. Er will schon mal dazwischengehen, aber nein. Erst meinen Spruch zu Ende anhören, mein Lieber.

»Rausfischen. Ja, genau: Rausfischen.«

Einen Moment, sagt er, wir brauchen noch 'nen Augenblick. Alles Quatsch das Gebrabbel, wollen nur Zeit gewinnen, um mich anzupeilen, ich sage also:

»Hören Sie einfach zu. Es hat geklappt für Sie. Sie können die Rakete aus dem Main fischen, da liegt sie nämlich drin. In einen schwarzen Müllsack eingepackt, der ist mit einem Draht am Ufer festgemacht kurz vor dem Kelsterbacher Stadtwald, wo die Halbinsel im Fluss ist. Alte Weide, steht einzeln. Linkes Mainufer. Okay? Petri Heil.«

Aus-Knopf drücken. Und Tschüss. Das Handy fliegt in die Hecke. Auf den Roller und weiter, aber gemütlich jetzt. Durch die Schlaglöcher auf dem Damm in den Steigbügeln stehen wie einer von den Marlboro-Cowboys, wenn sie die Rinder so durchs Gegenlicht hetzen im Kino. Nächtlicher Ritt. »Riders in the storm«. Wie war das noch mal: »Let your children play«? Macht eigentlich keinen Sinn, der Text ging sicher anders, diese Wundertüte ist im Moment grade nicht verfügbar. Sollen alle Lungenkrebs gekriegt haben, die Cowboys. Verklagen jetzt vermutlich gemeinsam den Marlboro-Konzern auf Schadensersatz, ein Staranwalt drauf angesetzt, der schlägt 'ne lebenslange Riesenrente für alle raus oder wenigstens ein gemeinsames Mausoleum mit einem Riesenstetson obendrauf in der Wüste von Arizona.

Hinter dem Damm. Gas geben und über den Sandweg brausen. Arme alte Kiste mit deinem Zweitaktgejammer, du weißt noch gar nicht, dass deine Kilometer gezählt sind. Eine Harley oder vielleicht sogar eine alte handpolierte Vincent wird dich bald ablösen.

Durch die Rheinauen. Die Luft scheint zu dampfen hier, Flussgeister ducken sich hinter den Hecken, Rheintöchter und Söhne, gibt's dazu nicht auch Musik? Und einen Goldschatz im Fluss, soweit ich mich erinnere. Flüsse eben. Flüsse haben's in sich. Nur mit dem Rhein hier, der hinter dem ganzen Gebüsch vor sich hin dümpelt, hab ich nicht so viel Erfahrung. Ab und zu schnattert es im Gebüsch, da hab ich ein paar Enten gestört.

Mir ist viel zu warm, ich knöpfe die Jacke auf. Die stillgelegten Campingplätze in der Hochwasserzone hab ich bereits hinter mir. Säuft ja alles ab demnächst, Holland zuerst und dann die halbe Südsee. Muss ich vorher dringend noch hin. Ich lache vor mich hin wie ein Irrer und sage mir: Langsam, langsam. Eins nach dem anderen.

Hier bei den Weiden durch den Wald links ab: Die Zufahrt zu Herberts Naherholungsgebiet. Den letzten der flachen Hügel hochknören, von dem aus kann man schon die blaue Adria sehen: Kommt jetzt über die Graskante, rechts vom Feldweg, auf dem der Scheinwerfer tanzt. Drüben im Finstern die dünne Glühbirnengirlande vor Herberts Kneipe, eine Reihe blassbunter Smarties, dahinter die trüben Lämpchen der Camper, besoffene Glühwürmchen, in die Kuhle reingestreut, weiter hinten der schwarze Rhein.

Wie ich gerade den Sandhügel wieder runtertuckere, kriegen sie mich. Es geht ganz schnell, ohne Vorwarnung. Ich kann überhaupt nichts mehr dagegen machen. Müssen hinter den Hecken auf mich gewartet haben. Der BMW, habe ich natürlich erst später gesehen, dass es ein BMW war, kommt von hinten ran, den Motor ganz hochgejagt, die Reifen drehen durch im Sand. Kommt rechts an mir vorbei wie ein angreifender Hai mit zwei Rädern oben auf der Böschung und drängt mich vom Weg runter in den tiefen Dreck. Im Fliegen ziehe ich die Beine an, um sie freizukriegen. Der Roller knallt hin, ich lande auf dem Boden, bei jedem Purzelbaum Richtung Hecken bautzt mein Helm auf den Boden.

Ein Fußtritt dreht mich um, als ich gerade auf dem Bauch zum Liegen gekommen bin. Sind hinter mir hergerannt, die Typen, müssen sofort aus dem Wagen gesprungen sein. Zwei Gesichter rutschen in mein viereckiges Blickfeld im Helmvisier, weiße Flecken bloß. Sie zerren mich hoch. Meine Beine gehorchen, denen, nicht mir. Sie stoßen mich durch die Hecken rüber zum Wagen.

Dort drin sitzen vorn noch zwei, zusammen vier, rechne ich automatisch, noch ganz benommen. Meine Karten stehen schlecht diesmal, sehr schlecht. Ich hab eigentlich noch keine Angst in dem Moment, mir wird nur klar, dass sie es gewusst haben müssen, dass ich zu Günther gegangen bin nämlich. Ich muss mal wieder was Wichtiges vergessen haben. Ötün: Klar. Sie haben es von Ötün. Bestimmt hab ich ihm irgendwann von der blauen Adria erzählt.

Nützt jetzt nichts. Ich bin nicht mehr am Zug. In meinem Hirn ist eine Menge los, ich könnte für drei denken, verschiedene Erkenntnisse haben nebeneinander Platz, glasklar alles, aber ich kann nichts weiter erkennen, als dass ich bis zum Hals in der Scheiße sitze.

Die Wagentüren stehen offen. Ein BMW, das sagte ich glaube ich schon, dunkelblau. Einer bleibt hinter mir, hält mich fest, der andere steigt drüben ein, denken an alles. Halten mich für mutiger, als ich bin. Stoßen mich in den Wagen, nehmen mich in die Mitte zwischen sich, die Türen schlagen zu.

Dunkel hier drin. Der links neben mir schlägt mit der Faust auf meinen Helm, erst beim zweiten Hieb kapiere ich: Helm ausziehen. Nicht maskiert, die beiden. Ich streife sie bloß mal mit einem Blick, und ihre Gesichter kommen mir vollkommen unverdächtig vor. Die sehen aus, als wären sie gerade bei Opel aus dem Werkstor marschiert. Ein schlechtes Zeichen, dass sie sich nicht die Mühe gemacht haben, die Schlauchhaube überzuziehen, sehr schlecht sogar, sagt irgendwer in meinem Oberstübchen. Womöglich der Koi, der knabbert wahrscheinlich gerade ein paar Wasserpflanzen und macht sich's in seinem Becken gemütlich. Sieht sich an, wie die Sache jetzt weiter geht, wie in einem Boxkampf: Achtung, meine Damen und Herren, die letzte Runde. Sehen Sie sich an, wie der Champion gleich dem armen Schwein den Rest gibt. Vorher noch ein paar Cracker holen und ein Bier.

»Du bist der mit dem Gartenhaus«, sagt der links von mir. Eine Stimme wie ein Reibeisen. Ich werfe einen Blick rüber. Verkohlte Augen und unrasiert wie Sandpapier. Der Akzent französisch, komischerweise. Ich möchte jetzt nichts Falsches sagen, also halte ich den Mund. Der andere redet nicht, drückt mir dafür was Hartes an die Rippen, wird eine Pistole sein, ist ja überzeugend genug. Vorn neben dem Fahrer sitzt einer mit weißem Kopfverband. Schon bevor er sich umdreht, weiß ich, wer das ist. Wem das Auge gehört, das der Verband freilässt und das mich jetzt für einen Moment ansieht wie eine Gewehrmündung. Das Auge, in dem der Blitz sich gespiegelt hat, als ich zugeschlagen habe.

Jetzt erst kommt die Angst. Meine Lunge fühlt sich an wie ein Kloß gekochter Spaghetti. Die Luft will nicht so richtig rein, das Herz flattert, hat sich in einen kleinen Goldfisch verwandelt, der stößt hin und her in seinem Transportbeutel, kann nicht raus. Der Wagen steht noch immer auf dem Feldweg, Motor läuft.

»Richie. Der Gärtner.« Stellt der links von mir noch mal fest, mit Reibeisenton. An meinem Handgelenk spüre ich seine Klauen. Will er mir jetzt Handschellen anlegen? Die drei anderen sagen kein Wort, man muss annehmen, sie sind einverstanden mit dem, was Reibeisenstimme von sich gibt.

»Du weißt, was wir von dir wollen, ja?«

Wie er das sagt, stößt neben meinem Knie was Kühles, Scharfkantiges an meine Hand, die hat der Typ noch immer gepackt. Ich will sie wegziehen, aber der hält mich fest wie eine Schraubzwinge, lacht leise vor sich hin. Gleichzeitig stößt mir der andere die Pistole fester in die Rippen, und Reibeisenstimme hält das kantige Ding hoch, direkt vor meine Nase. Eine Gartenschere, kräftig und stabil. So was benutzt man zum Rosenschneiden, glaube ich.

»Pass auf, Gärtner.«

Ein Kugelschreiber taucht neben der Schere auf, wird zwischen die kräftigen Blätter gesteckt, einen spannenden Moment lang dazwischen festgeklemmt, kleines privates Puppentheater für mich: Der Kuli und die Gartenschere, wie geht das wohl aus? Und knack! Ist er ab.

»Noch zehn Finger zum Gärtnern, Richie«, sagt Reibeisenstimme. Nach einer bedeutsamen Pause leise und sehr rau: »Noch.«

Die Schere taucht wieder ab, verschwindet aus meinem Blickfeld. Dann machen sie das Radio an und stellen es auf volle Lautstärke, so jammernde Türkenmusik, kenne ich von Ötün.

Was danach kommt, möchte ich eigentlich nicht gern erzählen, aber es passiert. Es passiert wirklich. Ich weiß nicht genau, wann ich mit dem Schreien angefangen habe, aber vorher habe ich ihnen bereits alles erzählt. Sie sagen nichts dazu, kein Wort, obwohl ich ihnen ein paarmal haarklein beschreibe, wo die Rakete liegt und dass sie sie jetzt kriegen können, jetzt sofort, und dass ich das alles beschwören kann. Sie lassen sich gar nicht darauf ein. Der Typ, der hier das Sagen hat, Reibeisenstimme eben, hält weiter mein Handgelenk gepackt, wickelt eine Schnur um meinen kleinen Finger, zieht sie fest zusammen.

Und dann.

Sofort tut es weh, wahnsinnig weh tut es. Mein Gezappel hilft überhaupt nichts, mein Geschrei auch nicht, sie johlen laut, zusammen mit der dämlichen Musik, als hätten sie eine Menge Spaß miteinander hier im stehenden Auto, das in den Federn dabei wackelt, ‘ne richtige kleine Party ziehen sie ab.

Dann fahren sie los. Die Tränen laufen mir übers Gesicht runter, ich muss laut schluchzen, nicht nur weil es unglaublich weh tut, das würde mir schon reichen, sondern weil ich daran denken muss, was noch kommt und zwar sehr bald. Mir wird schwarz vor Augen, ich sacke ab.

Und wache wieder auf, weil mir einer mit der flachen Hand ins Gesicht schlägt, Reibeisenstimme ist es, er sagt, ich solle hier nicht einpennen, ich hätte ja wohl gemerkt, wie schnell man einen Finger einbüßen kann, und es wären noch genügend Finger da.

Ich wimmere vor mich hin, während sie durch die Dörfer fahren. In zwanzig Minuten, vielleicht schon früher, sind wir am Ziel. Meinen Fingerstumpf haben sie in ein Tuch gewickelt, die Schnur fest zugezogen. Weil sie kein Blut auf ihren Hosen haben wollen wahrscheinlich. Der kleine Finger fühlt sich vom Endglied an – und das ist ja gar nicht mehr da –, also er fühlt sich an wie ein Schlauchboot, vollgepumpt mit Schmerzen. Aber mein Gehirn funktioniert tadellos, ich kann immer noch glasklar denken, und ich sehe deutlich vor mir, dass mir nicht mal eine halbe Stunde zum Leben bleibt, denn dann haben sie die Rakete. Die Musik jammert weiter, der Wagen fährt schnell, geht über ein paar Bodenwellen, die schicken Schmerzstöße in meinen Arm hoch bis zur Schulter.

Jetzt durch Rüsselsheim, noch ein paar Kilometer, bevor es runtergeht zum Main. Die junge Amsel fällt mir blöderweise ein, die ich vor ein paar Wochen wieder ins Nest gesteckt habe, nachdem sie rausgefallen war. Hinter Opas Häuschen war nämlich ein Amselnest, sind ja immer da, die Amseln, haben dauernd Junge, zweimal im Jahr, wenn's sein muss. Na ja, und die kleine Amsel piepste am Boden rum, die Geschwister machten Lärm oben im Nest, wurden gerade mal wieder gefüttert von der gestressten Mutter, rissen ihr den Wurm aus dem Schnabel, und das eine, das rausgefallen war, machte den Hals lang, guckte nach oben mit seinen Knopfaugen. Wie die Mutter weg war, hab ich's wieder reingesetzt ins Nest, ich kann da nicht so sein. Aber zwei Tage später hing es im Gestrüpp unter dem

Nest, die Fliegen waren bereits dran. Ich hab's erst gefunden, als ich nachsehen wollte, was da im Garten so stinkt. Die Geschwister hatten es wieder rausgeschmissen. Kennen da nichts, bleibt dann mehr für sie übrig. Da können auch die alten Amseln nichts machen, die Geschwister regeln das unter sich. Der Schwächste fliegt eben raus. Kam auf den Komposthaufen, der Vogel, paar Zweige drüber. So was läuft ständig ab im Garten. Merkt man nur, wenn man drauf achtet, wie brutal die Viecher miteinander umgehen. Aber wer achtet da schon drauf.

Wie kann sich ein kleiner Finger so groß anfühlen wie eine Luftmatratze? Jeden Herzschlag kann ich drin spüren. Für die anderen kleinen Amseln kommt die Stunde der Wahrheit, wenn sie anfangen zu fliegen. Die Katzen stromern dann gern durch den Garten. Sind noch nicht sehr geschickt, die jungen Amseln, die Katze kriegt sie in der Luft. Den Amseln ist das egal. Die wissen nicht, was auf sie zukommt. Ich schon, dummerweise. Lenkt mich auch nicht wirklich ab, was ich mir so nebenbei überlege.

Der Wagen schießt weiter durch dunkle Straßen, Fassaden flitzen vorbei drüben auf der anderen Flussseite, mit Fenstern drin, hinter denen schlafen Leute, sehen fern, nehmen 'ne Kopfwehtablette machen sich Sorgen um irgendwas. Auch Lara. Lara. Wenn sie nicht wieder mit irgendeinem Typen unterwegs ist, auf Service. Scheiße. Die wird gar nichts davon mitkriegen, wenn ich nicht mehr auftauche. Vermissen wird sie mich vermutlich ohnehin nicht. Und Günther auch nicht, vielleicht fällt's ihm in zwei Jahren auf, wenn ich nicht mehr gekommen bin, falls sein Gehirn dann noch eine Zeitvorstellung zustande bringt. Horst wird seine Wäsche irgendwie gewaschen kriegen, da habe ich keine Sorge. Der würde auch nicht zu meiner Beerdigung kommen, falls es eine gäbe. Na ja, wenn sie meine Leiche finden, hat er wieder was zum Angeben. Hab ich gekannt, den Typ, hat mal für mich gejobbt, wird er vielleicht sagen und mit den Achseln zucken. Hat sich verkalkuliert, der gute Richie, war immer bisschen matschig in der Birne. Oder so ähnlich.

Und der verdammte Koi. Lässt sich nicht sehen. Vielleicht ist es ja genau das, was er die ganze Zeit wollte: Mich da reinreiten und krepieren sehen. Das, was ihm wirklich Spaß macht. Und wenn er zu Ende geguckt hat, sucht er sich das nächste Spielzeug, das er ruinieren kann.

Der Fluss. Wir sind da. Hat vermutlich keinen Sinn Zeit zu schinden, wüsste auch gar nicht, wie. Wir fahren langsam den Feldweg entlang, zum Ufer runter, wie ich es angegeben habe. Zur Sicherheit erzähle ich jetzt den Typen alles noch einmal, wo die Stinger festgemacht ist und so weiter, das verdammte Schluchzen in meiner Stimme kriege ich dabei nicht weg. Denen ist das egal. Schweigen, gucken mich nicht mal an, während ich vor mich hin quassel. Sind jetzt scharf auf die Rakete und darauf, die Sache zu Ende zu bringen. Überlegen vermutlich, ob sie mich gleich in den Fluss schmeißen sollen oder meine Leiche noch ein Stück mitnehmen, um sie woanders in irgendeinen Graben zu kippen. Ich rede so lange, bis sie mir sagen, ich soll den Mund halten. Sie wüssten es jetzt.

Natürlich gucke ich mir die Augen aus, ob ich da unten am Fluss irgendwas erkennen kann. Ob die Polizei vielleicht schon da ist, das Ufer abgesperrt hat, Blaulicht, Mannschaftswagen, Taucher womöglich. Legen sich ja immer richtig ins Zeug bei so was. Das würde mir gar nichts helfen, die Typen würden wenden, abhauen und mich gleich im Auto oder an der nächsten Ecke erschießen.

Aber nichts, nur Dunkelheit. Die Weiden am Ufer, der Wind spielt ein bisschen mit den Blättern, dahinter glitzert der Fluss. Liegt in seinem Bett, gleichgültig, ich bin ihm egal. Sie halten an. Türen auf, zerren mich raus. Die beiden vorn bleiben sitzen. Es geht die Böschung hinunter. Ich stolpere mit. Reibeisenstimme hat meinen Arm gepackt. Mein Finger, ach mein Finger! Am Ufer hohes, feuchtes Gras, viel Springkraut dabei, das riecht, wie immer, streng nach Dschungel und schnellem Sex. Er zieht mich durch, runter zum Wasser, die Samenkapseln platzen massenweise und überschütten uns mit dem Zeug, das drin ist, es regnet körnig, als wenn man Reis auf 'ne Hochzeitsgesellschaft schmeißt: Meine Hochzeit mit Gevatter Tod. Immer wieder sage ich es leise vor mich hin. Dass die Rakete gleich hier ist, gleich hier im Wasser. Ich will nicht noch einen Finger einbüßen, bevor ich sterbe. Da, einen Meter vom Ufer weg, der Draht hängt unter Wasser an der Wurzel von der Weide, dieser Baum, der dicke da, der ist es.

Zu dritt rein in den Fluss, ich voran, okay, okay. Halte meine Hand mit dem Finger hoch, damit keiner dranstößt. Der Main wird rasch tief hier, hat ordentlich Strömung. Rutsche mit meinen Turnschuhen auf den runden glitschigen Kieseln, das Wasser am Ufer ist noch ziemlich warm. Oben an der Böschung stechen die Scheinwerfer vom Auto ins Gras, die haben sie angelassen. Der Fluss, in dem ich stehe, ist laut geworden, plätschert eilig, hat noch was vor auf seinem weiten Weg, zieht kräftig an meinen nassen Hosenbeinen. Da drin werde ich vermutlich gleich landen mit einem kleinen Loch im Kopf, wenn sie den Sack rausgezogen haben. Noch zwei Minuten vielleicht. Mein Finger klopft wie ein Schmiedehammer, ich klemme die eingewickelte Hand vorsichtig gegen die Brust, wie ich mich runterbeuge und nach dem Draht im Wasser taste. Da ist er.

Will ihn herziehen, den Müllsack, er kommt langsam gegen die Strömung ran. Großer schwarzer Fisch. Ist aber schwer, zu schwer mit einer Hand. Der Typ neben mir stößt mich zur Seite, reißt mir den Draht aus der Hand. Ich rutsche auf den glitschigen Kieseln aus, falle mit Geklatsche ins Wasser, muss mich mit der gesunden Hand abstützen, versuche, mich im Sitzen wieder aufzurichten. Das geht nicht so richtig, fast zieht mich die Strömung weg, das Wasser schießt in meine Hose rein, spült mir um die Hüften. Sitzen bleiben, egal. Gleich ist es aus.

Da höre ich ein Flugzeug kommen. Die Luft fängt an zu brausen, die Bugwelle aus Lärm kommt näher. Fliegt ziemlich niedrig, ich dreh den Kopf hoch, die Bordlichter blinken, der fliegt die Mainlinie lang, um sich zu orientieren. Das Letzte, was ich sehen werde, vermutlich, denn jetzt ist es so gut wie vorbei.

Sie haben gerade das Ding rausgezerrt, stehen am Ufer und reißen den Müllsack auf, pellen ihn von der Rakete ab. Reden hastig miteinander, unverständliches Zeug, wahrscheinlich überlegen sie, was sie mit mir tun sollen. Hoffentlich geht es schnell. Bloß schnell und dann vorbei. Ich mache die Augen zu. Irgendwo schreit ein Käuzchen, komisch, dass ich das in meinem Zustand und im Lärm, den der Flieger über uns jetzt macht, so genau hören kann.

Ohne dass ich es will, gehen meine Augen doch noch mal auf, und ich sehe rüber. Meine Augen machen nicht so richtig mit, sind ziemlich nass, ich kneife sie zusammen. Einer von den beiden geht gerade in den Fluss rein, kommt auf mich zu. Ist es Reibeisenstimme oder der andere? Ich bin starr, wie aus Eis, überlege, ob ich die Augen jetzt wieder zumachen soll, weil ich ihm nicht dabei zusehen möchte, wie er mich erschießt. Mach sie zu, sage ich zu mir, aber auch das funktioniert nicht mehr. Ich sitze einfach im Wasser und warte auf die Kugel.

Da wird alles mit einem Schlag weiß um uns. Eine grellweiße Wolke explodiert, macht aus dem Typ mit der Rakete drüben am Ufer eine Marmorstatue, er steht da wie ein Kriegerdenkmal. Der im Fluss vor mir, Reibeisenstimme ist es, dreht sich um, Zeitlupe. Für zwei Sekunden. In den zwei Sekunden fängt eine Stimme zu sprechen an, in Stadionlautstärke. Sie sollen sofort die Waffen fallen lassen und aufgeben, komisch: genau wie im Fernsehen immer. Die beiden Typen denken nicht daran. Es kracht gleich ein paarmal, genau gesagt: dreimal.

Die ersten beiden Schüsse, das ist Reibeisenstimme. Er schießt zweimal Richtung Scheinwerfer, ich sehe die Pistole jedes Mal hochschnellen, die Hülsen rausfliegen. Gleich danach reißt es ihn rum, er taumelt, das ist der dritte Schuss. Das Flugzeug donnert genau über uns weg. Exakt in dem Moment springt ein großer Fisch draußen aus dem Fluss, klatscht zurück aufs

Wasser. Der Koi! Mein Gehirn löst die Bremsen, ich schwöre, das war der Koi.

Ich rolle mich ins Wasser, stoße mich mit den Beinen weiter in den Fluss raus, wo es tiefer wird. Kann in der Drehung noch sehen, wie Reibeisenstimme sich fängt, fünf Meter entfernt, er ist auf den Beinen geblieben, wieder ins Scheinwerferlicht gerät und einen zweiten Schuss abkriegt, der haut ihn ins Wasser. Im Liegen dreht er sich, das Gesicht ganz verzerrt, und die Pistole schwankt dicht über dem Wasser in meine Richtung. Ich tauche unter, einen Meter Platz habe ich. Will mich nicht entkommen lassen, ich soll auch dran glauben! Neben meinem rechten Ellbogen ein Surren, geht an mir vorbei durchs Wasser und ist sofort wieder weg: die Kugel.

Tiefer tauchen, unter Wasser bleiben! Der Fluss nimmt mich an, kalt, aber weit offen, ich schwimme in langen Zügen raus zur Mitte, mein kleiner Finger wird zur Wunderkerze, hinterlässt einen Funkenregen aus Schmerz im Wasser.

Wie ich wieder hochkomme, zehn Meter weiter draußen auf dem Fluss, sehe ich den Kerl nicht mehr. Am Ufer aber jetzt ein Riesendurcheinander aus fingernden Scheinwerfern, Leute laufen über die Wiese auf den Typ mit der Rakete zu, der kniet am Boden, hat die Stinger im Anschlag auf der Schulter. Das Flugzeug da oben ist jetzt vielleicht dreihundert Meter weiter weg, noch immer riesengroß mit seinen blinkenden Lichtern über dem dunklen Fluss, und ich sehe plötzlich einen roten Strich, der von dem Mann, der noch im Gras kniet ausgeht. Roter Strich. Die Szene friert vor mir ein. Augen zukneifen, ich tauche sofort wieder ab, tief unter die Oberfläche. Am liebsten nie mehr hochkommen an die Oberfläche, wo sich jetzt ein Blitz über mir entfaltet. Das Riesenfeuerwerk.

Unter Wasser nur leises Gurgeln und das Ziehen der Strömung. Die Luft anhalten! So lange ich kann. Dunkel und kalt hier unten, mein Finger hämmert, die Funkenspur aus Schmerz. Meine wassergefüllten Klamotten zerren mich runter. Die Leute im Flieger. Saßen eben noch nebeneinander, tranken Kaffee, sehen die Lichter von Kelsterbach unter sich, das dunkle Band vom Main dazwischen, alle schon angeschnallt für die Landung, denken schon daran, was sie gleich machen werden in Frankfurt. Und da fliegt das Triebwerk auseinander, die Piloten haben gar keine Zeit mehr zu reagieren, weil es den ganzen Flügel wegreißen wird, wenn der Sprit sich entzündet, und das Flugzeug geht in einer Wolke aus Feuer wie ein Stein runter. Dauert vielleicht so lang, wie man den ersten Schrei ausstoßen kann, schon zum zweiten Luftholen bleibt keine Zeit, dann ist Finsternis. Wie hier unten. Ich muss wieder hoch. Bin schließlich kein Fisch.

Den Kopf aus dem Wasser, der erste Blick mainabwärts, wo das Feuer sein muss, Trümmer von dem Flugzeug runtersegeln. Aber nichts. Überhaupt nichts. Ich treibe, kann Positionslichter ausmachen, die blinken noch immer auf, rot und weiß, rot und weiß, pulsieren gleichmäßig, weit weg schon. Begreife es nicht, auch dann noch nicht, als mir leichter wird, immer leichter, weil mein Verstand mir sagt: Das ist der Flieger, es kann kein anderer sein. Die Rakete hat versagt, hat das Wasser nicht vertragen, weiß der Himmel, ist auch egal! Und ich treibe weiter den Fluss runter, schaukle auf den Wellen, drehe mich im Wasser und sehe den ganzen Auflauf dort am linken Ufer, liegt inzwischen schon hundertfünfzig Meter hinter mir. Alles jetzt im Flutlicht wie ein Fußballstadion. Der BMW steht noch immer da, Scheinwerfer an, eine Traube Leute drum in Uniform, die Aliens vom SEK wuseln dazwischen mit ihren Helmen und Westen. Ein paar Tragen stehen rum. Zwei Krankenwagen schaukeln den Weg runter. Langsam pulsierendes Blaulicht überall. Keiner kümmert sich um Richie. Die haben ihre Beute, suchen nicht mehr weiter.

Ich lasse mich jetzt einfach treiben, das halte ich gut aus hier drin, die Kälte ist zu ertragen. Irgendwo das Klopfen von einem Hubschrauber am Nachthimmel, aber ein gutes Stück weg, nicht über mir. Dem Fluss ist das gleich. Der trägt mich weiter und weiter, plätschert dabei versonnen, pflückt sich die Sterne vom Himmel, legt sie zum Schmelzen in kleine Wellen rein, da fließen sie auseinander wie Zitroneneis.

Ich hab ständig das Gefühl, ein großer Fisch schwimmt mit mir im Wasser, nicht weit weg. Spüre seinen Flossenschlag und weiß natürlich, wer das ist. Auf alle Fälle im Wasser bleiben, so lange es geht. Der Mond zwischen den Weiden am Ufer, treibt mit mir um die Wette, guckt immer wieder durch die Zweige, ob ich noch da bin. Bin ich, möchte ich am liebsten laut zu ihm sagen, bin ich allerdings.

Bist du, sagt eine Stimme neben mir im Wasser. Du bist noch da, nur ein Stück Finger fehlt dir, und zur blauen Adria kommst du schon irgendwie zurück. Du bleibst jetzt im Wasser, so lange du kannst, wenn es sein muss, schwimmst du bis zur Opelbrücke. Du wirst schon einen Platz finden, wo du dein Zeug trocknen kannst. Wo die alte Angelhülle ist, weißt du ja. Glaube kaum, dass die so schnell einer findet, und auf der blauen Adria bei Günther ist immer noch ein Platz frei für dich.

ACHTZEHN

Ich hab übrigens was Merkwürdiges geträumt, als ich einige Zeit später und ein gutes Stück weiter weg in einem richtigen Bett lag. In dem Flugzeug überm Fluss, da saß mein Vater. Sah mir nicht besonders ähnlich, dunkler Typ, um die Mitte dick geworden, verschwiemeltes Gesicht. Ich kenne ja nur ein einziges Foto von ihm, da war er Mitte zwanzig. Er sah so aus wie auf dem Foto, nur in die Breite gegangen und ausgeleiert, wie man das ist mit Ende fünfzig. Aggressiv wie ein Bullterrier, den Vorwurf im Gesicht, dass das Leben nicht nett zu einem war, den haben ja die meisten in dem Alter.

Und ich träume, der sitzt im Flugzeug, schon angeschnallt für die Landung, über ihm im Gepäckfach sein Hartschalenkoffer. War auf Montage irgendwo in Afrika, ist ja Schlosser gewesen, da schweißt er vielleicht Anlagen zusammen, die danach Jahre vor sich hin rosten, und er muss ständig diese Flüge machen, in billigen Hotels übernachten, abends an der Bar hocken und mit aidsverseuchten Nutten Tequila saufen. Und da sitzt er jetzt im Flieger, will nach Hause, wo das ist, keine Ahnung. Hält 'nen Pappbecher in der Hand und wartet total verpennt auf die Landung, hat nicht den geringsten Schimmer, dass dreihundert Meter unter ihm einer die Stinger auf die Lichter seines Flugzeugs richtet. Vielleicht denkt mein Vater gerade an die letzte Nacht in, sagen wir, Dakar, an das Hotelzimmer, in das er sich 'ne Hure hat kommen lassen, das macht er nämlich immer vor dem Abflug, womöglich hilft es aber nicht richtig gegen die Stimmung, in der er ist, jedenfalls trinkt er gerade noch 'nen Schluck von seinem Kaffee, und seine Gedanken rasen in Lichtgeschwindigkeit, wie nur Gedanken das können, von dem Hotel in Dakar oder wo immer in Afrika nach Deutschland und nach Frankfurt, wo er jetzt gleich landen wird.

Da, im gleichen Moment in dem die Gedanken von meinem Alten auf die Reise gehen, drückt der Typ unten am Mainufer auf den Knopf, hat schon eine Kugel in der Schulter, drückt trotzdem auf den Auslöser, und die Gedanken von meinem Vater machen jetzt, natürlich ohne dass er es weiß, einen Wettlauf mit der Rakete, die ja auch ziemlich schnell ist. Meinem Vater fällt nämlich innerhalb von circa drei Zehntelsekunden ein, dass er in Deutschland, hier wo er gleich landen wird, dass er hier einen Sohn hat, der jetzt Anfang dreißig sein muss. Mein Alter denkt an mich.

Doch, das tut er – ich weiß, dass es Blödsinn ist, sich das zusammenzureimen, aber erstens habe ich es geträumt, und zweitens: Es würde keinen Sinn machen sonst. Dass die Rakete das Flugzeug verfehlt hat. Das würde keinen Sinn machen. In meinem Alten ist also dieser Gedanke jetzt da, formiert sich irgendwo in seinen Hirnzellen wie ein Computerbild, langsamer als sonst, weil er so tranig ist, aber immer noch schnell genug, also drei statt zwei Zehntelsekunden, gleichzeitig mit der Beschleunigung der Stinger, die dabei ist, sich auf tausend Stundenkilometer zu steigern und in drei Sekunden in das Triebwerk einschlagen wird.

Was macht der jetzt wohl so, denkt mein Alter, wie sieht der überhaupt aus, geht's ihm gut? Kann man alles ziemlich schnell denken, vorausgesetzt, es ist gar kein richtiger Gedanke, sondern noch so eine Art Gefühl. Ein Gefühl, denn den Gedanken, den würde er wahrscheinlich gleich wieder abstoppen. Wozu an einen Sohn denken, mit dem man nichts am Hut hat, aber das Gefühl, das steigt ja weiter an, unten im Hirn, im Betriebssystem, wo es noch keine Zeit gibt, bloß minielektrisches Flackern von Synapsen, und mein Alter begreift, in diesem Moment vielleicht zum ersten Mal richtig, dass er mich nie gesehen hat. Weil er gerade noch müde ist, ungeschützt, weil keiner sein muffeliges Gesicht sehen kann, weil er schlechten, bitteren Kaffee aus der Thermoskanne im Mund hat.

In diesem Augenblick, in dem er das begreift, bevor er noch was vernünftig Abschätziges dagegen denken kann, da schwebt er ganz dicht über dem Tod. In diesem Augenblick, der groß ist, die Stinger vielleicht fünfzig Meter hinter ihm. Groß muss der Augenblick sein, sonst wäre der Sinn verloren, der Sinn, wie mein Traum ihn wollte, genau in diesem Augenblick versagt der Infrarotsensor an der Stinger, dazu braucht's ja nur einen kleinen elektromagnetischen Stups, woher auch immer, einen verirrten Regentropfen, der wie eine Träne durch die Luft segelt und genau in den Sensor trifft oder ein paar verknäuelte Radiowellen von 'ner Rocksendung, egal, der Sensor vertickt sich, und die Stinger geht einen Meter unter der Turbine des Triebwerks vorbei, jagt als roter Gedankenstrich in die Nacht davon mit tausend Kilometern pro Stunde.

Dann ist der Moment auch schon vorüber, und mein Alter vergisst wieder, was er gerade begriffen hat, weil man für so was die meiste Zeit zu abgelenkt ist und es wieder aus dem Kopf rausfallen lässt. Stört nur bei den Sachen, die man immer zu machen hat. Aber das ist mir egal, mir genügt es so, wie es war.

Es stimmt wirklich. Das mit den Schiffen. Was Opa erzählt hat: Dass es aussieht, als wenn 'ne weiße Wolke mit rausfährt, und es sind die Möwen, die mitfliegen, weit mit raus aufs Meer. Am Anfang hört man sie noch kreischen, sie steigen auf und ab, werden dann klein wie Porzellansplitter, am Ende ist nur noch das Meer da und der Wind, und das Schiff fährt immer weiter raus, pfeilgerade Richtung Horizont mit all den Möwen über sich, die jetzt unsichtbar geworden sind und später dann wieder zurück zur Küste fliegen müssen.

Hier unten am Hafen gibt's jedenfalls noch immer frisch geräucherten Lachs und nette Kneipen, vor denen sitzt man in der Sonne, um einen rum eine Menge Möwen, die laufen beleidigt durcheinander, nicken trotzdem andauernd, streiten sich um Fischköpfe, sieht aus wie ein Ballspiel. Der Kopf rollt 'ne ganze Weile in der Gegend rum, weil keiner dem anderen die Zeit lässt, ihn mit dem Schnabel richtig zu fassen zu kriegen. Bis ihn einer hat und es schafft, damit wegzufliegen, seine Flügel kriegen noch ein paar Hiebe ab, dann verlieren die anderen am Boden die Lust und suchen sich die nächste Aufregung.

Man kann einen großen Pott Kaffee trinken und sich die vielen Boote ansehen, die hier liegen. In denen hängen frisch gefangene Riesenlachse, an einem Stock durch die Kiemen gefädelt, glänzen wie Silberbarren. Die Leute kaufen sogar ihr Gemüse direkt vom Boot, da ist 'ne Planke dran zum Rübergehen, und es wird nichts abgewogen, also bei Kartoffeln oder Äpfeln, sondern die kommen in einen hölzernen Messkasten rein, am Schluss ein großzügiges Häufchen obendrauf.

Wie ich wieder nach meinem Kaffeepott greife, um draus zu trinken, sagt einer was zu mir, ein Typ am Nachbartisch – Finnisch klingt ja lustig, kein Wort davon verstehe ich –, aber der macht so ein Geräusch dazu.

»Sssiiiiing!«, macht er wie 'ne Kreissäge. Ich lache, gucke auf den Rest von meinem kleinen Finger, habe ich beim Kaffeetrinken eben vornehm abgestreckt. Der Typ hält seine rechte Hand hoch, daran fehlen Mittel- und Zeigefinger. Langt mit seiner Tasse rüber, stößt mit mir an.

»Cheers«, sagt er, und das verstehe ich nun wieder ganz gut.

Ach ja. Der Brief. Hätte ich fast vergessen, aber das gehört unbedingt dazu. Der Brief also. Eine ganze Weile habe ich nachgedacht, ob ich ihn schreiben soll, aber was Besseres fiel mir einfach nicht ein. Ich habe ihn an den Penny-Markt geschickt, die Adresse kenne ich ja. Was sollte ich sonst machen?

Liebe Lara,
vielleicht hätte ich es Dir gleich sagen sollen. Du bist die Frau, auf die ich die ganze Zeit gewartet habe. Es ist eine Menge schiefgelaufen, aber eigentlich doch auch wieder nicht. Wie soll ich das erklären, ich bin einem Fisch begegnet, genauer gesagt einem Koi, ich weiß, das klingt vollkommen verrückt, aber ich glaube, er war der Tod, oder er war das Glück, ich weiß es nicht. Kann auch sein, dass das dasselbe ist.

Der Fisch hat mich immer gut beraten, und ich glaube, wenn er noch da wäre, würde er sagen: Schreib ihr das, sie wird es schon verstehen, und leg ein Flugticket mit rein.
Und das habe ich getan.
Viele Grüße!
Richie Salewski

Ich sagte schon mal, irgendwo fängt es an, und irgendwo hört es auf. Also, es hört ja nicht wirklich auf, sondern – aber das sagte ich schon.

Ich bin beim Angeln und döse vor mich hin, da kann ich mir einiges vorstellen, wenn ich die Augen fast ganz zumache und auf den Fluss sehe, auf dem das Mittagslicht flackert. Das Licht macht mich müde, es kommen Bilder, die sind wahrscheinlich in dem Licht enthalten, Dateien, die in meinem Kopf geöffnet werden.

Ich klicke also drauf und sehe vor mir einen Wagen, ist nachts unterwegs. Schickes Auto, wahrscheinlich ein BMW, ein Siebener wird es schon sein, genau kann ich es nicht erkennen, denn ich bin innen in dem Wagen, nicht außen. Könnte auch ein Mercedes sein, ist aber jetzt nicht wirklich wesentlich. Tabakfarbene Ledersitze jedenfalls, braun gemasertes Wurzelholz. Im Mäusekino alles dran, Navigationssystem, Fernsehen, so ein Auto eben. Zwei Leute sitzen drin, ein Mann und eine Frau. Ich sehe die beiden von hinten oben, also etwa aus der Position, die man hat, wenn man sich auf dem Rücksitz nach vorn beugt. Sie fahren auf der Autobahn, und sie fahren sehr schnell. Die Straße spult sich ins Scheinwerferlicht rein, Begrenzungspfosten und Leitplanken zippen auf wie ein großer, beleuchteter Reißverschluss. Bäume leuchten auf, flitzen nach hinten weg in die Dunkelheit. Das Autoradio dudelt cool. Barjazz mit besoffenem Saxophon und gestreicheltem Schlagzeug, das Zeug, das spät in der Nacht auf den Sendern läuft. Der Mann hat seine Hand auf dem Knie der Frau, den Ärmel vom weißen Hemd hochgekrempelt, wollige Haare am braunen Unterarm, ein Arm der nach 'nem Goldkettchen geradezu schreit. Ich bin nicht sicher, ob eines dranhängt, aber an der Hand, sehe ich genau, ein Ring mit Glitzerstein.

Die Frau, blondes Haar, helle Leinenjacke, liest. Im Licht der Beifahrerbeleuchtung, in solchen Autos gibt es immer einen ganz hellen punktgenauen Spot, der sitzt irgendwo an der Decke oder in der Sonnenblende, kann man nachts unbesorgt anmachen, stört auch nicht beim Fahren.

Was liest du denn da, fragt der Mann und gähnt.

Fahr nicht so schnell, sagt die Frau.

Ich – ich bin ja noch immer auf dem Rücksitz – sehe jetzt eine Betonbrücke über der Autobahn auftauchen, die Scheinwerfer haben sie gerade erfasst.

Er, er lacht so vor sich hin, nicht laut, gluckst nur paarmal mit dem Gaumen und fragt noch mal, was sie da liest. Fährst du oder fahre ich, knurrt er noch hinterher.

Meine Zahnarztrechnung, sagt die Frau, und sie faltet das Blatt zusammen, steckt es in ihre Handtasche, dabei blickt sie auf, und da sieht sie das Reh auf dem Grünstreifen links vorn.

... Pass auf!!!

Wenn sie nicht geschrien hätte, so laut, dass es wehtat, dann weiß ich nicht, was passiert wäre, denn der Wagen hatte bestimmt seine hundertachtzig drauf, das ist ja nichts für so ein Auto.

Jedenfalls tritt der Mann ordentlich aufs mittlere Pedal und legt eine Vollbremsung hin. Das Auto bleibt im Wesentlichen in der Spur, aber die Reifen sind um ein Pfund Gummi leichter, als es glücklich zum Stehen gekommen ist.

Erst als das Reh schon wieder auf der anderen Straßenseite verschwunden ist, fährt er wieder los.

Mannomann, sagt er ein paarmal. Mannomann.

Als ein Schild kommt, das die nächste Raststätte ankündigt, sagt die Frau, er soll sie da absetzen.

Was ist los, sagt der Mann, hast du keine Nerven, das war doch nichts, verdammt noch mal, bloß ein dämliches Reh.

Setz mich bitte da ab, sagt sie, ich meine es ernst.

Und da steigt sie dann aus.

Was ich nicht so genau weiß, ist: Hat sie gesagt, ich meine es ernst oder: Ich meine ernst? Bei allem anderen bin ich mir sicher. Na ja, und dass das Blatt Papier natürlich nicht ihre Zahnarztrechnung war.

Meinrad Braun
DAS SCHWEDENGRAB
Broschur, 272 Seiten
ISBN 978-3-89705-492-9

»Meinrad Braun legt einen feinsinnigen, fesselnden und kunstvoll arrangierten Kriminalroman der Spitzenklasse vor.« Berg Zeitung online

»›Das Schwedengrab‹ ist etwas für Krimi-Fans, die Gänsehaut lieben: 272 Seiten voller skurriler, bisweilen unheimlicher Gestalten. Doch keine Sorge: Die Hauptfigur ist rundum sympathisch, Brauns subtile Ironie entlastet, der trockene Humor lässt immer wieder mal schmunzeln, so dass man auch nach diesem abendlichen Krimi-Genuss durchaus gut schlafen kann.« Schwäbische Post